36

林行止作品集粹

美中陰晴

林行止

著

天地　www.cosmosbooks.com.hk

書　　名　美中陰晴

作　　者　林行止

編　　校　駱友梅

封面設計　郭志民

出　　版　天地圖書有限公司
　　　　　香港黃竹坑道46號
　　　　　新興工業大廈11樓（總寫字樓）
　　　　　電話：2528 3671　傳真：2865 2609

　　　　　香港灣仔莊士敦道30號地庫／1樓（門市部）
　　　　　電話：2865 0708　傳真：2861 1541

印　　刷　亨泰印刷有限公司
　　　　　柴灣利眾街德景工業大廈10字樓
　　　　　電話：2896 3687　傳真：2558 1902

發　　行　香港聯合書刊物流有限公司
　　　　　香港新界大埔汀麗路36號中華商務印刷大廈3字樓
　　　　　電話：2150 2100　傳真：2407 3062

出版日期　2020年4月／初版

3

美中
陰晴

目　錄

林行止作品

5

陰<ruby>中<rt>美</rt></ruby>晴

底氣虛弱難取代
組合元氣存美金

一、

　　從負債數據（據不斷滾動的usdebtclock.org，在二十萬億〔美元‧下同〕水平）看，美國是世上第一窮國，其貨幣匯價走勢因此持續「下行」，僅去年美匯指數（美元兌一籃子貨幣）便跌10%弱，所以如此，有分析認為那是其他外幣的利率比美元高，以收息為目的者遂棄低息就高息貨幣，令利率較低的美元匯價偏軟。

　　投資者減持美元，等於需求萎縮，「供過於求」，匯價因而偏弱；然而，世界央行持有美元儲備的比率，卻一直處於高水平，那意味美國以外的央行，並未因美元匯價下跌而減持。據國際貨幣基金組織（IMF）去年12月29日發表的報告《外匯儲備的貨幣組合》（COFER），截至去年第三季，世界外匯儲備（Forex Reserves）達十一萬三千餘億，比2016年第四季的十萬零七千億及2014年第三季的十一萬八千億，變動並不明顯。值得關注的是，央行並未嫌棄匯價處於下降

美中
陰 晴

軌的美元，那從美元仍佔總匯儲63.5%（比2014年第三季的64.6%略少）可見。其他外儲佔有率，依次為歐羅2%（22.6%）、日圓4.5%（3.6%）、英鎊4.5%（3.75%）、人民幣1.1%——比過去三季的1.08%，稍有增加。人民幣2016年10月才正式納入IMF的「貨幣籃」（特別提款權亦稱「紙黃金」），等如成為外匯儲備官式貨幣的時間甚短，因此央行持有量不多。不過，由於外匯儲備是各國央行的「絕密」，它們有的向IMF提交不完整的數據，結果是，以去年第三季為例，它們只公開85.4%的資料。換句話說，世界各央行持有的美元或人民幣等外匯的實際數字，可能比已公佈的略有出入。

中國經濟穩步發展，「一帶一路」的拓展漸見規模，使用人民幣（雙邊貿易以人民幣結算）的國家必然日多，有關國家央行肯定會按需要，提高人民幣在其外儲中的份額。當然，這只是想當然的揣測，實際數據有待IMF的公佈。

二、

由於「先使未來沒有的錢」而負債數目驚人，千瘡百孔的經濟，令美元匯價長期疲不能興。然而，在這種情形下，美元仍是央行主力匯儲，原因有二。其一是國際貿易主要是以美元結算，有「實際用途」（市場需求甚殷）。其二是以美國為主要輸出市場的國家，希望美

元匯價偏強（別跌得太離譜），如此才有利其對美國的出口；要達到這個目的，最便捷的途徑莫如在市場上吸納美元（和美債），收來撐持美元匯價同時令本地貨幣（如人民幣和日圓）弱化。實際需要和強化美匯，令央行尤其中國和日本，不得不持有巨額弱勢美元！顯而易見，這種匯價形勢，有利中、日貨物對美輸出！

基於實用價值及微調匯價，如今世界央行持有約六萬多億美債，而當中以中國和日本為最，不過，它們會否因美元「底氣」不足，為防範「蝕匯價」而拋之哉？答案很簡單，除非中、日已開闢了比美國市場消費力更強的海外市場，不然不大可能，因為「拋低」美匯，等於本地貨幣對美元升值，以本地貨幣定價的貨物的美元價格上升，大多數一窮二白的美國消費者便可能嫌貴……

由於國際貿易「揸家」不會拋售，而美國今年的加息次數，可能比行將卸任的聯儲局主席所說的三次還要多，美元匯價即使頹勢未改，跌幅亦不會太大。減稅將令經濟趨旺通脹較猛，加息是馴服通脹這頭猛獸的治標良方。更重要的是，美元雖然因「濫印」而成弱勢貨幣，但是卻還未有其他貨幣能取代其作為國際通貨的地位；從2002年至2012年的十年內，相對美元升值近50%的歐羅（期間美國負債由六萬億增至十五萬億），如今已成強弩之末（不過，今年仍有可能跑贏美元），有此雄圖的人民幣卻未為市場所普遍接受，欲達此目的，同

志仍須努力。不久前有論者認為比特幣（Bitcoin）潛質甚佳，可能成為新的世界通貨，惟其「鑄造量」不多且不受央行操控，是其致命死穴，因為沒有強力機構幕後「指引」，一旦下瀉，便非深不見底，而是有「消化」以致「消失」之虞；其價格波幅過猛，亦不宜用於貿易，因此很難被賦予「通貨」的地位。順便一提，有關比特幣種切，《信報》多位名家已有詳細論述，筆者想說的是，此「物」價格不可捉摸，不能視為正常投資媒介，不過，有閒錢（經濟學家指出世上沒有「閒」錢；此處指的是「零用小錢」（Petty Cash），輸光了也不會影響「銀主」的物質生活及精神狀態的人，不妨量力「入貨」，以免坐失「良機」！

最後要說的是，由於法治嚴正、私產受絕對保護，美國是世界「熱錢」避難所的地位不變，因此不斷有資金流入美國，而世局愈亂流量愈大愈快，僅此一端，「有銀士」便應仿效央行，投資組合中不可沒有美元！

2018年1月4日

總統叫不停新書
堵華國策無變改

一、

　　據「作者札記」（Author's Note），胡（沃）爾夫為蒐集資料寫《令人「火滾」的白宮內幕》（*M. Wolff: Fire and Fury-Inside the Trump White House*；下稱《火滾》），整整用了十八個月時間；期初他是採訪特朗普的競選活動，自去年1月20日特朗普當選開始，他便幾乎天天在白宮西翼（譯「西廂」許更佳）當新聞處「行走」，西翼是白宮的「政治中心」，總統橢圓形辦公室、內閣會議室及白宮幕僚長辦公室等重要部門均在其內，膾炙人口的電視連續劇《白宮風雲》，原名便是The West Wing……胡爾夫説他在那裏有個「幾乎固定席位」（semi permanent seat），期內他做了二百多次正式或非正式訪問，對象都是特朗普的近身。由於總統上任不足月便辭退前國安顧問弗林等要角，西翼人心浮動，不滿特朗普處事作風滿肚怨氣者大不乏其人，面對一位「長駐」的老記，口沒遮攔，不足為奇。不過，這

陰晴美中

本書所以能在開售後「二十分鐘售罄」，特朗普欲阻其出版而「出律師信」，結果替其促銷，無論如何，若無驚天地泣鬼神疑真似幻的內容，在消費者眼睛非常雪亮的自由市場，這本書不可能瞬間賣光！

《火滾》分二十一章，包括序跋有六章以特朗普勝選大功臣班農（S. Bannon）為主題，班農的「所見所聞」及評論，為是書骨幹。這本書要是沒有班農的「身影」，肯定大為失色；由於胡爾夫與班農識於「微時」（競選進入白熱化期），這位與「主子」矛盾重重、仕途多舛、在白宮首席戰略顧問任內只做了八個多月便被「勸退」的「國師」，他對胡爾夫大爆內幕、大吐苦水，毫不出奇，本書因此充滿匪夷所思的總統府內幕，加上這位作家兼《荷里活信息報》（Hollywood Reporter）記者的生花妙筆，《火滾》非常易讀、深富讀趣，環球紙貴，誰會意外？

二、

《火滾》據班農提供的資訊，指小特朗普於競選期間私會俄國律師，事涉「叛國」、「不愛國」；又指西翼員工認為特朗普幼稚愚蠢（Childish/Infantile），三心兩意、糊塗蟲、笨蛋，以至僅略識ABC（barely literate），更說他不閱「公文」（連翻閱都不屑為），不聽左右的「忠告」，總之一無是處，「完全不像總統」……雖然特朗普於美東6日下午在副總統等近臣簇

攘下對鏡頭及連續兩次「推特」申斥《火滾》滿紙謊言、捏造事實、無中生有；強調自己心智成熟、穩定且非常機敏精明，稍後更寫上「我認為我不只醒目而是個天才⋯⋯」特朗普的自詡，當然是衝着胡爾夫的「抹黑」，雖然予人以過甚其詞「作大」之感。然而，看他在商界長袖善舞，數度瀕臨破產都能「翻生」，初度做電視節目主持便大收旺場，以至第一次競選總統便登大寶，如此成就，肯定非蠢材所為！不過，他在賭業、物業及娛樂事業上都有所成，不等於他在其完全陌生的政壇亦可以如魚得水，看他在鏡頭前的表演，無論與外國對手會談及與金正恩隔空互別苗頭，令人不得不相信胡爾夫所寫並非空穴來風而有所本。筆者的看法是，作為記者，胡爾夫過往有不少「過甚其詞」、為論者詬病的報道，此次寫書，為了銷路，其生花妙筆揮灑自如，惟他所寫絕非小說。特朗普瘋瘋癲癲的態度，令謹守公務員守則及官箴的白宮工作人員看不過眼而有微詞，可以理解——那些帶貶意的評語，落入以無風三尺浪見勝的老記筆下，遂令讀者大樂、著作大賣及「宿主」暴跳如雷！

特朗普因《火滾》出版大動肝火，期初曾命白宮律師對出版商、作者及班農發「禁止出版」（cease and desist）函件，但出版商不僅不理會反提早發行，特朗普只有糾眾登場及敲打鍵盤寫「推特」回擊，這種做法，費時失事，完全無效，看在極權國家領導人眼裏，

美中
陰晴

難免要笑特朗普「無能」及制度無效；此事即使發生在香港，亦有可能被控以誹謗造謠等罪名⋯⋯美國「憲法」遠離十全十美，但在保障言論自由上，卻令人特別是當前的香港人羨慕不置。一個有權獨力發動世界大戰的總統，竟然無法令一本對他不利的書變成「禁書」，這正是何以嚮往自由的人都湧往美國的底因。

三、

　　《火滾》的出版令特朗普和助他勝選的班農反目成仇，看這幾天的反應，特朗普民望「支持度」明顯回揚，而班農雖然露出野心，要在政壇方面更上層樓，惟目前未見「金主」出面撐持⋯⋯無論如何，作為特朗普前心腹（離白宮後特朗普仍不時向他請教），班農的政治能量正在退潮。不過，貫穿《火滾》，特朗普政府視中國為頭號敵人的論述，已成為「去奧巴馬化」的美國國策。〈序言〉引述班農對中國的看法，明顯不懷好意。班農視目前的中國等同上世紀二、三十年代的納粹德國，如不好好管住這頭精靈（genie），一旦作惡，便世無寧日，美國亦難安寢。特朗普與極右反華「國師」班農決裂，卻不是各行各路——起碼在對華策略上，現屆美國政府仍然是走行班農那一套！

2018年1月9日

股票勝物業是常態
情況特殊香港變態

一、

　　香港土地有限，人口不斷增加，加上政府尤其是港英政府為維持低稅率少稅項的稅務政策，不得不「善用」官地以實庫房，結果造成物業發展成為此間賺錢能力最強的行業，善於經營這個行業的商人，不少因而躋身世界豪富榜！數十年間（從二戰後開始），本港土地及物業價格雖無可避免受內外經濟環境影響（前者如過度信貸後者如世界經濟風暴）而數度大起大落，但危機過後，莫不證實「有危便有機」為顛撲不破的「真理」，港人目睹身受，急挫之後便很快重拾「升軌」，遂對物業有無比信心。然而，長期而言，從投資角度看，究竟是股市還是樓市盈利較高？大家可憑印象各自表述，持有「最佳」股票的人當然說股市較佳，同理，擁有「最佳」物業者肯定認為物業優勝。由於缺乏長期比較的數據，股市或樓市孰勝，香港不易有共識。

　　有如上這點「感想」，是讀了題為〈1870年至2015

美中
陰
晴

年萬物投資回報〉（*The Rate of Return on Everything,
1870-2015*）的論文。這篇於去年底在美國國家經濟
研究局網站貼出的長文（NBER Working Paper No.
24112），由五名經濟學家執筆，他們的研究以涵蓋
一百五十年的資產回報，是「史上第一次」，比較結果
顯示股票和物業的回報稱冠，而當中又以股市跑贏物
業。這裏帶出一個長線投資資本收益大於經濟收益的大
問題（即 r〔資本產生的利潤、股息及租金等〕> g〔經
濟產量〕，因此令財富不均嚴重化。有關論述見「財富
嚴重不均根治並無善法」系列，收《高稅維穩》及上
海人民出版社林行止、何帆合著的《解讀21世紀的資
本》，2014年版），而結論是，在這一百五十年間，資
本回報倍於經濟增長。這是財富不均的癥結。

二、

　　在一般人心目中和口中的「資本」，是指股票和債
券，事實上，土地（和物業）也具有很高的創富功能，
是不可忽視的「資本」；人們所以有此印象，皆因前
者成交價「秒秒上牌」，後者則缺乏這種「宣傳」。不
過，所謂「一般人」，指的是論文研究十六國——不包
括中港台新，主要是經合組織中的大國——人民，若包
括香港在內，說法便難以成立，因為過去數十年成為股
市主力的地產股價格長期走俏，港人莫不了解物業的創
富功能不遜於非地產股。

生活過得去的人，大都擁有物業（自置居所），惟這類業主的財富，很少以其物業價格為準（由於沒有報價，不易計算），而是以其所持股票（及債券）來衡量。然而，這種計算財富的方法，無法貼近現實反映一個人（家庭）的財富狀況，因為自從18世紀中葉工業革命促致工商業興起地主階級走下坡以來，被忽視的土地仍然是計算財富的重要成分，因為土地的租值是恒常收益，即使住在僅有的自置物業，其市值租金便是業主的「隱性收入」（implicit income）；如把土地或物業租出，地（業）主有固定收入，這種收入，與股息孳息毫無二致。不過，「古時代」土地和物業收益的紀錄並不完整且不可靠（patchy and unreliable），因此無法有效地比較物業與股市的收益。況且持有物業帶有種種諸如維修費、折舊及空置損耗，以至招徠租客（或買家）的開支（香港還有「額外」稅款如差餉等），當然還得考慮即管買了火險水險亦不易獲得全數賠償的成本……持有由有能之士經營及有良好派息紀錄的股票，收益遠較穩定。值得注意的還有，過去散戶因財力不足無力購地買樓卻可投資股票，自從六十年代初期「不動產投資信託」（REIT）興起後，散戶才有分享物業租務市場的進益。

三、

根據可靠的統計，論文排比西方十六個先進經濟

體的資料，得出了股票回報比物業為佳；筆者僅摘其中
五個主要市場的數據，供讀者參考。在1980年至2015
年這三十五年間，美國、英國、日本、澳洲和瑞典的股
市（包括股息及送股等）回報，均優於物業，期內她
們的平均年收益，股市分別為9.09%、9.34%、5.79%、
8.78%及15.74%，而物業收益依次為7.68%、6.81%、
3.58%、9%及9%；股市跑贏物業，十分顯然。再以美
國為例，在1988年1月31日至2017年10月31日期間，標
準普爾指數從90.5升至906.1，而同屬標準普爾集團的
凱斯—舒拉（住宅）指數（Case-Shiller〔Home Price
Indices〕Index），只從107.6升至306.6——期內有信貸
危機引發的物業狂瀉潮，也許作不得準只能參考。

　　西方經濟發達國家股市回報高於物業，彰彰明甚，
香港是否如此？未見相關數據，筆者不能判斷。筆者所
知的是，香港增加物業用地十分困難，印「公仔紙」
（股票）則是何難之有……這也許是此間物業發展一枝
獨秀的底因吧！

2018年1月10日

屁沖牛斗暖大氣
源頭減廢課肉金

一、

　　眾所周知，美國總統特朗普去年6月初在白宮玫瑰園向世界宣佈美國退出《巴黎協定》（*Paris Agreement*）；《協定》於2015年12月12日由全球一百九十五國（地區）代表在巴黎開會後簽署，目的在有序地減少碳（廢氣）污染；特朗普在競選期把退出《協定》作為一項「政綱」，上任半年便向選民履行承諾。可是，數天前消息傳來，特朗普在白宮會見到訪的挪威首相索爾貝格（E. Solberg）後，「忽然環保」，表示如果「美企競爭優勢不會受損」，即放寬碳排放目標，美國「可能重返《協定》」。據說，這是索爾貝格條陳利害，讓他相信環保亦有商機後的決定。

　　看當前「世情」，不管美國是否重回《巴黎協定》，各國政府在「減廢」的前提下，必會採取這樣那樣的「減廢」措施，而對肉類課以重稅，是世界性趨勢。肉食與「減廢」看似風馬牛不相及，其實關係重

大。第一、過量肉食有損健康，寓禁於徵，希望食肉者在高稅價昂（收入停滯不前）之下減少食肉；第二、提供肉類的牲畜，除了「分分鐘」放屁污染大氣，飼養牲口還會污染淡水令其不能食用，以致腐蝕土地令牲口有傳染病其肉不潔可能有害食肉者健康⋯⋯在諸種不利食肉者的原因中，以其「屁氣」對環保破壞力最大，因此須設法遏制。

「長期讀者」也許還有點印象，十多年前筆者在這裏寫了兩三萬字的「屁話連篇」系列（收台北《老手新丁》、上海書店出版社及香港天地《説來話兒長》），提及牲口多屁污染大氣，科學家早有所見（一派學者甚且認為「古時候」恐龍太多牠們體大屁宏令世界「酷熱」〔比「暖化」更為厲害〕結果包括恐龍在內的不少獸類熱死絕種），有見及此，慈悲為懷的美國政府於1990年撥款近二千萬（美元・下同），供蛋頭作為令畜牲「少屁」的研究⋯⋯不過，此問題隨人口快速增長及經濟生活普遍改善、人均肉食量驟增、飼養牲口數量暴漲，相應令其排放的屁氣對大氣污染愈甚。現在人類已忍無可忍，在減廢降低溫室效應的大纛下，《巴黎協定》秘書處正在草擬文件，建議各國徵收肉食稅，令人均肉食量下降，供應商只好少養牲口，最終達致牲畜屁量下挫的目的！

二、

　　畜牲排放的廢氣（屁）量究竟有多大？據總部設
於羅馬的聯合國糧農組織（FAO）估計，約佔全球「溫
室氣體排發」（Greenhouse gas emissions）15%；在多
國特別是人口大國如中國和印度脫貧情況良好，人均肉
食量增加，該組織預期到2050年，世界肉食消耗量較
2016年增加73%，各國為國民健康（公營醫療系統為醫
治癡肥、糖尿和癌等）及環保付出的代價，將增加一萬
六千億元。這樣的背景下，《巴黎協定》秘書處外，
「減肉先進國」如丹麥、德國、瑞典和中國，已開始
醞釀徵收「與牲口有關的稅項」。食肉者畢竟仍佔人口
大多數，徵肉類稅意味既得利益分子的大多數人會反
對，令靠選票上台的政客不敢大力鼓吹；不過，英國最
有地位的「皇家國際事務學社」（通稱「漆咸學社」
Chatham House）在2014年12月發表的報告中已指出，
此舉會獲得消費者支持，因為少食肉可減支出且對健康
有利還可有助降溫。有這麼多「優點」，站上了道德高
地，支持者不會少。

　　人類視肉食為理所當然和強壯體魄的生活條件，自
古已然，可是聽科學家的解說，肯定會令不少有「社會
意識」的人，考慮「少肉」。FAO數據顯示，生產一個
普通牛肉包（漢堡包）的牛肉，所用「能源」（fuel）
等同「行車二十哩」、生長一磅牛肉要用二千四百加侖

水（出產一磅小麥用水量只要二十五加侖）；還有，以
目前人工飼養的牲畜量，牠們每年消耗的卡路里足以養
活八十七億人（聯合國2017年4月24日的統計，世界人
口七十五億）。換句話説，因市場需求萎縮而少養牲
口，可大大改善人類饑饉；更重要的是，牲畜每年的排
洩，比全人類多出十三倍，是污染水源及土地的禍首，
非設法減少不可。大約二十年前，筆者曾在這裏評介賈
德·戴蒙（J. Diamond）那本暢銷書《槍炮、病菌和鋼
鐵》時，引述作者解釋20世紀之前，何以歐洲農業經
濟較發達的其中一項原因是該地有大量大型牲口（如馬
牛羊豬），牠們排出大量「肥料」令歐洲農作物年年豐
收……如今科學進步化肥取代了「天然肥」，牲畜糞便
功能被人類「用完即棄」！

三、

　　為改變人類飲食習慣的國際投資機構「飼養牲口
的危與機」（Farm Animal Investment Risk & Return;
FAIRR）有統計顯示，迄2016年，世界徵收「罪惡稅」
（Sin Tax）已是常態，比如徵煙草稅的有一百八十個
國家、徵廢氣排放稅的有六十國、課糖稅則有二十五國
（糖稅將成世界性「顯稅」）……在健康飲食等同多吃
植物蛋白的認知下，對肉食課稅，有可能在今年出現。
FAIRR正在説服世上十六大跨國食物供應商把肉類生
產主力從牲畜改為「植物蛋白質」──「勝於肉類」

（Beyond Meat）便是其一（世界最大雞農泰臣已投入巨資）。「勝於肉類」是以「植物蛋白」合成的新肉食，專家認為其出現等同Tesla之於汽車業⋯⋯

FAIRR目前管理的資金達二萬三千餘億元，其受投資者歡迎，正好看出Impact Investment（ＩＩ，維基譯為創發投資、影響力投資。筆者感到不理想）這種寓牟利於「打造美好世界」的投資名目，正中那些要賺錢又要做點有利於人類事業的投資者下懷；而研發有減屁減肥功能的新肉類，是最佳的ＩＩ，遂令投入的資金這麼驚人。這方面的情況，另文再談。

不可食無肉的食肉獸，要有改變肉食習慣的心理準備，更重要的是，不要錯過對開發「未來食物」業的投資機會！

2018年1月17日

美中
陰晴

總統漢名薛浩楷
聯合國歌不拍板

甲、

剛剛一週前,特朗普在白宮與兩黨議員「共商國是」,討論移民政策時,説到激動處,竟然形容那些有大量合法、非法移民湧入美國的非洲國家和中美州的薩爾瓦多及海地等為「Shithole」之國。髒話出自刻意以粗言穢語塑造江湖形象的賭業大亨之口,合情合理(當然亦合法),但說者已貴為美國總統,便有失國格且涉嫌種族歧視,因此掀起一場不大不小但可能後患無窮的「外交風波」!

總統「講粗口」成了世界大新聞,與特朗普素有「宿仇」的美國傳媒,看準機會,左右開弓,大書特書;按照「常理」,公眾反應當同聲指責總統之不是(為人父母者更應大聲譴責,以此會「教壞小朋友」),哪知事實並非如此,包括不少政商尤其是媒介名人的「特粉」(Trumpist),紛紛為他辯護,認為他不過說出大多數人的心底話,他們當然不忘指出不該在

如此莊嚴場合說髒話，不過，這是「小疵」而已。《名利場》15日有一文，題為〈總統爆粗後，極右分子傷感地愛特朗普愈甚〉（After "Shithole"-gate, the Alt-Right Sadly Loves Trump More than Ever），足以反映當前的民情。

總統說錯話，「近身」四出為「主子」解畫，是必然動作；總統本人當然一如舊貫，面不改容地聲稱「從未作此言」，即使有與會的資深議員「言之鑿鑿」，特朗普亦不當一回事；而與會的「特粉」則指特朗普說的是「Shithouse」，「屎坑」也髒，到底不如「屎忽窿」之鄙俗下作。

特朗普有否以Shithole形容那些非白窮國，除非有「錄音為證」，不易有定論，此事現在只有「按下不表」。

經此「品題」，Shithole一詞已傳聞遐邇，成為英語和非英語世界的「熱門話題」，即以華人地區來說，據1月12日英國廣播公司（BBC）中文網的報道，為翻譯此詞「各國傷透腦筋」；在眾多翻譯中，筆者以為台灣中央社的「鳥不生蛋」最莫名其妙。以其不達意之外，此詞向來用以形容草木難生、不宜動植物生長生存的荒島釣魚島（台），與BBC考據的Shithole，絕對是兩碼子事。

一句話，此字古已有之，最初是指廁溷、公廁、糞坑，後來衍變為身體一部份，據《大西洋》雜誌1月

美中陰晴

12日〈文學中的Shithole〉短文指出，此字曾見於英國17世紀「不成氣候」的音樂家李里亞德（J. Lilliat）的作品，他於1629年寫了一首供酒吧半醉客唱鬧的歌謠，中有「我從我的Shithole射出糞便⋯⋯」之句。《牛津大辭典》指此字已非指「屎坑」而指直腸或肛門（the rectum or anus），相信此意從此流行，特朗普「涉嫌」稱非白窮國是的「肛門」之國，至是「真相大白」。

Shithole成為流行詞的新聞，引起筆者的興趣，以為把廣東俚語「屎忽鬼」譯為Shithole guy，頗為傳神且易上口，據《香港網絡大典》，此詞形容出爾反爾或做事鬼鬼祟祟的人，當然亦是「基佬」的最貼切形容⋯⋯。《大典》的解釋令筆者認為以之贈給特朗普最妙，以他正是以「出爾反爾」名於世。不過，稱天下第一強國的總統為「屎忽鬼」，美國也許會射核彈報復，為免此劫，筆者因此建議替他起個中文名：「薛浩楷」！

寫了千把字的「笑談」，只觸及特朗普表徵，看近日「世情」，尤其是美國與中國「交往」的細節，足證薛浩楷外表癲癲廢廢，骨子裏卻極為險詐，待人處事不擇手段。近來中國企業在美國的投資活動，到處碰壁，國會議員且公開促請AT&T斷絕與中企往來；而求財若渴的美國大學拒絕接受由政協副主席董建華任主席的「中美交流基金會」的捐款；北京曲線提出外艦不得進入台灣港口，華盛頓馬上拋出強化美台關係的《與台灣

交往法》；當廈門七十三集團軍進行搶灘演習（矛頭似直指台灣或釣魚台），美國便宣佈派遣「核轟炸機」B2及B52進駐關島；美國與北韓的「交往」不斷，旨不在朝鮮半島非核化而在疏離平壤和北京的關係……

站在中國和亞洲和平的角度，薛浩楷真是「屎忽鬼」！

乙、

北京不置一詞《聯合國之歌》無聲，去年底寫有關國歌系列，11月30日文末提及信報《商思話》欄主、資深音樂人程逸（梁寶耳）曾有意為聯合國譜《聯合國國歌》，因聯合國秘書處認為無需要而無下文。此說與事實不符，特此更正。梁寶耳先生來函，並附愛美唱片公司錄製的唱碟（CD）《聯合國之歌——聯合國公民大家唱》（*The United Nations Song-U.N. Citizens Sing Along*）；此歌曲詞俱出梁君之手，其〈序曲〉對創作此歌的經過有扼要的介紹，茲附錄如下：「多年來本人已覺察到聯合國擁有聯合國憲章、聯合國國旗，獨欠聯合國國歌。本人一直希望創作一首聯合國國歌，填補此項國際外交禮儀方面的空缺。

「大約三年前得到靈感創作出一首旋律及英文歌詞，適合稱為《聯合國國歌》。於是灌成CD唱片寄予聯合國秘書長，請求接納為正式聯合國國歌。但收到聯合國公關部門覆信，指聯合國秘書長從來不會向聯合

美中
陰晴

大會提出動議，建議本人去信中國駐聯合國大使代本人提議，本人照辦，但未有收到中國駐聯合國大使回信，本人於是決定將歌名改為《聯合國之歌》，公諸於世，此首歌的副歌名是《聯合國公民大家唱》，是一首屬於全世界國民的歌曲去發揚聯合國的精神及理想。在歌詞內，本人還加上一些促進環保的句子，這是全人類面對迫切的挑戰。」

　　梁君的來函還說曾去函中國外交部，「請求協助但無回音」。換句話說，梁氏的《聯合國之歌》成為「絕唱」，與北京不置一詞不無關係。

　　《聯合國之歌》莊嚴肅穆動聽、歌詞具普世價值，其不為有關各方重視，並非詞曲不達標準，而是這種「大家的事」須經「公開競賽」有關。不過，最重要的還是會員國並無「成歌」的訴求。國多不好辦事，梁氏的心血遂被雪藏！

2018年1月18日

閒錢入市不傷身
不做猛獸拒當蠢驢

一、

今年是2008年華爾街金融海嘯十週年，當然不是一個值得慶祝亦不是應加緬懷紀念的日子，但看各國在「禍首」美國聯儲局牽頭下如何紓困及其後遺症的影響，則是關心經濟發展尤其是股市投資者不可錯過的論題。說十年前這場由華爾街引爆的金融危機為「海嘯」，市場並無共識，以「海嘯」過後，滿目瘡痍，毫無生機，惟市況的發展顯然並不如此；筆者仍用此「舊名詞」，旨在形容其破壞力之強而已。

「海嘯」十年後，世界經濟大體上已全面復甦甚且可說高速增長，那從投資及消費俱增可見。寬鬆的銀根令在薪金「牛皮」甚且「微挫」之下消費意欲仍盛，而對各類商品需求上升刺激企業積極投資進而令失業率下降，這種「良性循環」，看情形短期內還會持續，因為主要受惠者為商賈的美國減稅方案及快將推出的萬億美元基建計劃，俱促致加薪效應；加上「冬眠」多年後

美中
陰晴

通脹有復燃之象，通脹率重回上升軌等於貨幣購買力萎縮，因此不應「延後消費」的教訓記憶猶新，預示消費市場的興旺可更進一步。「按照常理」，在這種消費市場氣氛下，企業利潤可看高一線……事實上，增幅（供應量）不及「貨幣寬鬆」速度快的百物，特別是有報價的證券及價格天天見報的物業市道，因而遂達熱火朝天之境。

在此大好不是小好的市場環境下，令深思熟慮的「財主」憂慮不已，他們煩惱的理由，舉其犖犖大者，有利率「上行」以至美中爆發貿易戰迫近眉睫有跡可尋；當然，看美國軍頭的「耀武揚威」、擺明與中國對着幹的架勢，擔心亞洲東海南海及朝鮮半島會爆發熱戰者頗不乏人。不過，説經濟談投資不必論及「熱戰」，因為一響炮聲（遑論擲下一枚核彈）便會令穩健周全的投資部署滿盤皆落索。換句話説，有膽識在當前的時局下進行投資的人，不必亦不應考慮這種任何人都不能準確估計當然更無法迴避的風險！

「熱戰」雖毋須作為應否入市的考慮要素，然而，過去這十年為「救市」的「損耗」（成本）如銀行「撇賬」兩萬多億（美元・下同）及因危機引起衰退導致約十萬億經濟損失如何「填補」？還有美國因減稅令本已病入膏肓的財赤愈發不可收拾——在此情形下為防範通脹肆虐的加息會令財赤進一步惡化；而減稅促使海外美資回歸本土刺激投資、消費，最終政府稅入增加令財赤

減縮，只是「紙上作業」，實際上不一定如此。

在經濟發展看似「前途似錦」的現在，除非是OPM，要為自己的資金作主，是相當艱巨的工作。

二、

要在心智成熟且「實戰」經驗豐富的讀者面前說投資而不被訕笑，不是易事，只是投資市場炒得如荼如火，加上「職責」所在，不得不一抒己見——其實是說了等於沒說。

筆者要重複的這個老調，是投資者應「理性與獸性並用」（論2013年經濟諾獎的拙文題目為〈理性與獸性共存〉）。在此資金「氾濫」、「印銀紙」比「印公仔紙」快（政府可以隨心所欲開動印鈔機〔國會一關不難攻克〕而開股印股票要經重重審核的關卡）的時代，股市確是有財力、有膽識者的遊樂場，可是面對上述那麼多的「不安定性」，投資者應做法哲貝利登筆下那隻絕對理性（固執愚蠢）的驢子（Buridan's ass），在金魚缸徘徊或在電腦前沉思不落注還是隨眾起哄挺着「獸性（非理性的衝動）」心態入市？不易有「正確」答案。正因如此，筆者才作這樣的提議——用「閒錢」（贏虧不會影響心理和物質生活）在市場「跟風」（或緊跟某種你認為「可靠」的技術走勢；信報投資研究部的文章俱言之成理，但是否「信者得救」，取捨的判斷力是最難掌握的訣竅），另一方面，以絕對理性的態度保住你

美中
陰晴

的「老本」。這樣,才能「持盈保泰」地參與這場日後回看可能是多年未遇的瘋狂金錢遊戲。

凱恩斯在《通論》中數度論及的Animal Spirits,應怎樣譯?筆者以為阿克洛夫(聯儲局主席耶倫的「先生」)和以指出牛市中投資者「非理性亢奮」(Irrational Exuberance,後為格林斯平借用)而為象牙塔外讀者熟知的舒拉合著的同名書的解釋最可取:「躁動不安及前後矛盾的經濟活動」,不過,如此囉嗦,報紙不宜,筆者遂有「非理性衝動」及「獸性」之譯。

無論如何,當你為狂熱市況「感動」時,只宜投入你認為是「零用錢」的資金,惟有如此,才可於無後顧之憂的情形下參與遊戲,不致錯過「機會」。眾所周知,信報提倡「理性消費」,希望消費者不要亂花錢,然而,處此「亂局」,投資者若絕對理性(Perfect rationality),便會陷入「貝利登驢子」的困局——在分叉路口,牠有三項選擇,食左邊或右邊的草,亦可選擇不食(餓死);寓言中這隻蠢驢活活餓死(有關這個「故事」,見2000年1月20日的〈貝利登的驢子算死草〉(收台北《極度亢奮》;以此「寓言」為熊彼德用作分析「無異曲線」而廣為人知,因此收〈熊彼德飲食論道〉長文之後,見北京龍門和香港天地的《拈來趣味》)。在現實世界,不買物業不投資股市的人不會「餓死」,卻會墜入那句「人在天堂錢在銀行」流行俚語的「陷阱」……。處此無論經濟及軍事層面都充滿不

明朗前景的現在，有錢人要心安理得不易為。這，也許
解釋了何以「高端消費」如此旺場的底因！

2018年1月23日

美中
陰晴

周新城雷鋒上腦
張五常雲端中箭

一、

　　沒想到「小休」數日，竟發生《求是》炮轟張五常教授的「大事」。據此間媒體報道，這本中共中央機關月刊轉載人民大學經濟學教授周新城題為〈共產黨人可以把自己的理論概括為一句話：消滅私有制〉，文中抨擊張氏（和著名內地經濟學家、歷任國務院發展研究中心市場經濟研究所的吳敬璉），指他是「反黨反社會主義的新自由主義分子」，申斥他曾說過「我一句話就可以把共產主義駁倒」。這「一句話」是「人的本性是自私的！」張教授的說法、語氣，也許有點過激、誇張、傲慢和「高度自我期許」，惟曾親炙這位博學家（Polymath）的人，對此不會驚訝。張氏是公認的書法家、攝影家、散文學、收藏家（在這些領域均有令人耳目一新的成就），當然更是「影響了神州大地對產權及交易費用的認識」進而令中國經濟起飛的經濟學大師。正因為他的多才多藝博通古今，和他相識多年，可算對

他有點認識，筆者才稱他為「博學家」。

除了共產黨人，一般人都相信並且知道「人的本性是自私的」，張氏對此更有會心。在其傳世巨構《經濟解釋》，特闢專章〈從自私説起〉，對「自私」作了詳細精闢的闡釋，本章終結有這段話，點出中共的「死穴」：「『私』字當頭，在中國的文化傳統沒有一絲可取的含意：挾帶私逃、私相授受、自私自利，等等，皆有貶義，而大公無私則是正面的。開放改革三十多年，神州大地有了長進，『私』營企業稱作『民』營，（但）『私』字還是不便用。」

中共與「私」字劃清界線、誓不並存，把先賢看透人性赤裸裸點出「人不為己，天誅地滅」的古訓，拋諸腦後，奉馬（克思）恩（格斯）合撰的《共產黨宣言》為圭臬，對這本小冊子煽情宣示「共產黨人可以把自己的理想概括為『消滅私有制』！」當然更被中共視為顛撲不破的真理。周文題目正是由此而得。如今聲譽正隆的張教授用一句簡簡單單的話把之「駁倒」，老共又怎會不發一言!?

自私利己益世，因此必須捍衛私有產權和保障私有制，那是信報的宗旨（起碼在筆者主筆政期間是如此）。《原（國）富論》有關工匠不是為滿足顧客需求而是為了讓本身溫飽而工作的描述（這亦解釋了何以有這麼多菲印泰女性離鄉別井來港當傭工的底因），讓世人清楚理解私利與公益，在「無形之手」引導下，令社

美中
陰晴

會走向繁盛和諧之境。

　　史密斯鼓吹在法律許可下，人應自由運用自己的勞力和資財以追求私利（屬於自己的利益），而這種自由，是不應被政府褫奪的「天賦人權」（亦是所謂「天賦的自由」〔Natural liberty〕）；八十年代初讀牛津進化生物學家道金斯《自私的基因》（R. Dawkins: The Selfish Gene, 1976初版），如獲至寶，數度為文評介……道金斯「實證」自私人性天生，以基因為演化單元推演出自私是生物傳承的原動力，等於以科學方法驗證整整二百年前阿當·史密斯的「假說」。

　　大部份共產黨人的行徑，莫不證實人類確有自私的基因，只是他們崇尚膜拜令他們獲得權力的馬克思（和恩格斯），連馬、恩唯恐天下不亂而提出「消滅私有制」的口號，亦當成真理。在馬、恩時代，社會不公、福利無有，工人受剝削情況嚴重，這句慷慨激昂的口號，感染力極大，於是引發一場翻天覆地的革命。如今世情逆變，「私有制」已成福利社會繁榮安定的根基，要把它「消滅」，作最樂觀推想，是自討苦吃。

　　張五常教授致力鼓吹的私有產權和私有制，可說是當今內地經濟蓬勃興旺的磐石，中共不是又要「用完即棄」吧！

二、

　　美國總統特朗普在達沃斯「論壇」演說的內容，環

繞「美國優先」不等於「美國獨大」及美國的稅務（減稅）改革有利經濟發展。前者展示美國放棄多邊貿易，並做好與各國（包括《跨太平洋戰略經濟夥伴協定》締約國、歐盟諸國及脫歐的英國）協商雙邊貿易協議的準備，前提是公平及互惠互利；後者鼓勵投資，希望令美國在科技創新領域有所突破進而「惠及全球」。事實上，減稅一方面令稅少利多的企業有加薪餘力，刺激本土投資和消費達致經濟繁盛。特朗普因此說外商不應錯過這樣子的「美國優先」，在美國投資……特朗普當然仍「暗批中國盜竊美企的知識產權及補貼國企在海外進行不公平競爭……」《華日》認為特朗普這樣做的目的在拉攏對中國同樣不滿的歐洲國家及日本等國「支持美國對中國採取行動」。

特朗普的分析既簡單且乏新意，卻足以顯示「美國優先」是出於「利己益人」的「自私」動機，美國營造了一個「有利於吾國」的營商環境，而此「有吸引力的投資環境」（北京經濟大腦劉鶴的發言亦以此形容內地），向世界各國開放，讓更多國家可從中得益……

所有公共事務，尤其是經濟策略，都應以「自私」（私利）為出發，乖離此一原則，便離不開一塌糊塗（沒有經濟效益）及成為腐敗貪瀆的溫床。

但願對張五常教授的指責，只是個別老左偏頗之詞，不是「第二次文革」的先兆！

2018年1月30日

美中
陰晴

金正恩炒起防核
特朗普《火滾》銷書

一、

　　危中有機，是投資者的「口頭禪」，更是他們對投機不離不棄的藉口；事實上，在資本主義社會，別説危機，所有足以引起大眾（資訊消費者）有興趣的事，都隱伏有待發掘的商機，比方説，令當事人尷尬不已的醜聞、特別是性醜聞，便有無限商機，最近兩宗「大新聞」均衍生了不少賺錢機會。北韓「主催」的核危機，令若干冷門行業火紅，而胡爾夫那本大爆特朗普「白宮秘辛」的《令人「火滾」的白宮內幕》（下稱《火滾》），則令作者、出版商財源廣進、「盤滿缽滿」。在自由市場，任何有需求的物事，都是「生財工具」。

　　去年8月15日，筆者在這裏提及擔心金正恩「核彈亂射」，各「有關國家」莫不大購軍火，一來這是「保家衛國」之舉，二來則是相關官員上下其手牟取「回佣」的捷徑，軍火生意由是一枝獨秀；除此之外，「核危機」尚帶旺了「冷門」的避核「地堡」（Bunkers）

生意，因為「最怕萬一」和家有餘資的人，為策安全，多半會斥資購買這類「核彈避難所」，令「地堡專門店」大收旺場之效。如今「地堡」熱賣潮稍歇，碘化鉀丸（Potassium iodide Pills）突然大賣，以添建「地堡」的人，於購藏日常食用品的同時，亦購進大量可以防止甲狀腺吸納「核意外」釋放的致癌物質「放射碘」（radioactive iodine）。不過，雖然購買「碘化鉀丸」不需「醫生紙」，但是專家忠告，服食前最好聽醫生的指示。

核危機上升令「碘化鉀丸」大賣，並非想當然而是有數可稽。美國「核丸網」（nukepills.com）的生意額顯示，當去年9月15日北韓試射可攜帶核彈的導彈令核戰可能性升溫時，「核丸網」的防輻射藥丸銷售量比8月激增五十倍，「碘化鉀丸」迅即售罄，該網站在十日後才有貨供應；今年1月3日，特朗普在「推特」與小肥金隔空互拋「浪頭」，揚言他掌控的核武比北韓的威力更大時，又掀起搶購「碘化鉀丸」狂潮，當日便賣出十四萬粒藥丸，為應付熾熱的購丸潮，該網站不得不僱請額外員工；到了1月13日夏威夷誤報「被核襲」，有關藥丸又馬上賣「斷市」……

1986年4月烏克蘭切爾諾貝爾核電站「失火」，以及2011年3月地震令日本福島第一核電廠「輻射外洩」，均令「碘化鉀丸」大賣，不過，事件平息後，銷量便急挫。去年開始市情有變，這類防核丸的銷量進

美中
陰晴

入「長期上升軌」，何以故？答案是，一方面北韓有所恃（美國不想朝鮮半島統一），不聽各方「忠告」，繼續射導彈試核武；一方面特朗普政府表示不惜與北韓大打一場，雖然是虛張聲勢（打貿易戰才是最佳選項），已令不少人心慌慌，「碘化鉀丸」這種童叟孕婦皆宜、售價低廉（大概每天只需一美元）且有效的「防核丸」便供不應求。特朗普瘋言癲語且予人以他隨時會發動核戰的觀感，帶旺了這個冷門行業，真是意想不到的事！昨天特朗普在國情咨文中強調要重建核力量，必會強化世人尤其是美人「防核爆」意識，有助「防核丸」的銷路，不在話下。

二、

　　在筆者的記憶中，以「宣傳攻勢」而言，《火滾》真是無出其右，它尚未發行，特朗普便破口大罵，如果在獨裁國家，看情形政府會把出版社炸毀而作者不是被捉將官裏便是被人暗殺，但在崇尚民主的國度，總統暴跳如雷是促銷的最佳宣傳，經總統「品題」，《火滾》不僅提前發行而且連夜加刷，據美媒的統計，胡爾夫的版稅已近八百萬（美元‧下同）。英國「小報王」《每日郵報》的報道，僅是來自精裝、平裝、電子書及「有聲書」（Audio Book）的版權費（零售價15%），已達七百四十萬，加預支版稅五十萬，意味胡爾夫已屬「1%」的富翁──據聯儲局的「定義」，擁

有資產淨值七百萬便是晉身「高端階級」的入門券。當然，胡爾夫這七百多萬是稅前數字，完稅後他便當不成「1%」；不過，加上此書電視及電影版權，胡爾夫身家肯定過千萬！憑一本書、特別是向來銷量有限的非小說而令作者「暴富」，可是絕無僅有。

迄1月24日止，不同形式的《火滾》已賣出一百七十餘萬冊，當中精裝本已「二十二刷」（再版二十二次），一共一百五十多萬冊，創下了非小說類的銷書紀錄（小說類《哈利波特——死神的聖物》〔*Harry Potter and the Deathly Hallows*〕以二十四小時在美國賣出八百三十萬本及在英國賣了二百六十五萬本掄元），1月28日美國前國務卿克林頓夫人應邀在格林美頒獎典禮上與一眾藝人輪流讀一段《火滾》（克太以調侃的語調讀出的內容是説特朗普嗜漢堡包的其中一個原因是怕「私家食物」被下毒），這場表演，不知是政敵「中傷」特朗普的「毒計」還是出版商的曲線促銷宣傳。聽與會者皆報以開懷大笑之聲，《火滾》仍會暢銷一段日子。

2018年2月1日

美中
陰晴

天地玄黃不談時局
肖狗之年狼「宗」「矢」影

一、

　　轉眼間戊戌狗年已在眼前，和丙戌年一樣，提筆欲寫「狗事」，一看《信報月刊》（第四九一期）的封面專題特別報告「狗年趨吉避凶」數篇鴻文，便有不知如何落筆的躊躇；這種經驗，筆者多的是，十二年前此際，寫「丙戌談狗」系列，開篇便說拜讀《信月》的有關特輯，「真有珠玉在前不知如何下筆之感，只好仿『東翻西看』系列，逐件記事。」（按　「東翻西看」為「閒讀偶拾」的前身）。為今年《信月》撰文的，都是港人熟知的名家，文章說之成理之外，且有圖文並茂之勝；值得特別向各位「推介」的是編輯部所輯的〈朗世寧妙筆繪駿犬〉，朗世寧為康熙、乾隆的宮廷畫師，其「十駿犬」（刊出六犬）各有特色，栩栩如生，令讀者不忍釋手。

　　不過，對筆者來說，最高興莫過於看見王亭之大作。早在四十一年前，王亭之便以薛永頤的筆名為創刊

號（1977年3/4月）《信月》寫〈與投資者論國畫〉，現在翻閱，仍覺其文采柔麗、言之有物，對國畫鑑賞者及投資者，有益有建設性；薛君有關的論述，以後幾乎期期見刊（記得他論瓷器的大作尤其精彩）。至1978年3月，談錫永「真身」登場，這一期寫的是〈從探春治家看人事管理——使之以權動之以利〉⋯⋯除了張五常教授，錫永大師是筆者心目中另一位名副其實的博學家！

「狗年趨吉避凶」數文，都出以哲理深邃然而莫測高深的玄學角度，作者們引經據典，所說甚是、言之成理，然而，在政經（包括股市）前景推測層面，不少看來有點偏頗，所以如此，也許是推理力受執筆時的時局所左右。問題其實便出在這裏，以時局瞬息百變，寫稿時據以下達結論的客觀環境，至刊出時可能已變⋯⋯筆者對玄學一竅不通，惟以為據此為文者應忘卻世事閉門潛心依書直說，若觀察時局而下筆，便可能與事態的發展有偏差！

《信報》當然亦湊熱鬧，「夾心人」卓文以「隨卦」測市，了無江湖味，甚有見地；「玄學世情」版連刊數文之外，7日占飛的〈人眼看狗忠〉和8日張綺霞訪問中大學者童宇博士的〈詳解中國悠久狗文化〉兩文，均為「狗癡」不可放過之作。前者談及包括《伊索寓言》的〈家狗與狼〉等多部著作和電影中有關狗與人的相處，又以李察基爾主演的《秋田犬八千》和香港淪陷

美中
陰
晴

前加拿大軍隊一隻紐芬蘭犬根德，於鯉魚門一役咬起日軍擲來手榴彈，「極速撲向敵方拯救了牠的人類同伴，自己壯烈犧牲」（死後軍方「謚」以中士銜）；可惜未及何以狗與人類「有情有義」的根源。童宇博士從中大正在舉行的「戊戌說狗展覽」（2月2日至3月11日）談到狗與中國文化的淵源，並述說古書中「虐狗與愛狗」的記載，大開眼界。

確是珠玉在前，本擬棄寫，然而，看看手頭與狗有關的文字，似乎還有一點「見遺」狗事——上述諸文，大都提及狗與狼的淵源，可就未觸及一件最常見的小事。

十二年前「東翻西看」，「狗事」真的寫了不少（分四篇約萬餘字，收《最佳投資》），有關狗的種切（包括食狗肉），所據典籍有《戒庵老人漫筆》、《三字經》、《周禮・天官・膳夫》、《歷代社會風俗事物考》、《七修類稿》、《風俗通義》、《太平廣記》、《神仙傳》、《在園雜志》、《聊齋誌異》、《*Discovery*（國泰機艙月刊）》、柯靈（S. Coren）的《爪印留痕》（*The Pawprints of History: Dogs and the Course of Human Events*）、《封神榜演義》、《癸辛雜識》，以至一眾名人如小說家史各特（《劫後英雄傳》作者）、大作曲家華格納、護士教育創設人南丁格爾、發明家貝爾（電話、水翼船、水上飛機及人口呼吸器發明家）、IBM創辦人華特遜、《奧德賽》及《伊利

亞特》英譯者蒲柏等的「人狗關係」，此中最「有趣」的是一次大戰德國空軍英雄von Richthofen伯爵與愛犬「三同」（同住同吃同打仗〔空戰〕）的傳奇。可見狗與人類關係，自古以來便交纏密切。翻閱舊文，又覺「狗事」已無「新事」，哪知不然，記起近讀伯恩斯的《狗的內心世界》（《G. Berns: What It's like to be a Dog》；希望瀏覽過這本書的人認同這個譯名），記下了不少聞所未聞的狗事，加上閒讀時看過若干與狗有關的「趣文」仍在手邊，頓覺尚可作一狗文，如此既是「應節」又可增廣見聞（？），何樂不為。

二、

狗主特別是寵物狗之主最尷尬而不易啟齒的問題，相信是何以嬌生慣養飽食終日的愛犬會吃自己及同類的糞便，如此污穢不潔與其優渥「高貴」的生活環境，絕不相配，這個人人想知道卻問不出口的噁心疑問，終於有了一文定音的答案。今年1月18日《獸醫學學報》（Veterinary Medicine and Science）網站貼出五名獸醫學者聯署、題為〈狗食狗屎的怪事〉（The paradox of canine conspecific coprophagy）的論文（下稱〈怪事〉，譯「悖論」似不太妥當）。一如所有這類象牙塔論文，作者們進行了大規模的狗主網絡實證調查，在排除了性別、「教育」、日常食物及起居習慣差異之後，證實「食狗屎的狗」約佔被調查的三四千隻狗的一成

六；那意味經過數千（萬）年的進化，在狗主有「閒錢」購買不便宜的多元狗糧和有閒暇呵護狗兒的先進國家，大部份狗隻已不嗜己出——從「薛浩」排洩出來的穢物！

「食屎狗」的飲食習慣，研究人員發現牠們非常「擇食」，只食新「落地」的糞便，有兩天的舊矢便屬「過期」而不食（牠們有辨識的本能）。這種發現，令作者們大喜過望，因為那完全符合牠們的狼祖先的飲食習慣。原來，在蠻荒時代（公元前若干年太虛幻），為保持洞穴的「衛生」，領袖（健康良好）狼會把穴內及穴洞邊緣的狼矢吃掉，因為狼糞便落地兩天，便會滋生不利腸胃的寄生蟲，進而令狼穴受「流感」感染狼群染病，作為一穴之主的老狼，便只有用這種方法把之吞下肚然後在遠離洞穴處「放掉」。專家們指出，在穴內或穴口大便的，都是體力不濟無法「遠行」的弱狼，體壯的都會遠離洞穴解決大小便；這種保持獸穴衛生而卻病的求生絕技，可說是狗遠祖的智慧，當然，這遠遠遜於人類——人類善用工具，當然不必張口而有辦法保持居所衛生！

值得注意的是，〈怪事〉的調查於富裕（其實窮透根）和極度關注「獸權」的美國進行，食狗矢的狗不算多；這類調查若在後進國或視狗隻如純畜牲的國度，比例肯定大增。

狗食狗屎（consume their own faeces），來自其先

祖的基因遺傳，因此，視狗隻尤其是寵物狗如己出的狗主，雖多方設法戒除這種「惡習」，成功比率不高，那即是說，不必肚餓，一見新鮮狗矢，狗兒中十之有二會不理主人叱喝而食之！目前美國市場針對狗食矢的藥物共十一種，當中以Stop Stool Eating最直截了當，而21st Century Deterrence最莫測高深（乍看還以為是「防核丸」的別種），可惜無一具根治之效，藥物敵不過遺傳基因，彰彰明甚。不過，狗主們應了解狗食屎的目的不在醫肚而在把「狗寶」弄乾淨，以杜傳染病的滋生蔓延。想到此處，狗主們見其愛犬自食其矢或同類的糞便，便不必自責而應視若等閒了。

• 戊戌說狗‧三之一

2018年2月13日

美中
陰晴

靈通人性逃離法網
七情上面遠離屠場

三、

　　每逢寫及動物，總會翻翻伊凡思那本經典：《對動物的刑事起訴及極刑》（*E.P. Evans: The Criminal Prosecution and Capital Punishment of Animals*〔下稱《極刑》〕），這一趟亦無例外；略為意外的是，今年的主角狗，真不愧是人類最忠心的「伴侶」，與人類情勝手足和洽相處萬千年，歷史上並無被告上法庭的紀錄。

　　動物尤其是寵物被告上法庭，看似荒誕，卻信而有徵。在中世紀，動物犯法，與王子及庶民同罪，而此「傳統」，來自《舊約・出埃及記》第廿一章第二十八節至三十二節的記載：「牛若觸死男人或是女人，總要用石頭打死那牛，卻不可吃牠的肉；牛的主人可算無罪。倘若那牛素來是觸人的，有人告了牛主，說他不把牛隻拴着，以致把男人或是女人觸死，就要用石頭打死那牛，牛主也必治死。若罰他贖命的價銀，他必照所罰

的贖他的命。牛無論觸了人的兒子或是女兒，照這例辦
理。牛若觸了奴僕或是婢女，必將銀子三十舍客勒給他
們的主人，也要用石頭把牛打死。」（據香港聖經公會
譯本）。耶和華有此指示，天主教徒便不問青紅皂白盲
目遵行；至中世紀，不知法卻常犯法的畜牲以至飛禽，
便成法庭常客。按舍客勒為重半盎斯的古希伯萊銀幣
Shekel，即奴僕及女婢值十五盎斯白銀，以現價計約為
一千九百港元！

　　由於有此昭示，中世紀歐洲法律界才會把犯法（如
咬人、偷吃、毀壞私物及公器等）的野獸和家畜告將官
裏（不准保釋），在人獸平等的觀念下，這些官司均
一一記錄在案，以示法律之前，人畜一視同仁。直至
20世紀初葉，畢業於密歇根大學，曾在哥登堡、柏林
和慕尼黑等大學深造的美國語言學家伊凡思，在歐洲特
別是德法的法院檔案中，發現這些令現代人目瞪口呆的
案例，遂把從公元824年至20世紀初期那些千奇百怪的
審判紀錄，整理並加分析，撰寫成兩篇長文，分兩期在
《大西洋》雜誌發表，大開英語世界讀者的眼界，雜誌
迅速售罄，徇眾要求，作者遂整理、加工，上引那本書
便於1906年出版（筆者手上的一本為1989的據原版再
刷）。囉囉嗦嗦說這本書，因為太有「趣」，蝗蟲（令
豐收變失收）、麻雀（糞便落在地方主教禿頭上）被
告，判刑（很快瘦死「獄中」）；豬被絞死（1266年
的案例是吃掉一個小孩〔eaten a child〕，也許，「咬

死」才是實情）……法官都是當時的精英尖子，審案一本正經、判詞可圈可點。這樣的書，閒時翻閱，樂趣無窮，遂為之介。

大概因為早被人類馴服且通人性，狗隻被捉將官裏告上法庭的，似未之見，不過，《極刑》為被羅馬人犧牲處死的狗兒抱不平，適逢狗年，應記一筆。簡略而言，公元前390年高盧人（Gauls）攻打羅馬，後者退守國會山莊（Capitoline Hill），堅守多月後，高盧人於夜間發動偷襲，軍鵝及時覺察，曲頸鳴叫，驚動守城士兵……事後羅馬人以「鵝公聲」立功，賜予珠寶之外尚封之以聖，而當夜軍犬夢入黑甜，半聲不吠，遂被處以釘十字架的極刑。此事令筆者記起宋周密的《癸辛雜識續集》有這樣一段記載：「狗最畏寒，凡臥必以尾掩其鼻，方能熟睡。或欲其夜警，則剪其尾，鼻寒無所蔽，則終夕警吠。」狗於寒夜以尾掩鼻，興許連耳朵亦「被掩」，聽覺失效，遂無法發聲示警……羅馬人顯然不及宋朝人聰明，只會殘酷殺狗而不知「剪其尾」以改進犬的警覺性！

不過，意大利人早不記舊仇，如今狗隻在意大利已是天之「嬌」子——筆者所見有限，沒看到意大利人何年何月「頓悟」，為犬隻平反的記載。

四、

喜歡思辯的動物愛好者也許會問，何以世人偏愛

狗而不惜置豬牛羊及其他禽畜於屠宰房且烹而煮之——卻大都不忍吃狗肉？甚至還會鄙視嗜此物的韓國越南及內地部份地區的居民），他們把狗兒抱進懷裏，更有人把牠們放進搖籃和嬰兒手推車中「行山」，由於不可食無肉，於是大吃其他禽畜的肉。這類統稱為食肉（獸）者（Carnivore），此字本來是指必須吃肉食才能生存的動物，被借用以形容葷素並食的人，不太合適；那即是説，肉食獸無肉不歡、非肉無以為活，但人可吃可不吃肉，因此不宜套進全肉食類別。因這緣故，約十年前寫成《何以我們愛狗食豬肉及用牛皮製品》一書（*M. Joy: Why We Love Dogs, Eat Pigs and Wear Cows*）的社會心理學家喬伊，才會鑄造一個新字Carnism（拉丁文Carn為肉）以取代之；此字之意為食肉不為存活只圖滿足口腹之慾的人。這個字典未收的字應該怎麼譯，尚望高明賜教。

非常明顯，世上食肉者佔絕大多數，以其可口且有營養（素食者當然另有想法），不過，何以人類幾乎甚麼肉都吃獨不食狗肉!?不嗜此肉的人説狗隻不潔（因「狗吃狗矢」）其肉膻腥有傷腸胃不宜進口，不過，那是視犬兒為己出而不忍食其肉者的砌詞，事實是，此物經高手烹調，食之者鮮有不讚其鮮腴甘潤、留香齒頰。大部份人尤其是愛狗者所以不忍對牠遽下殺手，皆因此種最早被人類馴化的畜牲，在以萬年計的進化亦即與人類相處的過程中，其面部表情其肢體動作（如搖尾豎尾

美中
陰晴

夾尾以至跳躍「跳舞」及投懷送抱）其叫聲等，已足表達其喜怒哀樂和好奇以至思念種種可與人類溝通的感情，除了不能言（近見有狗兒會「Hello」矣，人類循循善誘能言犬看來會日趨普遍），狗隻已愈來愈「近人」，正因為如此，加上四腳兩足家畜家禽的肉類供應豐沛，於物質氾濫之地，在有選擇的條件下，一般人遂不食被視為忠誠、實用（如導盲守夜等）和「通人性」的狗隻之肉。說狗肉難下嚥，是愛狗者中傷狗兒之言。

《伊索寓言》有〈驢子和寵狗〉（*The ass and the lap-dog*）一則，頗有深意。話說有人畜驢養狗（Maltese Lap-dog，維基譯馬爾濟斯狗，白色長毛性情溫馴撒嬌好客的寵狗），驢見此「貴婦狗」（？）好食好住不必工作整天被主人抱懷置膝呵護，過「狗上狗」生活，「幸福度」之高，驢子不勝欽羨，為求提高生活質素，遂掙脫繩索，跑至主人面前「挨身挨勢」、嬌聲哆叫，大獻殷勤之餘，還學狗兒就地打滾、四腳朝天亂舞……結果打碎玻璃花瓶且把一屋擺設弄得一團糟，給主僕合圍痛打一頓後再縛於「柴房」。驢子痛定思痛，頓悟應該繼續做苦工換取糧食，「為甚麼要學那隻又無用又懶惰的寵狗（idle... useless little Lap-dog）！

其實，狗兒的本領，尤其是識別主子的面部表情和腔調以至本身七情上面搖尾乞食的表演及叫聲，都是其他哺乳類動物學不來的（科學家從多次實驗中證實狗可通過其臉部表情及腔調表達內心訴求），驢子想要「清

閒」一點像狗兒般「嘆世界」而邯鄲學步，結果因為力有未逮而自討苦吃！

　　說起狗兒的乖巧，有一小事頗可一記。筆者教剛學認字的孫兒以Dog字，此是狗狗，何奇之有，奇在倒寫成God。孫輩至是「碌大雙眼」，筆者遂教以Dog與God的異同——一是家畜一是神仙，大異；惟兩者均為語言專家，以主人可以用任何語言（及手勢）和狗溝通，而教徒可用任何語言祈禱「上達天聽」且極速有指示回應。狗和上帝一樣，聽懂世上任何語言，何其聰明也。

　　　　　　　　　　　　　　• 戊戌說狗 · 三之二

2018年2月14日

全民養狗帶旺經濟
嗅覺銳敏聞主狂喜

五、

　　狗（和貓）是最多人豢養的寵物和畜牲，不過，一國一地究竟有多少家犬，相關的統計似不多見；筆者僅見的是美國和英國的數據（以美國的最為詳盡——寵物包括鹹淡水觀賞魚〔一共一億五千八百多萬條、養魚人家共一千五百餘萬戶〕），據「美國寵物產品協會」（APPA）兩年一度的《全國寵物主調查》（*National Pet Owners Survey*），2017年全美有八千九百七十多萬頭狗（貓更達九千四百二十餘萬隻），養狗的家庭六千零二萬戶；這一年，全美共有一億二千六百二十二萬個家庭，即平均而言，大約兩個家庭便有一個養狗。有關團體不惜動用相當的人力物力作「民調」，皆因養寵物是一門大生意，意味這類調查有「經濟價值」——生產與寵物有關商品的公司非訂購不可。

　　美國狗主每年在其寵物寶貝上用了多少錢？統計顯示2017年共達六百九十億三百六十萬（美元‧下

同），其中用於主食及副食的為二百三十五億（與貓
食相若），醫療開支一百五十億四千二百萬，購買成
藥、理髮美容以至做修身減肥運動（人類的稱普拉提
〔Pilates〕、狗兒的稱「包拉提」〔Pawlates〕）的開銷
達一百九十億六千九百萬，當然，還有維他命丸和玩具
的支出。美國人窮透根，據去年的數據，39%美國人沒
有分文存款（窮光蛋，失業便斷炊），另有57%存款少
於一千元，可是，他們慈悲為懷，天天向政府爭取「免
費午餐」之餘，卻不惜在寵物特別是狗（和貓）的身上
一擲千金！

在這方面，英國人不甘後人，以女皇為榜樣（快將
92歲已垂垂老去的她仍養狗三條），全國有八百五十多
萬條家狗，每年的相關開銷近一百一十億英鎊，每隻狗
的年度消費為一千二百五十二鎊，其中約三百九十四鎊
用於食物，而健康及意外險每年平均保費為二百四十三
鎊二十四便士，小吃及玩具近一百八十四鎊。在此有
19%人口無半分儲蓄（等如無隔宿糧）的國度，這樣開
支不能不算離譜。

看英美狗糧支出之巨，可知狗兒胃納不錯。稍涉
弦樂的人都知道，小提琴的定音可以Good Dog Always
Eat（四弦從粗至幼依次以GDAE定音）記之。英語世
界有這句「啟蒙級」的音樂「術語」，說明了狗兒好吃
貪食的特性深入民間。

人們普遍養狗，還衍生一個冷門行業——陪狗散

步員（Dog Walker），在「先進」國家，這是一項須獲政府執照的專業，「陪狗員」除要了解狗兒的健康狀況（以決定散步的速度及時間）和受過急救（First-Aid）訓練，有的甚且要在大學如巴納學院（Barnard College）修讀「狗認知」（Dog-cognition）課程。有這種種專業知識，該業的平均薪金甚高，便很正常。以倫敦的「陪狗員」為例，去年平均年薪三萬二千三百五十六鎊，比全國平均年薪二萬二千零四十四鎊高出約四成！美國「陪狗員」年薪在二萬至五萬之間，多出最低時薪甚多。

以寫《論有閒階級》傳世的經濟學家（制度學派宗師）韋白龍（T. Veblen）所說的有閒階級，真是閒得發慌?!他們把寵物玩弄於股掌之餘，還怕牠們缺乏玩樂，因而為狗兒組織足球隊（牠們大概不會打籃球、乒乓球、網球及羽毛球吧）並舉行年度大賽（Puppy Super Bowl），對於今年1月底2月初舉行的已是第十四屆，兩隊對壘，互「踢」互咬網球，有球證有旁證當然還有狗主組成的啦啦隊，更妙的是球隊可用「外援」，今年有隻名為芒果的墨西哥流浪狗的腳法清脆利落，嘴功靈活而成為最矚目的國際球星……狗兒都起人名，「比賽」（筆者仍無法想像牠們如何進行比賽!?）期間狗主進場為牠們的寵物打氣，加油之聲此起彼落，煞是熱鬧……當然，狗主閒得發慌只是「外行人語」，所以有這麼多與狗有關的活動，並非主辦者太清閒，而是其目的莫不

在推銷與狗有關的商品。「狗足球大賽」便是狗商品廣告的熱門場合,多家電視台全程播送,其理在此。

六、

　　《狗的內心世界》作者伯恩斯為Emory大學心理學教授、神經科學巨擘,他和他的研究團隊用磁力共振掃描器(MRI scanner)觀察十二隻不同種類活生生的狗隻對不同事物的腦部反應,結果發現牠們一致對氣味最敏感,以其嗅覺比人更敏銳,這些狗隻面對來自五種程度不同的氣味,比如對狗和對人的──有來自狗主及其家人、鄰居,以及狗兒從未「聞」過的陌生人──反應,從MRI所見,狗對主人的氣味反應最強烈,次之為同群的同類⋯⋯狗隻如此敏銳的嗅覺,究竟是否天性抑或是後天如食物及生活習慣養成,伯恩斯說「有待進一步研究」。

　　對氣味的認知,科學家遂認為狗見離家整天或多天的主人時,那種以肢體語言表達的狂喜,目的並非期盼主人賞賜「額外」的食物,而是嗅覺感應聞慣的氣味,令牠有如人見久別重逢老友的喜悅!換句話說,狗兒見主人回家的歡欣鼓舞,並非「做秀」(Not faking)而是發自內心。更妙的是,你對狗兒的讚賞(Praise),從牠的腦部反應看,比給牠吃「熱狗」(Hot Dog,應該不加調味品吧)更雀躍。伯恩斯因此得出狗隻重視溫情(愛)甚於食物。不過,以筆者的經驗,狗若「過時

美
中
陰
晴

未吃」，牠對你大獻殷勤，肯定是為了食物！

《狗的內心世界》對群狗所作的棉花糖實驗（The Marshmallow Test）及「貝利登驢子」試驗，由於作者專欄不久前（12月28日及1月23日）才提及，筆者特別感興趣。不過，這些實驗和試驗似乎不太成功；正如作者所說，研究人員無法令狗兒了解「有耐性將獲獎賞」（不即時取食棉花糖等於有定力的小孩稍後大有所獲），實驗因此不能說成功；而「貝利登驢子」面對魚與熊掌（水和食物）徬徨無計，終致活活餓死的「寓言」，伯恩斯認為並非虛構，因為現實生活中確有不少因為遲疑莫決壞了大事的事例；他對狗的試驗則是食物或主人的讚賞「任揀」……一句話，那些從MRI顯示重視讚美之詞甚於「熱狗」的狗，不食「禁果」；不過，不同品種的狗反應不一，此試驗顯示並不完美。

和大部份生肖並非與日常生活不可分離不同，狗可說是人類生活的一部份，「狗事」因此與時並進、層出不窮。那意味「狗事」說不完，這裏所記，只是「迄今為止」筆者認為可以一記的點滴而已。

■讀了昨文，有蕭姓讀者來電郵說他肯定有狗兒曾在美國被判刑入獄，因此指筆者說從未有狗坐監，不確。翻查資料，知1924年4月賓夕凡尼亞州州長G. Pinchot判名為Pep的拉布拉多狗以無期徒刑，終身監禁、不准保釋，罪名為咬死其太太的寵貓……不過這

是Fake News，因為數年後州長夫人接受《紐約時報》訪問，道出真相——她老家的拉布拉多母狗一胎六隻小犬，她的老父照顧不來，想法把之送出，女婿州長遂決定送一隻給監獄，令監躉可與此狗耍樂⋯⋯實情應是如此；何況，州長有何「法」力可判動物入獄？筆者沒有寫錯。

• 戊戌說狗 · 三之三

2018年2月15日

伏案三更罷 回頭一夢新

一、英譯出版感言

從香港人的利益本位出發,在九七問題未受廣泛關注的歲月,透過「政經短評」,筆者力主中英應及早面對現實,談判、商討如何解決此一「歷史遺留下來的問題」,好讓港人在有選擇自由的時空下,決定去留。於《信報》創刊後不久的1975年中至1984年,環繞此一主題的評論,經內子整理編纂,於1984年底以《香港前途問題的設想與事實》(書名題字出自張五常教授之手)之名出版。市場對該書的反應不錯,遠景出版社遂把之分為兩冊(該社「林行止政經短評」第十三冊〈前程未卜〉及第十四冊〈賦歸風雨〉),在台北出版(1992年2月初版、1997年5月再版);香港盲人協會為本書錄了十五卷錄音帶(介紹部份用凸字)……事隔三十四年,該書英文版由中文大學出版社出版。

以〈北京不可信 倫敦不可靠〉(譯本頁305)為主軸,筆者就「香港問題」所作的「設想」,現在翻閱,大體而言,有關論述與事態發展尚算吻合,不少

仍堪咀嚼。寫於四十三年前的〈香港的經濟利益對中國愈來愈重要〉（譯本頁2），推翻此前主流輿論的看法；1984年4月13日的〈沒有軍隊哪來法治〉（譯本頁364），豈非今日香港「法治」的寫照；同年8月10日的〈談判謝幕前的鬧劇〉（譯本頁448），對中英草簽聲明不能修改的《香港問題協議》後，仍假惺惺在本港成立「民意審核專員辦事處」，筆者斥之為愚弄港人的鬧劇；這類鬧劇如今仍在本港上演。

筆者反對「一人一票」，1982年10月26日的〈民選立法局——玩完〉（譯本頁214）和主張〈精英諮詢是最適合香港的政制〉（1989年8月24日；譯本頁454），與後來政制發展總路向相近，但筆者已修正這種觀點。這種看似自相矛盾的論述，並非思維有變，而是隨客觀環境之變不得不作調整。經濟數據有變，經濟評論者只有修訂舊時的看法；政治現實的嬗變，令時評者必須重新審時度勢，有時且得「打倒昨日之我」……筆者認為，為保障九七年後港人享有的自由不變，立法局（會）應加強民選成份，是「六四風波」後的事！

戊戌狗年，說書中一則狗寓言，饒具現實「趣味」。1984年7月23日〈鸚鵡救火　犬惡酒酸〉（譯本435頁）一文，引述那則韓非子〈外儲說右上‧宋人酤酒〉，簡直是為今之香港政局而寫：「宋人有酤（賣）酒者，升概甚平，遇客甚謹，為酒甚美，懸幟甚高著，然貯不售，酒酸。怪其故，問其所知長者楊倩。倩曰：

『汝狗猛邪？』曰：『狗猛，則酒何故不售？』曰：『人畏焉。或令孺子懷錢，挈壺甕而往酤（買），而狗迓而齕（咬）之，此酒所以酸而不售也。』夫國亦有狗。有道之士懷其術而欲以明萬乘之主，大臣為猛狗迓而齕之。此人主之所以為蔽，而有道之士所以不用也。」

當年筆者的解讀是「這則故事生動地告訴大家，香港不但要有合理的公平的照顧民情的立法，執行法例人員的辦事手法和態度更為重要……如果中英簽下了大家認為滿意的協議，但將來由隻手遮天、狐假虎威的『惡犬』治港，協議又有何用呢！」

如今代「萬乘之主」治港的大員是不是「惡犬」，不同政治屬性的人有不同的結論，惟此人是「忠狗」，則是人所共知亦是必然的事實！

*　　　*　　　*

《香港前途問題的設想與事實》的英譯出版，絕對與敝帚自珍的玩味無關，小女在山很用心地翻譯這本結集，是自小看到不理俗務的父親經年累月伏案緊貼時政議論分析，而在香港從「脫殖」到回歸這些港人最感無助與徬徨的歲月，筆者的埋首苦幹，也許令她覺得應把這些「一個人的見解」翻譯下來，讓更廣泛的讀者了解一下那段特定時空下香港人的感受和反應。

二、英譯序言

三十三年前的文章結集被翻譯為英文出版，至今每週仍於《信報》撰寫三篇時評的筆者，翻閱舊文，昔日時評所及諸事，彷彿近在眼前，可是種種歷經卻在匆匆歲月中走進歷史！

六十年前，筆者從中國國境之南濱海小港汕頭（潮州），經兩度嘗試，成功偷渡到英屬的香港，從此「徹底解放」，身份證國籍欄上寫上的是Claimed Chinese的香港居民。香港曾經是一個經常被人形容為在借來時間裏一個借來的小地方，就在這個「小地方」，當中除了「小時候」有四五年在英國唸書，筆者一直在這裏工作和生活。香港不但是家，亦是根。

香港在英屬的日子，中國人的風俗文化，不但未受歧視且受尊重的痕跡，彰彰可考。此地住民九成以上是來自大江南北的華人，政經權力卻高度集中在那佔人口總數不足半成的英國人及少數視英國人為主子的「高等華人」手裏。九七年主權回歸後，香港是中國南隅一個特別行政區，北京政府沒有改變這裏的資本主義制度、維持英式的法治傳統，港人的出入境自由和生活方式不變亦獲北京保證。然而，在五十年不變承諾下，香港人的生活質素卻有翻天覆地的蛻變。

昔日英治時期，港人外遊，拿的不是身份證明書（Certificate of Identity）便是海外公民護照（後改為屬

土公民護照），沒有幾個持有真正的英國護照，其與英國公民身份大不相同，十分顯然。回歸中國版圖後，香港人大多改持特區護照，領取中華人民共和國護照的，有如鳳毛麟角。無論主權屬於英國或中國，香港人的身份總是在交錯的、似有非有的名實間隱現。

在英治下，英國人活學活用馬林諾斯基的「功能性人類學」，促致華洋雜處的社會融洽和諧甚且可說安和利樂，雖然沒有民主物質生活卻日趨豐裕，個人自由在鄰近地區亦屬首屈一指，港人遂對「脫殖」感到不捨，英國人亦因之在落旗歸國時有光榮撤退的榮譽感！香港回歸母體，是修補歷史創傷的必然，從中國歷史的角度看，是值得歡欣鼓舞的大事，但由於北京嚴拒談判中出現「三腳櫈」，港人不能就香港前途表示任何意見，那份身不由己的無奈，怎能不添焦慮和煩躁!?

1984年，筆者趕在中英兩國就香港前途問題談判告一段落醞釀草簽協議前，把此前十年的相關時事評論編選結集，從這段時期的寫作，可窺見香港「脫殖」前島上居民對於英治時期生活方式的眷戀（「戀英」一詞由此而生），事實上，和時機成熟時殖民地紛紛獨立意味民族自主自決不同，香港的「脫殖」，卻是被一個香港人於五、六十年代避之則吉的政治體制「吞併」，港人對於被納入共產中國，不免忐忑。港人為身不由己而惴惴不安，根源正是港人無法直接參與前途談判，與香港有切身利益的前途抉擇，全由中英兩國商談（爭拗也許

較為貼切）擺佈，事事關己而不能參與，港人難免戰戰
兢兢！

這本集子所寫，希望能夠大體上反映出這段時期
「被置身事外」港人因失去抉擇自由的徬徨心境；作為
一個職業時評人，筆者當然要探索《中英聯合聲明》草
簽後香港的發展，此一信念，支持筆者筆耕不輟，加上
職業寫作人的「個人假想」，怎樣建構九七年後香港的
「假想」，也許在不久後會呈現於諸君之前。

當年這本書的編輯是內子，如今的翻譯出自小女之
手，是典型的「家庭腦工業」的產物，亦是筆者內心欣
慰愉悦之泉源。

2018年3月1日

美中
陰晴

站起來到站出來
女性冒起防性侵

一、

　　有關三八婦女節的源起及何以女性社會地位與日俱增，三年前作者專欄〈泡沫不因伊人脹　穩健投資女性強〉（收《樣樣走樣》）有扼要分析。一句話，自1792年英國婦運先驅、《科學怪人》（Frankenstein）作者瑪麗·雪莉的母親胡士東克拉夫德（M. Wollstonecraft）發表世上第一篇爭取男女平權的〈婦女權利辯〉（*A Vindication of the Rights of Woman*）後，相關的論述排山倒海，它們的內容筆者不大了了，但看這二百餘年來女性「全方位冒起」的實況，便知極具說服力。事實告訴大家姊姊妹妹早已站了起來，「頂住半邊天」已不足以形容女性對人類社會的貢獻；到了去年引爆如今仍在發酵的反性騷擾運動，女性不僅站了起來，而是進一步地站了出來！前此，她們也許站在男性後面，也許與男性並肩而立，而現在卻已站了出來，在男性之前，大有引領世界向前的架勢。這架勢，在社會

運動和政壇上尤為明顯。

　　以香港為例，在社會（包括經濟）及政治領域主動出擊大有所成的女性，不計其數，此刻仍在「熱炒」的九巴資方與「月薪車長大聯盟」的勞資衝突，勞方領軍便是一位女性；葉蔚琳女士的據法力爭，已迫使資方在僱傭問題上作出讓步（從即時解僱突變為暫時復職），亦力促行政長官公開表態認為資方做法「可以改善」。這不能不說是女性的勝利。雖然在行將來臨的立法會議員補選上，女性參與度未如人意，但女性在香港政壇上舉足輕重，早是眾所周知的事實。

　　在#MeToo運動（亦有稱之為「粉紅浪潮」〔Pink Wave〕）的發源地美國，今年肯定是「婦女年」（Year of the Women），而最矚目的是，女性在政壇上有群起「奪權」即昂然挺胸站出來集體與男性一較雄長的勢態，迄2月底，競逐國會及州議會議員的女性，起碼已有五百名，為「歷史新高」，據Rutgers大學「美國女性與政治中心」（CAWP）2月中旬一項調查，已報名參選今年眾議院中期選舉的女性達三百九十七位（其中七十二位競選連任），角逐一共只有一百個席位的參院議員，更達五十位（當中十二人競選連任）；而角逐州長職位的女性共七十九人（包括爭取連任的四人）。和2016年大選時參院及眾院的參選女性依次為十六名及一百六十一名比較，說已站起來的女性今年紛紛站出來，是現實的寫照。值得注意的是，在競逐眾院議席的

美中
陰晴

三百九十七名女性中，三百一十七人是民主黨員！

二、

　　姊姊妹妹站出來指控被性侵，雖然方興未艾（在這方面，香港是大落後），但已有不少知名人物中箭下馬，有的丟掉公職、有的身敗名裂、有的賠款事未了可能要坐牢；總統特朗普意氣「瘋」發如昔，表面上看，他對曾和他有一手的「小電影」女演員的控告，以至一班站出來的女性，在民主黨於幕後擺佈下，可能在年底議會中期選舉前對他集體興訟，似乎不放在心上，但此事左右選情，事不可免。

　　愈揭愈臭的性侵事件，令女性意識到她們惟有站出來從政，才能保障女性的權益，這正是有意從政女性人數突然暴增的底因；而特朗普玩弄女性的往事，因#MeToo運動興起而陸續見報，他雖然指出這類沒有確鑿證據的「傳言」都是「假新聞」，但觀其言行，大家心裏有數。大人物性侵女下屬，在美國（其實是所有資本主義社會特別是極權國家）不是新聞，但落在特朗普身上，後果可大可小。特朗普因獲眾多女選民支持而上台，這些「粉絲」中不少如今已恨他入骨，旨在捍衞女權惟矛頭直指特朗普性侵女性及種族歧視的維權組織「女性大遊行」（Women's March），於特朗普就職一週年紀念日發起的遊行，參加人數多達二百五十餘萬（人類史上最大規模的群眾示威），可知希望扳倒特朗

普的女性之眾。女性角逐議員及州長職位，年底才見真章，但去年11月她們初試啼聲，在維珍尼亞州議會十五席補選中，女性（都是民主黨人）奪十一席。這種勢頭若持續不變，年底國會的中期選舉，不僅女性議員大增，更會大大打擊特朗普兩年後角逐連任的選情。目前的政治環境一日不變，意味共和黨淪為在野黨的可能性不小，這當非一早下定連任決心的特朗普所願見。為轉移選民的注意力，以當前緊張的國際政治情勢，屆時爆發一場美國旗開得勝的熱戰，不足為奇！

值得特別指出的是，反性侵反特朗普的女性政治運動即使大竟全功，亦只會令更多有為女性登上政治舞台，惟對遏阻（遑論杜絕）性侵恐怕作用有限。今屆奧斯卡頒獎禮上，主持人占美．金梅爾（J. Kimmel）說了不少「笑話」，當中一句「奧斯卡所以仍坐鎮荷里活，是因為他循規蹈矩，從不口出穢語——還有，他根本沒有生殖器（No penis at all）」。金梅爾言外之意是奧斯卡因此不會犯性侵；雖然這不等於說他有那話兒便會亂來，卻清楚反映只要有「正常」的男性，不論政壇上有多少手握大權的女性，性騷擾仍是防不勝防！

2018年3月8日

忙亦看書心田富足
紙媒式微財閥垂青

■medium.com最近有篇教人讀實體書的特稿，引述多位「讀書界」中青少名人的經驗，不乏可供參考的內容，然而，亦有莫名其妙的，比如有人認為「日讀一書」，不是大不了的事，因為「識字分子」每分鐘可讀二百至四百個字，一本通俗小說的字數在六萬至十萬之間，以平均八萬字計，那等於說五六個小時便可讀完一本書。這可稱為「技術性看書」，問題是囫圇吞棗，書是「過目」卻不一定入腦，如此讀來何用？

■新任美國聯儲局主席鮑威爾（J. Powell）的任命於2月初公佈後，與他識於「微時」的英倫銀行前行長金格（M. King）寫了一封公開的祝賀信，當中提及聯儲局前主席格林斯平在他快將出掌英倫銀行時給他的忠告：「把一半時間留為閱讀及思考」，意謂工作再忙，亦要騰出時間讀書和沉思。金格引述名作家維達爾（G. Vidae）與甘迺迪總統有關讀書的對話。後者問在尚未完全開化、比起歐洲諸國文化大落後的18世紀，何以美

國能產生像富蘭克林（1706-1790，開國元勳之一）、傑佛遜（1743-1826，第三任總統）及漢密爾頓（1755-1804，大有功於美國經濟發展的首任財政部長）這樣偉大的傑出人物，維達爾的答案是：「在漫漫的寒冬，他們深居簡出，閱讀、寫信和沉思……」讀書、寫作和思考之重要，中外古今皆然。

　　■今人太忙，看電腦、手機上的信息，便教人忙得不可開交；即使是「愛書人」，亦抽不出閱讀的時間——遑論閱讀動輒數百頁的巨構——許多名著因此滯銷。在這情形下，有市場觸覺的讀書人想出一個好主意，他們聘請「專業讀書家」，精讀名著，把之濃縮至數千字，出版四吋乘六吋的袖珍小冊子，「精悍短小」，攜帶方便。讀者如有興趣，尤其是那些想於短短數十分鐘內了解你有興趣的大部頭著作的內容者，每年用不足二百美元訂閱Mustreadsummaries.com（每月可下載二十本書；「藏書」二千餘冊），便能滿足你的智性需求。對於目的不在「做學問」而在長知識的人，精簡本的出現，真是大功德。

　　筆者此刻剛讀完阿卡洛夫和舒拉合著那本《獸性》（*Animal Spirits*）的袖珍本，便覺物有所值！此書筆者多年前曾數度在作者專欄評介，今讀其精簡本（Summary，只有二十一頁），證筆者過去的引述正確無誤。

美中陰晴

■紙媒──印刷媒體（報刊）──經營日趨困難，已是眾所周知的事實，然而，以美國為例，豪富榜上有名的富翁，近年紛紛收購報章雜誌。2009年，「股聖」畢非德公開指出紙媒前途陰霾密佈（terrible future），但不足兩年後的2011年10月，他便出手收購《奧瑪哈世界先驅報》（Omaha World- Herald），令其旗下的BH（Berkshire Hathaway）傳媒集團（BH Media Group）一共擁有三十一份日報、四十七種週刊、三十二種「其他印刷媒體」和一個電視台。不過，對紙媒前景不妙的「預言」，終於反映在該集團的廣告萎縮及銷量倒退上，這是何以該集團剛於2月中旬辭退（包括不填補空額）約6%共二百四十九名員工的原因──為繼2017年4月裁員二百八十九名後第二次削減人手。不過，畢非德對紙媒仍充滿信心──他過去指前景不明朗，可能是嚇倒競爭對手退出收購的「奸計」！

畢非德收購紙媒，在大富之間絕非孤例。今年2月初，南非華裔（雙親因抗戰逃離台山赴南非）美籍生化投資者黃馨祥醫生（P. Soon-Shiong，其姓氏的華語拼法為Huang Xinxiang，以淨資產八十六億〔美元・下同〕在福伯氏豪富榜排第一七五位），便以五億九千萬（其中九千萬為退休金）收購《洛杉磯時報》及幾份「社區報紙」。無人不識的「時代出版社」（Time Inc，出版《時代週刊》、《體育畫報》〔Sports

Illustrated〕和《人物週報》），於2017年11月落入巨無霸超級市場沃爾瑪（Wal-mart）大股東Koch氏兄弟之手，收購價為六億五千萬。當然，亞馬遜的貝索斯（J. Bezos）更早於2013年10月以二億五千萬的代價收購《華盛頓郵報》⋯⋯

巨富購入紙媒，論者認為用點小錢達左右輿論目的且對開拓網絡業務充滿信心，是主要動機，然而，別說傳媒人不易照東主的吩咐寫評論做新聞，以畢非德為例，他的目的可能只在分散投資，而歸根究柢，這些身家動輒以十億美元計的大財閥在「紙媒前景陰霾密佈」下入市，正是投資鐵律人棄我取的好榜樣。

■英國哲學家、政治家、散文家和園藝家培根（F. Bacon, 1561-1626）的散文集《*Complete Essays*》收〈談學習〉一文，在論閱讀一節，指出有的書可供欣賞（to be tasted），有的只宜過目（to be swallowed），有的則應咀嚼消化（chewed and digested）；那等於說有的書應細讀，有的不必從頭讀到尾⋯⋯以今之經濟學家的說法，當你受「書評」之愚購進一本無趣味無建設性的書時，棄之絕不可惜，因為世上萬物，以無法創造及追不回的時間最寶貴──你用一二百元或三四百元購進一本味同嚼蠟的書，等於不值得你把最寶貴的時間浪費在這本書上，因此應馬上將之束之高閣（如你有足夠的空間）或丟進垃圾箱，棄之絕對不可惜！經濟學家的

意見，相信有購書癖者都同意，當你做出錯誤決定購進
一本對你「無用」的書時，馬上把之當成廢物，便是英
明果斷的決定。馬上糾正錯誤決策，雖有點經濟損失，
卻贏回不少更值錢的時間。想到此處，愛書人便心安理
得繼續上書局淘書。

　　■談及培根，記得多年前曾寫過他「為雪雞捐軀」
的短文（收本港天地及台北印刻的《閒讀偶拾》），以
事隔整整十五年，而此事的確匪夷所思，文抄自己的
舊作，望讀者不嫌棄。話說培根雪中行時，頓興食物加
鹽既可保鮮雪藏又如何之念，於是發明了「冰鮮雞」。
《牛津科學發現逸聞》（*The Oxford Book of Scientific
Anecdotes*）第三十九節（頁64）寫的正是培根以身殉
冰鮮雞一事——「培根凡事喜尋根問柢，從政時因此揭
發很多『醜聞』，得罪不少人，令他最後以貪污罪及
『欠債不還』被投獄及褫奪貴族銜。老王去世後，查
爾斯一世登基，大赦天下，恢復培根名譽，准他訪問倫
敦。1626年3月一個下大雪紛飛的早上，他和好友（御
醫）乘馬車外出吸口新鮮空氣，見白雪皚皚，突然興
起雞隻藏於雪中能否保持新鮮的問題，遂於Highgate落
車，該地現為倫敦『大區』，當年仍屬郊外，他們很易
從農舍中購得一雞，並着農婦劏洗乾淨，然後把『光
雞』裏外包雪，可惜天氣太冷，雪中作業令培根大傷
風，他們遂就近往阿隆戴爾伯爵（Earl of Arundel）府

上避寒，時伯爵犯案被囚倫敦塔，邸宅保養不周，不生火爐且床褥濕氣太重，令培根病情惡化，可能染上肺炎，臨終前寫信給伯爵，告以『雞藏雪中』試驗成功（succceeded excellently well），三天後一命歸西，成為真正為『科學試驗而犧牲』的人！」

　　如今人人食「冰鮮雞」，但知其「始創者為何人」者恐寥寥可數。

• 閒讀偶拾

2018年3月15日

美中
陰晴

獨「才」為誰留翰墨
事國為民造孽人

　　現居美國的蘇格蘭青年作家柯爾特的《邪惡書齋》（*D. Kalder: The Infernal Library*）剛出版，書尚未到手，看了兩篇（英美各一）書評（簡介），忍不住要寫幾筆。

　　《美國學人》（*The American Scholar*）昨天貼出一短文介紹該書，説柯爾特功不可沒，因為他細讀那些一般讀者絕對無法讀畢（揭了幾頁便呼呼入睡）的「巨」著，如伊拉克侯賽因肉麻當有趣的愛情小説（Hackneyed romance novel），北韓金正恩的《論電影》、金日成論朝鮮勞動黨的「主體思想」（Juche Idea），還有伊朗大魔頭（西方的觀點）高美尼的敍情詩、阿爾巴尼亞獨夫霍查談史大林，以至古巴卡斯特羅的回憶錄等，俱為令人不忍卒睹或睹之懨懨欲睡的大作。柯爾特花了兩三年時間，把這些他稱為「獨裁者文學類型」（genre of dictator literature）的著作一一拜閱後，以流邑的文筆把之寫出，造福「讀書界」的讀物。

　　柯爾特認為羅馬帝國暴君為「方便統治、教誨人民」，寫了不少鴻文，當眾朗讀，成效甚彰，惟這種風氣，似乎沒有成為「傳統」，此後的「大帝們」有著述的，似乎不多；到了20世紀，此風突盛，許多暴君（tyrant）都有著作面世，而這些大作，究竟是大人物親筆抑或由捉刀人（文膽、智囊）代勞，「待考」。不過，有一點相同的是，這些「作者」都運用權力，或直接或間接強迫治下的人民購讀（通過種種諸如「學習會」之類的場合，試測子民是否購而未讀）；即使市場需求不怎麼殷切，由於官營書店只售或於當眼處只陳列這類書籍，加上學習領袖的著作已成為生活一部份，其印刷量因而非常龐大。

　　列寧自是此中翹楚，惟他鼓吹革命的書，似乎已從西方市場消失；他的繼承者史大林著作的英譯本，不少仍在「再刷」。原來史大林是個「文少」，在成為「革命家」或「殺人魔王」之前，寫了不少詩歌；而他的綽號高巴（Koba），竟來自帝俄時期一本低俗廉價（「三毫子」？）小說中劫富濟貧「類羅賓漢」主角的名字。

　　在一般人印象中，意大利墨索里尼是個暴戾的法西斯，然而，他出身記者且飽讀「詩書」，對史賓諾沙（B. Spinoza）、康德和黑格爾等大哲的作品，頗有心得，且因此寫下了不少理論性著作；不過，最令人詫異的是他於「微時」寫過一本題為《紅衣主教的情婦》

美中
陰
晴

（*The Cardinal's Mistress*）的小說，對性事尤其是強姦場景有繪聲繪影、令人想入非非的大膽描述……。

德酋希特拉那本膾炙人口的《我的奮鬥》（*Mein Kampf*），雖然戰後一度成為「禁書」，從市場失蹤，近年其英文版卻不斷「再刷」；商人不會做蝕本生意，這本寫作技巧粗糙連作者都表示「並非佳作」的書，顯然因為民粹復熾崇拜納粹者日眾而仍有讀者。希魔原來亦是書癡，他的書房藏書一萬六千餘冊；而《我的奮鬥》是他被囚於蘭斯堡（Landsberg）監獄時，在「監友」（後來成為他的秘書）協助下寫成；希特拉因策動「慕尼黑（酒吧）政變」（Beer Hall Putsch）失敗，被控叛國、判有期徒刑五年，但不足一年後獲釋。希特拉深信鼓動群眾「演說遠勝寫作」，這一方面說明「無知的群眾」較易受激昂高揚滔滔雄辯的說辭催眠，另方面反映了希特拉自知寫作技巧無過人處因此不圖繼續「獻世」。

同樣令人——起碼是筆者——「驚慄」的是，西班牙大獨裁者佛朗哥有長篇小說Raza（《家族》）傳世；伊拉克大魔頭侯賽因則有中篇小說《滾蛋，你這個衰人！》（*Get out, You Damned one!*）；土庫曼（Turkmenistan）的終身總統薩帕爾穆拉特·阿塔耶奇·尼亞佐夫（Saparmurat Atayevich Niyazov.1940-2006，1991年任總統，死於任上），是個愛民如子而又殺人如麻的獨裁者，卻著有糅合了

歷史、哲學、宗教和政治倫理的巨構《靈魂之書》
（*Ruhnama*）「獻給我的選民」（此書英譯2003年出
版）；海地的大獨裁者Papa Doc（爸爸醫生）杜華利
（Duvalier，1957年至1971年在位，死於任上），以
至去年11月被迫下野的津巴布韋「長壽總統」穆加貝
（1987-2017在位；生於1924年）都寫了不少書。當
然，利比亞那位獨夫卡達菲亦著作等身，其中最出名的
當然是欲與毛公「小紅書」共比高的《綠皮書》（*The
Green Book*）……柯爾特當然有提及銷量僅次於《聖
經》的《毛（主席）語錄》（Little Red Book），但他
有甚麼看法，有待讀其大著後才見真章。

　　這本於本月上旬出版的書若「再刷」，會否加進
那些於「修憲」前後出現的「文獻」？筆者當然不知
道──會否加進習思想之類的暢銷書，要看柯爾特是否
視習主席為專制者或獨裁者而定。

2018年3月22日

美中
陰晴

捐款花款挽民望
點綴民主須花瓶

一、

　　行政長官林鄭月娥應邀出席民主黨二十三週年黨慶晚宴，依信報「金針集」的描述，是晚「政圈友好和對手共冶一爐，衣香鬢影觥籌交錯，又一次證明政治競技場沒有永遠的敵人」。林鄭女士「坐足一大半場，更情緒高漲自掏三萬大元，贊助前立法會議員李華明獻唱秋官名曲《笑看風雲》」。行政長官此舉，據她其後透露，是為了「大和解」；可是，昨天她卻說「這三個字是辦公室一個技術同事⋯⋯自作主張（加上的）！」無論如何，那次晚宴的氣氛不錯，賓主言笑晏晏，確有「大和解」的氛圍。不過，這三萬元，雖然捐款人自稱是「人性化行為」的表現（其他與會多位高官沒有這樣做，是否等於說他們的「人性化」較弱或根本沒有人性!?），卻因事涉「政治捐款」嫌疑而把這次聚會變成一齣「低俗喜劇」！

　　從連天來的相關報道看，這三萬元顯然不能「出

公數」，即不能從行政長官的「應酬費」中扣除；以行政長官的薪津看，這不是大數目，只是「人性化」與生俱來，今後除非不出席這類聚會，不然她一定會再掏腰包。看香港政治團體林立，這類聚會不會少，結果便成為一項略有負擔的經常性開支。當然，林鄭女士可以「下不為例」，一如她昨天的剖白，她今後「不要有那麼多人性化的表現，我會克制一點」。意謂不會因一時「感動」而開支票，惟如此免不了招惹如「大細超」的批評或為「西環叫停」的揣測。不過，說到底，「獨此一家」的民主黨，很難避免受當局「收編」的指摘與譏諷。

其實，不管行政長官的「人性化行為」是否常規化、恒常化，收不收這筆捐款，對其不太寬裕的財政狀況並無影響的民主黨，較明智理性的做法，應該轉手把之捐出。而收款對象，最佳莫如已獲准上訴同時為籌措法律費用而煩惱的「東北案十三子」、被DQ而為翻案上訴的前議員，以至其他有「冤案」在身的泛民人士。這樣子善用「捐款」，不但彰顯了民主黨的正義感、對同路人的同情，在團結泛民上有積極意義，其有助未來爭取選票，不言而喻。

筆者認為這是合理運用「大和解捐款」的王道辦法。

美中
陰晴

二、

　　表面上看，「捐款事件」雖有「低俗喜劇」效應，看深一層，卻依稀窺見本地政治生態已起巨變！快三十四年前的1984年10月30日，作者專欄題為〈大可假戲真做　不可弄假成真〉（收《依樣葫蘆》），開篇不久有這幾句話：「民選政府若沒有一支受其直接全權控制的武裝部隊，這個政府，就不得不向手握槍桿子的『政治實體』低頭和尋求妥協。」香港特區政府的處境正是如此。因此，任何要求其只恤港情不理京意的訴求，都是不顧現實不切實際。

　　經過「釋法」以至議席及參選權利被當局褫奪（DQ）之後，加上資源豐沛的建制派全力出擊，雖不致「一盤散沙」但「散修修」的泛民，在議會的優勢漸失，本月中旬立法會補選的結果，泛民失分組點票否決權，便是顯例；由於梁國雄和劉小麗的「DQ覆核案」拖延時日且並無勝算把握，有論者認為兩年後立法會換屆時泛民能奪回議會主導權，頗成疑問，此說略嫌悲觀卻足以反映現實。事實上，以目前的政治形勢，特別是北京可以「釋法」、選舉主任可以否決參選人資格，筆者認為泛民在議會的優勢已一去不復返！民主黨迄今未對「捐款」作出可以贏回民心的處理，足見其不識大體、不通時務，若不急謀補救，流失選票，可以斷言。

　　「粵港澳大灣區」發展規劃，以中國的國力，成功

可期，香港作為其中一個成員，以仍行普通法並承英制餘緒，是不可或缺的一員。換句話說，香港憑藉這種內地欠缺的「優點」，將成為國際人士可以信賴因此金融活動頻仍的大灣區金融城（The City），而金融城對外資的吸引力，有民主的點綴總較沒有的優勝。這不是說財金人士熱愛民主，而是他們大多來自民主的國度，其人民的價值觀不能不予遷就。

香港有個吵吵鬧鬧但議決權牢牢為建制派掌控的議會，社會上則不時出現這樣那樣的躁動，但從「雨傘運動」看當局有力有決心令社會秩序不會失控。在這種前提下，議會上和街頭上的「反政府」活動，不僅不會受鐵拳打壓，反會受一定程度的鼓勵，因為香港的反建制活動一旦受全面打擊以至無聲無息，「民主」便成不了可以顯示北京的泱泱大度和向外國招徠生意的賣點！

香港泛民，時不我與，成不了大氣候，但若甘做永遠無法掌權的「參政黨」而非期盼甚或爭取一日可能成為統治者的「在野黨」，則仍有不少活動空間，那些比較聽話的還會成為拉攏統戰的對象。類鄭月娥的人因此會在「適當場合」釋出善意並捐助以示支持民主。那即是說，中國的「中共領導的多黨合作和政治協商制度」，會變相在香港貫徹。

眾所周知，中國是中共一黨專政，她容許「民主黨派」存在，並設法把之「改造」令其與中共有「通力合作的友黨關係」，不但如此，「民主黨派」還能以「憲

法和法律為準繩」，參與國家政事、發揮監督、批評和建議的「民主協商」作用。香港泛民議員亦能在立法會發揮這樣的功能——彰顯中共專制卻仍有民主氣度的花瓶功能。

現在的問題不是泛民願否走這條路，而是基於現實，若要在政壇上混飯吃，便不得不走這條路。在中共治下，共黨以外的從政者，都是吃力不討好的「志業」！如果這種想法慢慢為港人認同，未來棄政從商的優才會愈來愈多，這雖是走英治時期的老路，卻對香港作為大灣區金融重鎮的發展不無好處。港人可從中受惠，不言而喻。

2018年3月28日

邵雍外遊今人羨
小冊作用勝厚書

■最近有人提出本港帶有殖民地色彩的街道名稱需要改，最好有「政治正確」的正名，北京若認為此舉是向實現「中國夢」邁出一步，便請速速進行！不過，值得一提的是，李光耀當政後，新加坡亦有赤色分子（不久後給李光耀捉個一乾二淨並被迫一一上電視流涕痛哭懺悔）作類似訴求，但李的顧問（記憶中似為荷蘭籍政治學者）告之以萬萬不可，所以「不可」，是因為新加坡要保持、發揚其國際城市的地位。改名看似小事，但是這些有濃厚殖民地色彩的街道、大廈以至紀念碑的名稱，最好「保持現狀」以廣招徠！李光耀從善如流，那是1819年代表英國東印度公司「武力佔領」新加坡並使之成為英國殖民地的佛萊士（S. Raffles）塑像仍屹立於當年登陸處的原因。

說起「改名」，香港有街道名種植（Plantation），若此街道在林蔭之中為綠色包圍，貼切不過；不過，此名「政治不正確」，宜改。據康奈爾

陰晴美中

大學史學副教授百蒂斯《事實的另一半——奴隸和美國資本主義的興起》（*E. Baptist: The Half has never been told: Slavery and the Making of American Capitalism*）一書的「憶往」，美國南部所以能夠成為「魚米之鄉」，以種植煙草及棉花「先富起來」，正是白人（奴隸主／地主）以殘暴手段逼遷甚至屠殺黑奴騰出土地闢為種植場的結果；在此過程中，黑奴（「低端人口」）被迫遷徙、流離失所，已屬「幸運」，不幸的一群被虐待拷打被迫「無償」在農場工作，是當年的常態。

當年的農場主稱種植園主（Planter），而農場是Plantation。換句話說，農場是住於（被囚於）其內的苦力（奴隸）耕作種植種種如咖啡豆、煙草和甘蔗等經濟作物的「地獄」……如今美南的大莊園吸引無數觀光客，他們既看到場主的現代化華廈，亦可見勞工樸實可以居的小平房，但Plantation隱藏的「黑奴血淚史」已被世人遺忘！

西方有識之士一見Plantation這個字，想起的便是黑奴的悲慘過去，因此應讓其於公共空間中消失！

■讀國學大師錢穆《理學六家詩鈔》的〈邵康節別傳〉，竟見邵氏的旅遊方式，今人即使是那些有私人飛機及遊艇者的大豪客，亦難以仿效。錢先生這樣寫道：「每歲春2月出，4月天漸熱，即止。8月出，11月天漸寒，即止。每出，乘小車，用一人挽之。為詩自詠，

曰：花似錦時高閣望，草如茵處小車行……。隨意所之，士大夫識其車音，爭相迎駕。童孺廝隸皆曰：吾家先生至。一家留三五宿，又之一家，或經月忘返。有特為起屋如安樂窩以待其來者，謂之行窩。及沒，挽詩有云：春風秋月嬉游處，冷落行窩十二家。每群居燕飲，笑語終日，不甚取異於人。樂道人之善，而未嘗及其惡，故賢者悅其德，不賢者喜其真，久而益信服。」

邵雍字堯夫（1011-1077），賜諡康節，有《皇極經世》、《先天圖》、《觀物篇》及《伊川擊壤集》傳世。談其學術，筆者力有未逮（根本未入門），此處只說他的旅遊，真是羨煞今之「性喜旅遊」者。邵氏每年二度（春秋二季，2月至4月及8月至11月）出遊，「每出，乘小車，用一人挽之」，即今之Limousine也，其舒適不言而喻；不但如此，沿途更有「粉絲」闢室以待，「特為起屋」如安樂窩（行窩），招邵氏留宿，「一家留三五宿」，即每「行窩」住三數天便離去，前行又有人築室招其留宿。令人欽羨的是「每群居燕飲，笑語終日」，這樣暢快閒適寫意的旅遊，今人如何能得!?

■美國經濟史家、基督徒重建運動（Christian Reconstructionism Movement）理論家嘉利‧諾斯，在《支配的工具──以出埃及記的律法為例》（G. North: Tools of Dominion: The case of laws and Exodus）一

書，提出當年令人耳目一新的「厚書理論」（Fat-Book Theory），2001年10月24日筆者在〈米賽斯料事如神〉一文略有提及（收《閒讀偶拾》）。諾斯說所有具革命性影響的書均卷帙浩繁，阿當‧史密斯的《原富》兩卷共1097頁，馬克思的《資本論》三卷共2846頁，熊彼德的《經濟分析史》一卷1260頁（月前查「貝利登的蠢驢」找出這本書仍在「案頭」，用尺度之，雖是平裝本，仍有足足二吋厚）；羅思伯（M. Rothbard）的《人、經濟與國家》兩卷共987頁。諾斯說不了那麼多，筆者可再舉米賽斯的《人的行為》909頁，佛利民和舒華茲女士合著的《美國貨幣史》860頁，還有，最近因土地問題，筆者找出那本「塵封」已久的《亨利‧佐治傳》（C.A. Barker: Henry George），連索引近七百頁。亨利‧佐治（1839-1897）「精通百藝」（百足咁多爪），以演說、著書如寫於1881年的《土地問題》（The Land Question），掀起一場社會運動。亨利認為土地私有是社會罪惡淵藪，因此鼓吹對土地課以「從價稅」（Ad Valorem tax）。應該一提的是，除了筆者「早年」曾數度在作者專欄提及，此間傳媒及學者似對此沒大興趣，內地學術界則頗重視；1988年，河南人民出版社出版楊建文主編的《20世紀外國經濟學名著概覽》（亦是「厚書」，近一千一百六十頁），在 J 篇項下收〈吉爾德‧喬治〉，介紹其名著《財富與貧困》（Progress and Poverty），內文的介紹尚算精

確扼要，但說作者名Gilder，顯然是亨利之誤；而此文收於J篇項下，亦莫名其妙（該書還把葛爾布萊斯（J. K. Galbraith）〔加爾布雷斯〕歸於J項下，應為編者之失）。雖然在華人社會佐治之名不彰，但美國人對他依然十分崇敬，「粉絲」為紀念他對土地問題的獨特之見，還於1950年在三藩市創立以傳授「經濟社會哲學」（Economic Social Philosophy）的非牟利「亨利·佐治學校」（Henry George School）！

回說諾斯那本《支配》，厚1287頁，難怪他有此想法！可惜這本筆者未曾寓目的「巨構」，書評界並無好評，「厚書理論」如今似乎已被遺忘。

諾斯這本書出版二十多年後便寂寂無聞，足以說明其「厚書理論」以偏概全，不足為訓。事實上，「薄書」的影響力絕對不容忽視甚至可說更大，比如列寧、史大林和毛澤東的著作均為「小冊子」（全集與選集是另一回事），而凱恩斯那部震古鑠今、影響至今未衰的《通論》只有480頁，被譽為有史以來影響力最大的《共產黨宣言》，竟是62頁的小冊子（在南美某機場購得一西班牙文版，只有四十餘頁）。

■15日作者專欄提及Must-Read Premium，漏寫網址www.mustreadsummaries.com。令不少讀者電報社查詢⋯⋯筆者推薦此網站提供的名著「精簡本」，不過，由於收費不算便宜（對慣於享受網上「免費午餐」者而

言），筆者建議先購一本你讀過原著的小冊子，看看所寫與你印記中的原著有否差異，若此小冊子雖短小卻忠於原著，才破慳囊不遲。

　　■據「小數據」不完全統計，迄本月中旬，筆者一共在《信報》寫了一萬一千九百五十六篇文章（「政經短評」及「林行止專欄」），字數料在二千四五百萬之譜；當中談及凱恩斯的有一千二百八十一篇，論說阿當·史密斯的有六百七十三篇——依次佔總數10.71%及5.63%！

• 閒讀偶拾

2018年3月29日

貿易摩擦愈演愈烈
拋售美債無人受惠

一、

　　看這幾天的發展，美國針對中國的「貿易制裁」，
絲毫沒有放鬆之象，中美貿易戰真的開火了！不過，美
國雖然「任性妄為」，重炮轟擊，中方的反應似乎口硬
手軟，通過外交部發言人華春瑩之口，宣稱中方「嚴陣
以待，毅然亮劍」，打擊對手的「亮劍」，本來可以是
大殺傷力武器，但迄今所見，真的只是唇槍舌劍。敵人
出重炮我方亮刀劍，這場由美國總統高級貿易助理納瓦
羅幕後操盤的貿易戰，中方似乎重言文輕行動。北京通
過國家發改委發言人嚴鵬程發出「最強音」，聲言「中
國已經按照底線思維原則，做好了不同等級的應對預
案和政策儲備」，短短兩句話，用了一些港人也許初聞
卻肯定感到有點莫測高深的名詞如「底線思維」及「政
策儲備」。筆者一知半解，揣摩其意，應該是説中方對
美方挑起的事端已做好全面反擊部署，只是迄今為止，
中方的反擊如對美國「專為中國而種的高粱」課以重税

（收178.8%的「存款」〔deposit〕作為稍後徵反傾銷關稅的「保證金」），此舉對美國高粱產區有影響，且其中四州（肯薩斯、得克薩斯、奧克拉荷馬和南達科他）為總統特朗普的「票倉」，中方真是擊中要害，想來白宮很快會對此四州農場主作出這樣那樣的補償；另一方面，為報此「仇」，特朗普必然會再對中方開炮！

有指美國見中國全方位崛興，患了「紅眼症」，因此多方阻撓圍堵。此說不無道理，問題是中方的確有「把柄」落在老美手裏，而且這些「把柄」，據已鬧上法庭的案例，中方均因呈堂的人證物證而無法不認罪！近例為在內地與華為不分軒輊的中興通訊（電訊設備〔手機〕製造商），被美國商務部查出其違反與美國政府達成不得向伊朗輸出「美國商品及技術」協議，去年被告上法庭，及後與控方達成「庭外和解」，除對該公司實施「出口權限禁令」，還有條件向美國政府支付八億九千萬美元罰款。而此「條件」，是中興須對數十個有關員工作出解僱或「紀律處罰」，可是，中興違反了協議，可能再被罰三億美元。在商業糾紛上，美國得理不饒人，那從其對各「違法」（法例多如牛毛）銀行（滙豐是常客）罰款動輒以十億美元計可見。正因美國的「霸道」，對不同國籍的企業一視同仁，因此不能說她「劍指」中國，只是如今中美貿易戰火藥味愈來愈濃，中興事件遂被歸入此類。

中興之外，當然還有將於6月4日定讞的「華銳案」

（見4月10日作者專欄），該公司被罰款已是定局，看情形，美方會對在美華資企業集體追索巨額罰款！

看美媒的報道，中國「入世」的確佔了不少美國的便宜，克林頓以降的政府，對此並非完全懵然，只是和美國大眾一樣，希望經濟崛興後中國會步美國後塵走資本主義老路（永遠被「一哥」魚肉）。哪知充滿各種自信特別是制度自信的中國，在資本主義上加上社會主義特色這幾個字，結果當然完全不是那回事。如今特朗普視克林頓小布殊和奧巴馬為「飯桶」，非無因也。眼見中國以國家之力不擇手段地蠶食美國市場，且在工業製造科技創新上有超越美國之勢，以全力推動「美國優先」為志業的特朗普，遂糾集各路反華仇中猛將，誓要藉向中國討回公道打壓中國。雖然發改委發言人認為中國「底氣」足，因此，「中美貿易摩擦對中國經濟運作的影響有限。」而且「影響可控」，中國「有信心、有條件、有能力保持經濟平穩運作」。但願未來的發展確是如此，不然，香港便很難不受池魚之殃！如果稍後美國在科技創新產品上嚴限中國收購，受愛國精神的鼓動香港扮演「偷運」角色（如在香港註冊的船公司偷運違禁物去北韓），則香港欲成為大灣區金融城的願景亦將成空。

二、

以當前中國的條件，反擊美國「貿易制裁」的最

美中
陰晴

有力手段，不少論者認為是拋售所持美債（美政府發行的借據）。此說甚是，不過，稍加思索，便知這樣做難收成效，最樂觀的推想是事倍功半。中國持有的美債，2月底雖然比1月增約八十五億（美元・下同）、總數達一萬一千七百六十億七千多萬（約為其總外儲三萬一千四百億的三分之一），保住「世界第一美債王」之位（以次日本持一萬零五十九億五千），但由於在特朗普治下，美國更瘋狂地「先使未來沒有的錢」，其債券發行量，據聖路易聯儲分局報憂不報喜網站的滾動統計，至寫稿時週三晚上八時左右，已達二十四萬一百三十億零六百萬（fred.stlouisfed.org），中國所持，不過5%左右而已。當然，一萬多億的美債是一筆巨款，只是美債「體積」龐大，中國手上的債券，便無足輕重，影響不了大局；況且，正如「華爾街債王」（Bond King）岡拉克（J. Gundlach）所說，持有相當數量的美債，持有人有需要時可據之進行融資（leaverage）的優勢，如果把之賣掉，這點功能便沒有了。岡拉克的談話對象顯然是中國。

　　美國這二十多萬億債券，除外國央行（持有量前五名依次為中國、日本、愛爾蘭、巴西和開曼群島〔二千五百六十餘億〕），主要落入美國三重（聯邦、州及郡）政府的退休基金及資本市場投資者（主要通過債券基金和上市公司〔如蘋果及微軟〕間接持有）之手。在2008年金融危機前，聯儲局持有時值一萬

六千四百餘億的債券，於「量化寬鬆」（QE）救市期間，該局持有量驟增至二萬四千三百多億，即大約在十年間向市場注資一萬六千四百多億（印鈔票向市場購「公仔紙」）。以當前的機制看，不論出於甚麼動機，任何一個「債券大戶」在市上拋售，聯儲局均可不動聲色甚且不費吹灰之力將之「掃起」（Mop up）。

值得注意的是，聯儲局在二〇一五年年底放棄零息政策，短期利率由當時零息升至現在企於一點八厘水平；期內十年期債券孳息從二點二厘緩升至去月底的二點八二厘；三年期利率升幅遠勝十年期的，十分顯然。這種可能形成「顛倒收益曲線」（inverted yield curve，此為80年代筆者的譯法，今網上譯為「反轉殖利率曲線」）預示經濟陷入困境的現象，絕非聯儲局所願見，可是市場力量以為這對投資者有利。如果此刻北京「拋美債」，長債價格下降、孳息上揚，正中聯儲局下懷……。不過，北京若拋「長債」，固會使人民幣匯價比較強勁，於國貨出口不利；而長債孳息上揚，扯起利率，會增加美國融資成本，雖然那可能只是短期現象，但金融市場大亂，誰都討不了便宜。有此種種考慮，此時此刻大手「拋美債」，對人對己均非明智之策。

2018年4月19日

美
中
陰
晴

十歲編輯有慧眼
哈共獨夫擁大樓

想寫點與政治無關的瑣事自娛娛人，哪知政治無處不在，結果仍如「鼻哥擔遮」：「鼻毛（避無）可避」。

甲、

説來不可思議，托爾金那部風行全球的「古典奇幻」小説《霍比特（哈比）人歷險記》（*J.R.R. Tolkien: The Hobbit*），竟因一名十歲小童的「推薦」而得以出版！《書籍簡史》（D. Finkelstein和A. McCleary：*An Introduction to Book History*）開篇便記此事——1936年，創辦於1914年的倫敦出版社史丹利．安永（Stanley Unwin；赫胥黎及羅素等名家的出版商），收到牛津寄來一大包雜亂無章、增刪修改處處的「打字稿」，寄件人為牛津大學英國文學教授托爾金；作者的附函指出這是他為小輩睡前説故事而作的故事書。與出版社同名的社長（1884-1968）以這批未經編

輯的稿件內容太「新銳」,讀不下,但馬上退稿給牛津教授,有失斯文,遂以一先令的代價,要他那自幼便沉浸讀「古仔書」的十歲兒子雷納(Rayner Unwin, 1925-2000;成年後接掌出版社但碌碌無成)「細讀並看看有否出版的價值」。雷納「有償閱讀」、刨了幾個通宵,建議乃父出版這本「適合五歲至九歲兒童閱讀」的魔幻小說。以後的事已成為識字界人所共知的歷史。

《霍比特》倫敦紙貴後,受老安永的鼓勵和敦促,托爾金(1892-1973)陸續創作了《魔戒》及《精靈寶鑽》,均上暢銷榜、拍成電影並衍生了一系列包括電子遊戲的商品,托爾金不僅因此贏得「現代魔幻文學之父」(Father of Modern Fantasy)的稱號,成為《倫敦時報》編纂的「1945年後五十位最偉大作家榜」第六位,同時令他登上世界豪富榜——他的「文學遺產」值五億美元之譜⋯⋯不過,托爾金的小說和他創造的「奇幻語言」,並非人見人讀,筆者家中雖不乏小說迷,惟只有大孫女一人讀畢他的「魔戒三部曲」!當年老安永把書稿交給十歲小童「審閱」,大有道理(也許是「錯有錯着」),若交之於成年編輯,恐怕亦會因為讀不下去而不得不退稿!

小記托爾金這點「逸聞」,完全因見「十歲小孩」當「編輯」而起;此事值得寫幾筆,皆因多年前瀏覽著名書籍編輯柏金斯的傳記:《馬克思·柏金斯——天才型的編輯》(*A.S. Berg: Max Perkins: Editor of*

美中
陰晴

Genius），生動詳盡地描述了柏金斯如何「發掘」費茲傑羅（Fitzgerald）、海明威和胡爾夫（Thomas Wolfe），他們的處女作，都經柏金斯之手成書、面世。這幾位窮愁潦倒藉藉無名的「文青」，在柏金斯的「調教」下，不久便成為文壇巨子。胡爾夫更可說是由柏金斯一手發掘，他的小說經柏金斯大幅修改增刪後皆成暢銷書；胡爾夫在一本獻給柏金斯的小說扉頁這樣寫道：「一位偉大的編輯和一位勇敢而誠實的人；當作者陷入極度失望和感前路茫茫時，他會毫不吝嗇地給予支持，不讓作者在絕望中輕易放棄！」這是有感而發的肺腑之言。

是作者對編者的最高敬意。

乙、

「識字分子」去倫敦，不少都會去貝加街（Baker Street；本港紅磡譯為必嘉街是也）蹓躂，以舉世聞名的私家偵探福爾摩斯的住宅兼偵探社在此街的221B；和小說一樣，這個地址亦是虛構，如今的「福爾摩斯博物館」（The Sherlock Holmes Museum），「將錯就錯」，設於貝加街215至237號⋯⋯

提到此博物館，皆因4月5日網誌Quartz據「巴拿馬文件」及英媒零星報道撰成長文：〈誰擁有福爾摩斯值一億三千萬鎊的「祖居」〉（*The unsolved mystery of who owns Sherlock Holmes's original £130 Million home*），細説這座時值一億三千萬鎊的大廈，業主竟是廉潔自持的哈薩克（斯坦）總統努爾蘇丹·納扎爾巴耶夫（Nursultan Nazarbayev），當然，這位民選總統不能打正名號當業主，以他角逐連任時仍要高票當選，在海外擁巨廈，部份未富起來的選民會棄他而去。因此，總統家族通過一些非常曲折複雜的財務安排，最終達致物業表面與總統無關但實際上為其兒孫控制的公司所擁有。

倫敦自古以來是海外（特別是殖民地）資金（當然不少是「黑錢」）的聚匯地，以其法律對私有產權有保障——這類因壟斷及貪腐搜掠而來的財富，一出國門，便成外人不能侵犯的私產，受英國法律的保護。因此，世界各地的暴利、贓款，曷興而至；而此中以解體後在把國企私有化過程中大發其財的俄羅斯大款出手最闊綽、投資手筆最大（尤甚於中東酋長），早於2009年，便有圖文並茂《倫敦格勒》（*Londongrad:From Russia with Cash;The Inside Story of the Oligarchs.* Grad為斯拉夫語，城市城堡之意；倫敦格勒有俄國人的倫敦之義）一書出版。俄國大財主早已買起半個倫敦！

哈薩克這位總統，是該國的「老革命」，1981年至1991年任哈共中央委員會第一書記，1991年蘇聯解體，哈薩克成為獨立共和國，納扎爾巴耶夫在選舉中得98.8%票當上第一任總統，該國雖沒有「修憲」，他做不了終身老總，但於1999、2005、2011以至2015

陰中美
晴

年，連任四屆，得票率依次為81%、91.15%、95.55%及
97.75%（可見他的名望與時並進）；他今年才78歲，看
來仍會連任下去！

哈薩克盛產石油、天然氣，如今更成為我國「一帶
一路」必經之地，其以酷寒、貧瘠聞名的凍土，竟然吸
引中國國企如遠洋運輸投資，航運公司投資內陸非礦區
的黃土地，當然不是要在遠離海岸一千六百多英里的內
陸建海港，而是在此建廠製造大型起重機及作為把貨櫃
箱裝進火車的「貿易新前沿」基地。經手的哈薩克官員
特別是有一言而為天下法權威的總統，盤滿缽滿，那還
用說？納扎爾巴耶夫家族有「無償為人民服務」的優良
傳統，人人投身政府，當然亦人人累積功德升至高要職
位，雖然公僕薪津不足以耀人，惟私囊豐厚，哈人不知
或知而不敢言。倫敦的「福爾摩斯博物館」，不過是該
家族在海外財富的冰山一角！

哈薩克在「環球貪腐指數」榜上排名一百二十二
（上榜共一百八十國，參考數字，中國排名七十七、台
灣二十九、香港十三），大權在手的官員要致富的難度
不大。納扎爾巴耶夫做了近三十年總統（連獨立前的部
長會議主席、最高蘇維埃主席以至黨第一書記，則在權
力中心已四十餘年），力疾從公，對家人疏於照顧，不
扒點錢又怎對得起自己和後代！

2018年4月26日

權貴階級便宜佔
高球美地建民居

一、

　　土地供應專責小組開始就土地供應選項進行為期五個月的公眾諮詢，當中當然包括應否改變高爾夫球場的土地用途。專責小組主席黃遠輝假前與同僚及社會賢達前往深水埗探訪劏房及板間戶居民，他雖未有陳帆局長見劏房戶環境惡劣便哽咽的功力，卻亦感本港土地供應短缺已處於「水深火熱」境地；「水深火熱」的情況肯定必須改善，可是他舉棋未定（有待諮詢結果再作定奪），因而表情傷感。

　　在香港作為殖民地的短短百餘年歷史上（粉嶺高爾夫球場〔下稱「球場」〕於1931年「落成」，未及百年），是否有人提過應把「球場」開闢為住宅用地的建議，筆者未作考究，不得而知，但新世紀以來作出此議的，筆者應為先行者之一。2013年7月9日，作者專欄題為〈高爾夫場改變用途　符合民情滿足需求〉（收遠景《淺陋禍港》），是對發展局（局長陳茂波）當時

美中
陰晴

推出的開發新界東北的研究報告「傳統新市鎮發展模式加強版」（所謂「極終方案」）的議論。剖析高爾夫球場的發展史及社會環境的變遷，筆者得出當局應於《私人遊樂場地契約》2020年8月31日屆滿時，收回「面積達一百七十（二）公頃共有五十四洞的粉嶺高爾夫球場！」根據舊文所引資料，全港主要高爾夫球場共佔地六百八十八公頃，為全港公私住宅面積四千一百公頃的17%。換句話說，不向在開發新界東北首當其衝的粉嶺球場動手，亦要動其他球場的腦筋。

反對改變高爾夫球場用途的人，莫不指出保留球場，有令「外商賓至如歸」進而吸引更多外商來港投資的積極功能，這種說法，表面有理實際卻是歪理，因為香港對外商的最大誘因是稅率低稅制簡，其餘（包括環境污染）均是枝節。主張保留球場的「最強音」是讓各界精英（包括無所事事的有閒階級）作有益身心活（運）動的休閒空間，同時亦是這類高端階級人士聯絡感情洽談生意的理想場地。此說在行累進稅制（收入高低與納稅額多寡成正比）的國家，勉強說得通；可是，香港行的是單一稅制，工商巨賈專業人士和受薪者交納同一入息稅率，在住宅土地奇缺因此價格奇昂的香港，他們因此不應享此特權！

二、

香港特區的施政，不僅要「與時並進」，還應以實

際行動而非口號配合國家政策，如今大灣區的「建構」
已見眉目，此時規劃把新界粉嶺高爾夫球場北遷，在
內地覓新址或與內地球會合作合併，財務上的消耗，肯
定只是把球場土地住宅用地化的經濟價值的零頭！無論
從優化大灣區建設、解決香港最迫切的住宅土地供應不
足以至財政收益上，把球場「搬上去」，確是利己益人
的主意。從熒幕所見，土地供應專責小組黃遠輝主席踏
實負責，加上探訪早已不是新聞即港人無人不知不曉、
面積僅為十多平方呎的「棺材房」而動容，可知他勇於
任事之餘，尚有點做政客的「演技」，因此甚宜「從
公」。在目前的情形下，當局應作出把球場北移的決
定，然後籌組「球場北徙籌備委員會」，由黃氏出掌，
誰曰不宜。此時進行球場遷徙計劃，到粉嶺哥爾夫球會
契約滿期的2020年，應「大功告成」。應該一提的是，
住宅土地與居民人數比例，「自古以來」，都據土木
工程署的數據；「安置每百萬人需一千公頃土地」。準
此，一百七十二公頃球場土地，可興建容納十七萬人的
住宅。土地供應專責小組的報告指一百七十二公頃土地
「可以提供一萬三千個住宅單位，容納三萬七千人」，
如此說法，已遭工黨主席郭永健在一次電視訪問中駁
斥！

　　改變球場土地用途，唯一的可能受害者是在球場毗
鄰地區囤積大量土地的地產商，因為「改變高爾夫球場
土地用途」，等於大幅度增加住宅地，不論用以發展

私樓或公營物業，均有令土地供應驟增效應，發展商的「奇貨」價格下行，甚難避免……有位平素正氣凜然的代議士堅決反對把球場土地住宅化，說了不少港人早已知之的冠冕堂皇理由，不過，最主要的也許是這樣做會令其家族於球場附近擁有若干萬呎土地叫不起價！

三、

　　事實上，除應考慮遷球場並改變土地用途，位於粉嶺球會之側的「（港督、行政長官）市長粉嶺別墅」，亦不應保留，這座於粉嶺球會開幕後三年即在1934年落成的鄉間別墅，為1930年5月至1935年5月在位的殖民地總督貝璐爵士（Sir William Peel, 1875-1945）所興建（以取代殘舊不可居的「港督山頂別墅」）。可惜完工時離他去任之期只有六七個月，真正是「前人建屋後人居」。在曾蔭權於行政長官任上，筆者數度建議他放棄此一殖民地官僚的特殊享受，但世上並沒有毫無虛榮心之人，又有誰肯主動放棄足以彰顯其地位崇高的享用那產業的權利!?英國人萬里南來，來回一趟故國，在輪船為唯一遠洋交通工具的年代，耗時數月，因此建一鄉間別墅作休假用，有其道理；如今別說交通工具發達，且港官並無鄉間度假的必要和習慣，把之開放給公眾人士使用或撥為文化遺產，豈不更符民意？*

2018年5月2日

＊ 允粉嶺別墅納土地供應選項

工聯會麥美娟在答問會上兩度建議，把行政長官粉嶺別墅納入土地供應的選項之一，林鄭月娥回答可列為土地供應「第十九個選項」。

麥美娟會後讚揚林鄭展現誠意，但建築、測量、都市規劃及園境界議員謝偉銓對建議有保留，指別墅早於1934年落成，為一級歷史建築物，若拆卸會相當可惜。謝偉銓建議可考慮把別墅發展為旅遊景點，在建築物內擺放文物、照片並開放供市民、遊客參觀。

行政長官粉嶺別墅毗連粉嶺高爾夫球場，佔地二點四公頃、相當於約三個半足球場，於1934年在港督貝璐任內落成拍板興建，用作度假、舉行宴會及招呼賓客，至2014年被評為一級歷史建築，即具特別重要價值，「可能的話須盡一切努力予以保存」。不過，2016/17年度，行政長官只在別墅舉行過一次公務活動，該年管理開支高達八十一萬元。

● 原載2018年5月4日《信報》

中共仍奉為神明
老馬有剩餘價值

一、

　　兩天後的5月5日，是「共產黨的老祖宗」馬克思誕辰二百週年紀念日，而今年又是馬克思、恩格斯合撰的《共產黨宣言》出版一百七十週年；1848年，馬克思30歲、恩格斯28歲，把它譯為中文的陳望道29歲。後生可畏，此為典型。

　　世上所剩無幾的共黨國家和在野的共黨，值此雙重紀念日，都有這樣那樣的慶祝活動，而此中以中共的最為莊嚴隆重。據「新華網」4月24日報道：「中共中央政治局23日下午就《共產黨宣言》及其時代意義舉行第五次集體學習。中共中央總書記習近平主持學習時強調，學習馬克思主義基本理論是共產黨人的必修課。」如今重溫《共產黨宣言》，就是要「深刻感悟和把握馬克思主義真理力量……」，進而「譜寫新時代中國特色社會主義新篇章」。在中共黨人心目中，《共產黨宣言》是「洞見人類社會發展規律的經典，是充滿鬥爭精

神、批判精神和革命精神的經典」。對於這部經典，共產黨人當然要「反覆學習、深入研究……」。用網誌《世界社會主義者》（*World Socialist Web. Site*）的話似乎更切中「要害」，《共產黨宣言》的出版，等於「敲響資本主義私有制的喪鐘！」事實果然如此，以這一百多年來，共產黨曾經在蘇聯、東歐諸國、古巴、南斯拉夫和柬埔寨發光發瘋，帶領半個世界進行翻天覆地的變革；它的影響力，從上世紀90年代開始日趨式微，北韓如今已成美帝俎上肉，今時今日仍高舉馬克思主義旗幟的中共，亦為應付老牌資本主義美國的全方位進擊而傷透腦筋！

中共對馬克思的敬仰，還體現於送了一座出自雕刻名家吳為山之手、高十四呎、重達三噸、左手捧書左腳微微向前伸（寧左勿右？）的馬克思塑像給其故鄉德國古城特里爾（Trier）。眾所周知，把世界搞得亂七八糟在血腥革命中死人無算因而惡名遠播的馬克思，在祖家早遭唾棄，特里爾市議會對應否接納北京這件「大禮」，進行數天辯論，結果「務實派」得勝，議會以四十二票贊成十二票反對，通過「嚴肅接納雕塑」，並定於馬克思生日在市中心Simeonstift Plaza揭幕，出席儀式的外國嘉賓，也許只有中國及歐盟的代表，歐洲尤其是東歐各國那些在共產政權下歷劫餘生的人，這一天則會分別以言文和街頭活動表示不滿*。

特里爾議會在不可為此導致生靈塗炭的哲學家立

美中
陰晴

像的抗議下，通過接納北京的禮物，原因只有一個，中國遊客不可開罪（中國的銀彈所向披靡）！去年這個人口不足十二萬的小城有四萬多名遊客，當中只有極少數是本地人，其餘皆來自中國；這座中國製造的雕塑揭幕後，中國遊客愈來愈多、絡繹於途，不難預期，這群充滿自信的遊客的消費，活潑此小城的經濟景色，可以斷言。

特里爾市政府在豎立馬克思塑像上有點躊躇，惟它欲在此紀念日賺一筆以實庫房，則甚顯然。最有創意的生財之道，莫過於發行印有馬克思大頭相的零值歐羅，印刷仿真，只是票面值為「絲路」，而作為紀念品出售，每張三歐羅（90%為利潤），據說第一批五千張「迅即售罄」，加印二萬張應趕上生日應市；為了給中國遊客一點「驚喜（奇）」，通往Simeonstift廣場的交通燈，全部加入馬克思大頭相；亮燈見此大鬍子，中國旅客還有不嘩然高呼!?

二、

沒想到此位於德國第二大河、白葡萄酒「雷司令」（Riesling）產品莫澤爾（Mosel）河畔的古城特里爾，竟因紀念十七歲便離鄉不回的「老鄉」馬克思生辰而頻頻上冷熱網媒！有點「巧合」的是，此小城為筆者舊遊之地。整整十年前，筆者和內子應關愚謙教授之邀，同赴此城，並寫成〈「馬克思紅酒」 馬克思與紅酒〉

記事（2008年8月15日，收遠景《正視政事》）。其中提及參觀馬克思紀念館，看到留言簿上內地遊客滿紙讚美歌頌馬克思的荒唐言，真是五內翻騰。以筆者的理解，鄧小平改革開放把老馬踢下神枱，內地人民才有私產、有金錢、有閒暇和有出國旅遊的自由。可是，所見留言，淨是肉麻歌頌老馬的諛詞，非常荒誕荒謬，筆者無名火起，破天荒第一遭在留言簿上以真姓名寫下幾句「批評」這些偽善愚民的話！關教授約他的學生、時任特里爾大學漢學系主任的卜松山（Karl-Heinz Pohl）教授出來午飯閒聊兼導遊，飯後在古意盎然的城中心漫步，行經商區，卜松山指一幢地下為商店的三層高樓房，說這便是馬克思故居，近前一看，果有The Karl Marx Haus的銅匾，當然進去「觀光」，惟此處無甚可記（這類博物館紀念館都為慕名者而設的店舖，可說千篇一律，「可觀性」不高），取了一本旅遊小冊子，除提到特里爾曾為羅馬皇帝君士坦丁（應為十一世）的帝都外，還指馬克思的雙親曾在郊區Mertesdorf擁有葡萄園。老馬克思業律師，而購買葡萄園釀酒是當時中產階級保障晚年生活無憂的最佳投資——釀酒可供自用外，還可出售獲利，在沒有退休制度的年代，確是不錯的主意！

　　馬克思並非低端窮苦人家出身，青少年以至中年有一段時期，過的是典型小資生活。多年前寫「紅色珍妮（馬克思夫人）」時閱讀不少資料，知馬克思炒股初期

美中
陰晴

略有斬獲便闊起來過高端人家生活（搬住大屋常開「酒會」與鄰居同樂），他既然出身「酒商世家」，對酒必有興趣，上網搜尋，果然從〈馬克思傳略〉讀到一點相關資訊。馬克思果真和酒有密切關係，他因為窮困潦倒才成為鼓吹革命的激進分子，在家有餘資時（如獲恩格斯饋贈或收到近親遠戚的遺產），馬克思便努力仿效上流社會的炫耀式生活，而且對紅酒有特別嗜好，他在寫給女兒親家的信上說：「不喜歡酒的人永遠不會做出任何對人類有益的事。」可見他是善飲之人，對酒嗜慾甚深。

除了中國，馬克思主義肯定已過時——可說死而不僵，在此貧富兩極化日趨嚴重之際，隨時有復活的可能——惟其知名度仍有足以招徠生意的剩餘商業價值，那從特里爾印零面值鈔票和改交通燈可見。特里爾的酒業世家韋斯家族酒廠（Weingut Erben von Beulwitz）早於2002年推出Pinot Noir（黑比諾）品種的「馬克思紅酒」，據說每瓶售價在十歐羅左右（和馬克思學說一樣，對中下階層甚有吸引力），然而此酒在德國似乎少人問津，但在中國，以馬克思為「生招牌」的酒卻銷情不弱，「卡爾‧馬克思汽酒（Sparkling）」便頗暢銷。

人離鄉賤，絕對不能用在馬克思身上！

2018年5月3日

* 5月5日為馬克思誕辰二百週年紀念，中國向馬克思故鄉Trier市送贈一個大型青銅像，該鎮議會討論兩年後終於投票通過接受禮物，並於5日揭幕。不過，該雕像卻於前日（10日）被縱火，一面旗幟被燒成灰燼，未有其他損失。該青銅像由中國美術館館長吳為山製作，共高四點五米。由於德國對馬克思仍有爭議，有報道引述官員指，該市曾用兩年討論應該否接納禮物。此外，亦有人質疑中國並非自由國家，亦會侵犯人權，不應在該鎮市中心樹立馬克思雕像。該雕像揭幕時曾有各方示威者在場抗議，包括極右政黨和聲援法輪功的人士。

• 原載2018年5月14日‧post852.com

美中
陰晴

百味口舌經十年
品評優劣如一轍

一、

　　「此時此刻」欄主劉健威遊食西班牙巴斯克，傳回的大作，盡顯該地廚人調羹之妙，饌膾精湛，令讀者「遠觀」亦覺留香齒頰……劉君這類文章多的是，擇於此時此刻「回應」，皆因其食遍巴斯克後摯愛及深惡的兩家餐廳，筆者竟有同感，因而湊興寫幾筆。

　　4月23及24日寫成名已久的名店「Mugaritz」，説他與友人餐畢，「一位饞友總結，沒有驚喜，只有驚嚇！」在此餐廳進食，是劉氏「近期吃得最不開心的一頓」。所以如此，皆因「整個餐是技巧和食材堆砌，感覺像是學生試驗之作」。那天的菜式，確是出自一組「專門研新菜式」的廚人之手，「他們每年創造八十道新菜……」。

　　筆者亦有在此店「吃出滿腹牢騷」的經驗，當年我們一行十一人，異口同聲説其菜式難以下嚥。不過，「難吃」的原因，與劉君有點不同。

　　2009年2月中旬在〈遊食瑣記‧巴斯克篇〉系列（收台北遠景：《貪婪誤事》、上海上海書店《好吃》及香港天地《好食、好食》），筆者這樣寫道：「穆加列茲（Mugaritz，巴斯克文，意為分界上的橡樹）環境優雅，那棵枝葉蒼翠的古橡樹便在花園當中，面對我們的餐桌，美不勝收；內部裝修簡潔可喜，侍應川流不息，服務周周，然而食物乏善可陳之外（只有鴨肝特別可口，筆者吃了兩份，壞了肚子），還有太多矯情小動作，令人生厭！比如置於客人面前有兩小封套，各有一卡片，棕色卡片寫上《感覺不快、煩躁厭惡的一百五十分鐘》，白色卡片則是《值得回味，有新發現、充滿幻想力的一百五十分鐘》；一百五十分鐘是指用膳時間。這種做法，既非創舉亦屬多餘。非常明顯，店東預期食客多選白色，像我們都選棕色卡片，店東哪會高興！另外標奇立異的是，一般西餐廳都在前菜與主菜間奉上一杯供食客清口腔的淡味雪芭，此店則請客刷牙──洗手間放置大量即用即棄牙刷──真的有點過猶不及。令筆者最反感的是，當其經理帶我們參觀人頭湧湧的廚房，出示各種放置醬汁湯水的試管（據說目的在統一味道及溫度，但其後上菜時均非個別處理）說每天（每餐？）只招待四十五名客人時，筆者問他的餐廳規模這麼大、人手這麼多，服務盡盡數十顧客，怎能生利？這位經理竟說他們的目的在介紹、推廣巴斯克美食而不在牟利。」

美
中
陰
晴

筆者和食伴莫不大吃一驚，「乖乖不得了，我們竟然在聖賽巴蒂安市郊遇上此一專門利人毫不利己的餐館負責人。筆者知道大事不妙，而後果果爾！」

和國產雷鋒不同，西班牙雷鋒既不利己亦不益人，以其出品，除了那碟對筆者胃口的鴨肝，其餘十多道菜餚，「色」頗「養眼」但香、味俱缺，真的是一堆「冇啖好食」的菜餚。有點莫名的是，不同組織編纂的世界名食店該店均上榜，4月18日公佈的Elite Traveler世界百大中便名列五十六……。

大概是穆加列茲與香港人無緣吧！

二、

4月30日劉健威的〈美食之旅小結〉，寫他此行「印象最好、最深的還是Etxebarri，這家以燒烤為主的名店供應的不僅是燒烤，前菜的西班牙紅腸、羊脂、帶子、紅蝦……質素都高於一般，吃出驚喜。燒烤更是少有的細膩──他們有兩種火爐，一種將木燒成炭，一種是可升降的燒烤爐；樹幹樹枝用以烤魚烤肉亦有講究；難怪行家一致讚口不絕」。筆者深有同感。

整整十年前光顧這家大概因為開在偏僻鄉郊只有數百居民的Axpe村，離畢爾包約一小時車程且所經多為崎嶇小徑，不利夜行，因此只做午餐不設晚膳的「新屋」（全名Asador Etxebarri〔巴斯克文Euskara〕意為「新屋燒烤店」；「新屋」初建於18世紀，19世紀末，「新

屋」淪為危樓；1989年易主，大修翻新並冠以舊名「新屋」），其時未獲米芝蓮垂青（數年前得一星；去年世界五十大中排第六位），雖生意興旺，座無虛設，非常友善的店東還因此心有戚戚然。

標榜燒烤的「新屋」屈處山村，卻以海魚河鮮名於世，筆者（尤其是內子）對嬰鱔（Angula或Angulla〔baby eel又名juvenile glass eel〕）「念念不忘」，主因是「新屋」選料上乘且其烹調極具創意，真的是調羹之妙、易牙難辦，因而令食客「甘之如飴」且有不辭跋涉再度光顧的期盼。「新屋」以「貴腐」（Aged）牛肉用橡木炭明火燒烤（Ia brasa）的牛排，比東京「䖡皮」的，各擅勝場（但價錢相去不可以道里計）；其嬰鱔並非如傳統般盛於滾油加蒜片的小缽，而是平鋪於小瓷碟且不加任何調味品，所用湯匙並非常見的銀器而是木製，料如此才能「吃出味道」吧。嬰鱔售價奇昂，以此物可遇不可求且因確為「美食」而供不應求。據「新屋」說流利英語的女侍應所言，每年11月至3月，鱔魚從美東回游巴斯克生產後「成品」為紐約名店包銷，巴斯克只有小量應市，大部份落入本地饕餮之徒之腹，普通食客一鱔難求，西班牙飲食專家於1991年「研發」出一種稱gula的假嬰鱔，其製作料與日本常見的人工蟹肉同（日本蟹肉Kanikama以魚粉、澱粉及蟹味粉混成）。

因為「念念不忘」，有關嬰鱔的新聞便「盡收眼

底」。值得一說的是，此物盛產於西班牙和法國等歐洲有海岸線的國家，在上世紀70年代，年產量在十五至十七噸之譜，由於氣候驟變及鄉間河流加設了不少水閘，改變了生態環境，令其產量急速下降，隱伏絕種勢頭；有見及此，有心有力的歐洲人於2010年在倫敦（翌年開布魯塞爾支部）成立了「鱔魚持續繁殖小組」（Sustainable Eel Group, SEG），想盡辦法以令歐洲鱔魚不致絕子絕孫而能夠世代繁衍。SEG的資料顯示，從80年代迄2010年，嬰鱔減產達90-95%，加上中國的大款亦嗜此物，年年大量進口，歐洲人遂食無鱔。有鑑及此，在SEG游說下，歐盟不少國家頒下「法令」，從2010年開始，嬰鱔只能在歐盟諸國之間交易，不准出口；由於中國市場需求殷切，走私活躍，不難理解，雖然這些歐洲國家三令五申，罰款監禁齊出，但走私這種最古老（據說與娼妓都是「自古以來」便有）的行當，累積了非常豐富的經驗，加上厚利的誘因，豈會因一紙法令便絕跡?!走私活躍令黑市嬰鱔價格飛漲，今年3月9日SEG的新聞稿指去年走私出境——目的地主要是中國——的嬰鱔達一億一千多萬條（每公斤在三千至三千五百條之間），黑市價每公斤千五至二千歐羅之間。當然，這批走私出口的嬰鱔，不少隨即成為老饕的美食，亦有部份被放進養殖場——牠們要四至十年才成「大鱔」。

對於令眾食伴開懷的「新屋」，筆者當年不僅寫

了千多字，還「有史以來」第一次把其地址及訂座電話等資料附於文後；可惜，數月後再度光顧（與一眾食友曾有兩年三赴巴斯克覓食的「紀錄」，如今已失這種興致），侍應認出遠來舊客，笑容可掬，可惜那天大廚「放假」，「食不知味」，遂於天地版的《好食、好食》文後加註：「09年11月，筆者夫婦與食友再度光顧，是日大廚放假，食物大部份不合格……」

　　知名食家劉健威所食，肯定是大廚親自掌勺！

2018年5月10日

美中
陰晴

艾里遜來港論港
虎媽點中美死穴

甲、

　　以研究李光耀如何遊走中國與美國而讓新加坡得其所哉、蓬勃興盛且成各大國拉攏對象而享大名的美國政治學家、哈佛講座教授艾里遜，對國人尤其是港人來說，他之所以成為「知名學者」，主要是因為他提出「斯巴達對雅典崛興的恐懼肇致戰爭」的論述。這位曾在共和黨列根政府及民主黨克林頓政府任事的學者，4月下旬來香港主持了兩次談論現階段中美關係的座談會，筆者沒有參加，卻收到艾里遜教授簽贈那本筆者數度在這裏介紹的近作《極終一戰——中美能避過「修昔底德陷阱」？》（原名見去年4月11日作者專欄）。據說艾里遜對中美和睦相處的前景不表樂觀，以同時代有兩位都具信心和雄心，要把自己領導的國家打造成（或保持）世界最強國的政治領袖，由於彼此的意識形態及價值觀有雲泥之別，衝突在其中一方肯作出原則性退讓才能避免。艾理遜顯然看不到這種情況。不過，從北京

對中美貿易談判的佈局觀之，中國實質上已退了一步，中美的衝突雖不會因此平息，但是短期內不應發生重大事故。

今天不重提此一「老生常談」的話題，談談艾里遜對「佔領中環」的看法。

在《極終一戰》的〈戰爭從此而起〉（*From Here to War*；〈下一個戰場〉）一章，艾里遜用了整整三頁的篇幅，分析2014年香港「雨傘運動」的影響；他認為這一群眾活動雖然以失敗收場，影響卻十分深廣。台獨所以愈走愈遠愈高調，原因是特區政府處理這場群眾運動的手法，讓台灣人意識該島一旦「回歸」，人民將會喪失自由：「沒有主權，台灣人民將喪失自由」，對於衣食豐足而有「不自由不如（毋寧）死」之思的人民，還有甚麼比緊抱已有的自由更值得爭取甚至為此犧牲一切！內地人民缺乏自由，盲人可見，有此認知，台灣走向獨立（台獨分子不會同意這種說法，因為對他們來說，台灣早已獨立），便有民意基礎。艾里遜認為，特朗普總統甫上任便與台灣領導人蔡英文總統通電話，強勢地表示美國對台灣的尊重與支持，那等於向北京表明美國信守1979年的《台灣關係法》——美國會出兵協助台灣反擊入侵者、美國會為自由台灣「盡力」！

艾里遜高度評價台灣的經濟成就，那從其經濟體積兩倍於區內「人口大國」如菲律賓、泰國和越南可見；對於此一蕞爾小島，台灣可說依賴進口物資才能生存，

美中
陰晴

其海岸線一旦受封鎖，台灣便成「死島」；不過，艾里遜指出美國對此不會袖手旁觀——克林頓總統固然會採取行動，何況「喊打喊殺」的特朗普。

在述說「雨傘運動」時，艾里遜顯然犯了一個嚴重錯誤，他說「佔領中環」曠日持久，最後被「習近平下令解放軍以對付八九民運的手法鎮壓下去」（頁173：Xi order the Chinese Military to do what it did in Tiananmen Square in 1989: Crush the Protests.）。這顯然與事實不符，射蚊何須用導彈，特區梁振英政府只動用「胡椒噴霧器」，與北京出動坦克，鎮壓心態雖無二致，但手法輕重便有雲泥之別！

乙、

耶魯法學系教授蔡美兒——那位2011年出版《虎媽戰歌》（*Battle Hymn of the Tiger Mother*）而揚名寰宇的Amy Chua——今年年初有新書面世：《政治部族——群體反應和國族命運》（*Political Tribes: Group Instinct and the Fate of Nations*）。和《虎媽》一樣，雖然主題大有分別，然而提出不少新銳看法（起碼對筆者而言），頗值一寫。

剖析過去數十年美國外交面對的「窘」境（說到處碰壁亦不為過），蔡教授認為是對部族政治威力的無知惹下的麻煩。美國所以會屢屢犯錯，則是「大美國」思維令美國人對各地的民情風俗根本不了解（ignorance

of local affairs, ethnic and religious difference），其實是
目空一切根本不想了解，其政策因而無法獲得這些國家
人民的支持。傳統上，美國人以為世上的矛盾、爭紛，
不外因資本主義對共產主義、民主對專制、自由世界對
「邪惡軸心」（Axis of Evil）而起，而這種種衝突，可
憑美國的硬實力軍事及軟實力「普世價值」整治。然
而，在意識形態下面，更值得關注的是「主要族群」的
思維方式及集體利益。美國顯然漠視現實，才會四處焦
頭爛額。

　　蔡美兒以美國歷史上最丟人現眼的越南戰爭為例，
指出美國所以夾着尾巴灰溜溜「停戰」，完全是不了解
越南人——不論南越北越——對牢牢掌控越南經濟命脈
的華裔族群極度反感的民族情緒有以致之。在這種情
形下，即使出於一片善意，出錢出人命，越南人民亦不
會領情，遑論「衷誠合作」。蔡教授指出，約佔人口
1%的華裔少數族群，擁有70-80%的越南「商業財富」
（commercial wealth）；華裔財雄勢大，在越南經濟、
社會上，以至政治有舉足輕重之力，不難窺見。這種財
富分配嚴重不均的情況，固然令華裔越人有左右政經大
局的影響力，卻自然地引起民族情緒高漲的土著的不滿
與仇視。

　　美國介入「南北越戰爭」，意味着若打敗北越的
越共，會在統一的越南推行美國式的資本主義制度，等
於華裔越商坐收成利、富上加富，越南土著處境愈趨困

難，這又豈是一般越南百姓所願見。換句話說，華商本
已有呼風喚雨之財，若在美國介入下南越取得全面勝
利，統一的越南進一步落實、強化美國的價值觀和制
度，華裔財閥的勢力進一步膨脹，彰彰明甚，那與一般
越南人的利益牴觸更深，這正是那場越戰因為得不到越
南人民全面支持而慘淡收兵的根本原因！在阿富汗、伊
拉克和南斯拉夫戰爭上，美國亦犯了同樣的錯誤。

　　美中不足的是，蔡教授未提及英國人類學家馬林諾
斯基（B.K. Malinowski, 1884-1942）的「社會人類學」
（Social Anthropology）理論，有點可惜。筆者過去數
度在這裏分析，英國人便憑此亦稱功能學派人類學的學
說，把殖民地包括香港管治得伏伏貼貼。這種學說認
為種種文化及宗教現象，亦即所有的俗世禮儀及宗教活
動，都有一定社會功能，那等於說它們均有作用（若無
作用早已消逝），便如鋤頭之於耕田、手杖之於行路
（及防身），因此不管習尚多麼低俗、愚昧，宗教多麼
無稽、迷信，均為維繫安定和諧社會的要素；英國殖民
者入鄉隨俗，參加鄉紳團拜、孔廟祭祀，與「土著」握
手言歡，攬頭攬頸，其施政亦因而得以順利貫徹。如果
美國人肯面對「土著」對當地政治經濟，以至社會事務
的正面功能而與他們打成一片，便不會盡出精銳之師和
殘酷手段卻無功而回！

2018年5月17日

潮語番話通勝意
阿里巴巴賊東西

拉雜漫寫有關潮人、母語兩事。

甲、

筆者在汕頭出生，母語當然是潮州話（潮語），由於在香港生活已近六十年，粵語（廣府話）自然成了日常用語；至於普通話（國語、官話），聽、說都屬「啟蒙級」（兩歲孫兒剛在「啟蒙班」畢業），這是無心向學的必然結果，所以少小以至老大都不努力，皆因用「官話」的機會無多；加以家中除了筆者，土生土長者都視潮語為化外之音，筆者遂少接觸，久而久之，說起潮語（對潮語中的「潮語」更可說完全無知），落在以之為日常用語者耳裏，便常有令人倒絕處。

雖然應用上有點生疏，但是筆者頗以潮語為母語而自豪，因為它不僅「古已有之」，且可能與西洋文明接軌，其文化承傳肯定有悠久歷史，值得珍惜和研究。

潮語稱「豬（葷）油」為「勝」，與從拉丁文 Lardum（熏鹹豬肉的油脂）衍化而成的英文 Lard（豬

油）發音相近（甚且可說同音）。何以潮語豬油的發音
直通古西方文化?!姑勿論「勝」字何來，此種潮州人家
自古以來作為下廚必備的豬油，港人視之若毒藥；對此
「偏見」，筆者從來不予辯駁，只是一有機會便「豬油
撈飯」以示其可口且有益。不過，不敢豬油沾口遑論落
肚的多數港人，應知他們崇拜的洋人不少亦無豬油不
歡，比如精於烹調的意大利人便嗜此物，薄餅（Pizza）
及蛋糕，那些「最可口」的都以豬油（Struttos/Lard）
搓麵粉，次選才是橄欖油。事實上，西洋食家對豬油
的「偏見」早已矯正，2014年4月28日《赫芬頓郵報》
（*HuffPost*）有特稿題為〈必食豬油十大理由〉（*10
Reasons You Should be Cooking with Lard*），顧題知內
容，以今天非寫「食經」，不引述了。

　　2012年2月3日，美國「全國公共廣播電台」於廣
播的同時，在其網站（NPR.org）貼出題為〈誰令豬油
變毒脂？〉（*Who Killed Lard?*）的特稿，以介紹紐約
一家餐館舉辦「為豬油平反晚宴」（Lard Exoneration
Dinner）為引子，細說何以百餘年前美國家家戶戶食豬
油的飲食習尚會突然起「革命」。原來又是辛克萊那本
膾炙人口的小說《屠場》惹的禍（Upton Sinclair: *The
Jungle*，亦譯為《叢林》；筆者數度在作者專欄介紹此
書，最早在1976年5月13日的〈小說家與資本主義〉，
最近為2014年9月的「貪婪與假貨並存」系列；收《只
聽京曲》）。《屠場》對19世紀芝加哥屠場以極不人

道（和不衛生）的手法宰豬榨豬油，令讀者非常反胃反感，此時是醜陋資本家的弱肉強食無法無天的蠻荒時代，適逢電力供應漸趨普及家家戶戶棄蠟燭用電燈，令幾乎壟斷蠟燭生產的寶潔（Procter and Gamble）公司生意大受打擊，幾番周折之後，該公司終於得出以製燭原料的植物（棉籽）油取代豬油為食用油的妙計；在宰豬榨油與「虐畜」畫上等號的民情鼎沸之下，加上「寶潔」大事宣傳植物油的營養價值遠超於豬油，作為日常食用油的豬油遂被視為「毒油」。

不必多費筆墨，自此植物油便把豬油排擠出家廚。在上世紀50年代，醫家（營養師）指出豬油含有飽和脂肪，更多家庭棄用，豬油便正式被淘汰出市場；到了20世紀末，醫家又有新發現，指出豬油和牛油的「有害性」不相伯仲，只要不過量進食便沒問題（in moderation is fine）……。不過，據筆者所知，老潮對這些有財閥在背後發功的醫家之言，從來不會當真！

有個更令潮（州）人沾沾自得的名詞是「鞋底魚」，這是甚麼魚？那便是英文的sole也。Sole亦為拉丁文solea或古法文sola「進化」而成，其義俱為「鞋底」（若果此魚非群居，便兼獨來獨往之意）。何以潮人與廣府人不同，不稱此狀若「鞋底」的魚為比目魚、龍脷、七日鮮、撻沙或鰈魚而有此與古西方文化通的名詞？又是一個難解之謎。

據已故國學大師饒宗頤的考證，秦始皇時潮州已

美中
陰晴

有揭陽縣,而潮州諸事,已誌唐代典籍(分見饒公為郭偉川的《南陽集》及學報《潮學研究》第一期寫的〈序〉),顯見潮州歷史悠長,潮語亦為古語的一種。

現在說古潮人已通番言,因此才有「膥」與「鞋底魚」之名,不為識者笑死便是被罵臭;然而,看潮州自秦已立縣的歷史流源,加上潮人有長久的「過番」(飄洋過海)史,有朝一日有人考出這些潮文與西方古文化有「血緣關係」,亦說不定!

乙、

新加坡多閩人後裔,福建話「與眾不同」,加上潮州話、馬來話、泰國話、淡米爾話混雜其間,新加坡「母語」因而別具一格,港人聽得非常開心,但除非移居或赴獅城long stay,苦無學習機會;不過,現在已有「指南」。2009年,兩名新加坡「民俗學家」編纂的《公雞福新式英文字典》(*The Coxford Singlish Dictionary*〔下稱《新典》〕),把新加坡人的日常用語,收羅其中、解釋詳盡,學者稱便。書名牛津前加C字,初看不明所以,「睇真D」方見配上公雞作咯咯叫狀的插圖,甚有新意且趣致。

《新典》收錄不少具新加坡特色的新(星)式英文,如Ah Chek應為潮閩話的阿叔、Ah Kong則為阿公、Ah Umm是阿嬤(婆婆及嬸嬸)、Ah Ter Ah Kau是阿豬阿狗;Tan kuku為「等久久」(wait long time）。最妙的是AliBaba，此非在內地起家世界聞名的網購大站淘寶的母公司阿里巴巴，而是取材自阿拉伯傳奇《阿里巴巴和四十大盜》，因而有小偷、賊人、強盜之義；更妙的是此字可作動詞，新加坡人說I know you alibaba my fries when I went to the toilet！意為「我上廁所時你偷我的薯條」；阿里巴巴可作動詞，極具創意，但最令人驚嘆的是這個句子的「語境」，本來可直截了當地說「你阿里巴巴我的蚊年（money）」，卻寫兩人餐廳（麥當勞？）進食甲趁乙上廁偷食其炸薯條，對新加坡人而言也許非常寫實貼地，惟外地讀者未免覺得「好好笑」且不易入信（眾目睽睽之下偷食食伴的薯條）?!阿里巴巴集團如今舉世知名、創辦人已成國際聞人，不久前且曾控告加密貨幣用阿里巴巴為名（Alibabacoin），雖然美國法庭判其敗訴，但挾大國崛起的勢頭，有朝一日馬雲迫使新加坡政府禁止人民當阿里巴巴為強盜亦說不定。

筆者認為最佳的「新語」是NATO，此非「北約」而是No Action, Talk only，「得個講字」是也；其次ＭＩＣ亦不錯，此字為Made-in China的縮寫。對筆者來說，《新典》是稿餘閒讀的妙品。

《牛典》（OED）原來已收不少「新式英文」，比如Ang Moh為「紅毛」即「老番」（鬼佬）及Char siu為叉燒等；不過，《牛典》的Lepak是游蕩行為，但《新典》則註明此字為to sit in a lazy way……《牛典》

美中
陰晴

與《新典》顯然尚未磨合。

《新典》所收「新語」，通潮閩語者大都摸索一會後便豁然理解並發會心微笑，有建設性（15日拙文據《新典》知馬來話boleh為possible）且有益身心。信手翻閱，以為仍有若干「新語」值得為讀者介紹——This char kway teow is damn shiok，即此「炒粿條（河粉）好食到發癲」，《新典》指Shiok為感嘆詞，其實應為潮語（音小Shoik），有「黐線」之意，説某人「小小」即某人「黐黐地」！還有Charbor，看英文解釋，應為「渣畝」即婦人；「渣畝」非筆者杜撰，而是引自多年前在曼谷「唐人街」購得的《潮州俚語口頭語口頭語》（「口頭語」何以重複，不明；下稱《口頭語》）；又《新典》有Char Tao條，意為Wooden Head，潮閩語的「柴頭」（儍仔）是也——Char非「渣」而為「柴」，可見「新語」的女性應為「柴畝」，與泰國華僑的道地潮州口音略有不同。

《口頭語》殘舊褪色，難辨作者名字；而此書並無「介紹」亦未見作者簡歷，更未睹版權頁，不明其來歷。惟翻閱知為久居泰國潮裔華僑所撰，且編者顯然熟讀「唐詩若干百首」及《古文觀止》之類的典籍，用字甚雅用典恰到好處，文化氣息甚濃；所寫夾雜不少泰語漢譯，讀來妙處橫生，且可窺見那些有點文化底蘊的老華僑的生活習尚。

2018年5月24日

舊的忘不了？新的記不住？
又是六四！

一、

　　再過幾天，便是「六四風波」二十九週年。這些
年來，堅持當年北京並無「屠城」的「社會賢達」，不
是買少見少而是有增無減；而親睹或在電視上親炙北京
鐵腕「清場」、因此在聲援「六四」的聯署行動中簽下
大名的時彥紳商，不少已自摑嘴巴，露出悔意（藉口是
「內情複雜，不宜妄加論斷」）。從對「六四」的反
應，清楚看到市儈港人勢利的一面！

　　顯而易見，耳濡目染「六四風波」的一代，即使
在事發時義憤填胸、痛不欲生，但祖國全方位崛興，銀
彈槍彈在手，這些人中便有的說看不清當年發生了甚麼
事，有的選擇性失憶；然而，堅持「六四風波」不可或
忘的不識時務者，仍大有人在，令年年此時有規模大小
不一的遊行，令「為六四平反」及「結束一黨專政」的
橫額和口號，清晰可見可聞。今年的遊行，據《信報》
昨天報道，「上街」的人不足一千二百（警方的數字僅

美中
陰晴

為六百一十人），創「歷年第三低」，雖然遊行組織團體支聯會主席何俊仁相信6月4日（下週一）的維園集會，「仍可吸引以萬計人士出席」。不過，眾目所見，在當局高度「設防」及以嚴刑峻法伺候之下，不必諱言，港人上街高喊「抗威權、悼六四」和「打倒一黨專政」的熱血，與酷熱天氣背馳，已在降溫！

在平反「六四」變得像天方夜譚般虛無縹緲的情形下，何俊仁卻說他並不氣餒，因為悼念「六四」的堅持，反映不少港人仍然有反極權的勇氣與堅毅……。事實上，作為一個中國城市，香港可以長年堅持一個運動，為抗衡當權者或因過態或因失策做出一些人神共憤的事，那是中國領土上絕無僅有、香港獨有的超越政治意義的人文風景。一天到場維持秩序的香港警察不是來抓人而是維持公共秩序、為抗議者開路，港人實當慶幸這片福地的市民權責仍未完全失守！

港人最近感受的「六四」傷痛，血濺天安門已在其次，「有關當局」全方位針對支聯會致其內傷，更值得關注。八間向來高調參加「六四燭光集會」的大專院校學生會，全部拒絕參加今年的集會，除了理工大學學生會獨立舉辦六四街頭展覽，其他不會搞任何形式的紀念；各學生會藉機與支聯會切割，是現實壓抑理想堅持的典型事例。不過，在這種令人沮喪的氣氛下，一名33歲，在英華女校、劍橋大學和香港大學受教育的大律師，逆風而行、迎難而上，當上支聯會副主席，且有不

少令人擊節的想法（見昨天《眾新聞》），可見香港人心不死、希望尚存！

二、

　　歷代所有的當權者——封建君主——都有憑己意撰寫刪和修改「歷史」的紀錄，人民民主專政的中國政府繼承了這種傳統，對「六四風波」不着隻字，原因在此。這場令國人震驚哀傷國際矚目的流血學運，擊中港人指日回歸祖國的虛弱信心和信任，為日後的特區高度自治，種下矛盾和困惑，令順利銜接的直通車出軌，港人豈能忘懷？

　　為了留下這段須加反思的史實，支聯會幾經艱辛籌辦的「六四紀念館」（June 4th Museum），卻一波數折（根據「法律意見」不得不遷館三四次），2012年4月29日在九龍深水埗汝州街開幕後，數度被逼遷，至2016年7月11日「正式閉館」⋯⋯平情而論，在當前的政治條件下，實行「兩制」的香港，是最適合設立「六四紀念館」的地方，《基本法》令香港成為中國國境內具有充份自由的特區，又是世人矚目的國際城市；回歸二十一年後，香港仍保存資訊流通、言論自由（雖較前遜色）這些最宜進行有系統資料蒐集和整理的特質，「六四紀念館」的成立，因此可以成為中國政治「文明化」的一個坐標。可惜，一如封建皇朝「焚書」的理由：「書集詞意牴觸本朝者，自當在銷燬之列。」

美中
陰晴

（乾隆四十一年就編纂《四庫全書》的「上諭」）。
「六四紀念館」展品皆北京所不樂見不願見，哪管是否
「史實」，當道者置《基本法》賦予香港種種自由的承
諾於不顧，遂「多方圍剿」使之「閉館」！

　　筆者雖然認同港人為平反「六四」上街遊行是一
份可貴、可敬重的堅持，亦認同在香港成立「六四紀念
館」具有積極意義（長遠而言對中華民族的進步是好
事），但對有議員質問何以在殖民時期可以說「結束一
黨專政」而不會被當局DQ（取消）其競逐議員和當議
員的資格，但現在卻不能在立法會提出「結束一黨專
政」的動議，則不以為然。上街遊行和民選議員均表達
了個人或民間意見的權責，然而，前者不受制度規範，
只要「合法」進行，其行動便應受保障；後者為建制中
人（既進入議會，泛民議員亦是建制一分子），便要遵
守「一國兩制」的規規條條，以其與《基本法》和《中
國憲法》有直接間接亦即統屬和從屬關係，因此置身其
中的議員，不論政治屬性，都得按建制的標準規行矩
步，「結束一黨專政」說不得，是十分顯然的事。換句
話說，議員可以參加支聯會（或其他團體）組織上街遊
行，卻不宜在議會上作此有違《憲法》的舉措！

2018年5月29日

傳聲達意錯不管
推特助其民望升

一、

　　國家元首以「推特」（Twitter）傳遞信息，特朗普開了先河；因禁止與他意見相左者「入侵」他的「推特」，他被七名「受害」用戶告上法庭，理由是總統違反憲法第一修正案即妨礙言論自由；去週三紐約曼哈頓法庭判「今上」違法，下令他全方位開放他的「推特」，讓和他「唱反調」的意見可以「同推特演出」。美國總統的代表律師聞判後表示，不服法庭裁決，「正在研究下一步行動」。

　　特朗普的「推特」在「盡訴心中情」上非常有效，但亦為他惹來不少「麻煩」，暴露了他不少弱點。

　　蔡美兒的《政治部族》（原名見5月17日作者專欄）在〈導論〉談及「特朗普作風」，指出他經常通過「大氣電波」與人民溝通以至主持電視節目，實非美國總統首創，始作俑者應該是已故委內瑞拉獨夫查韋斯（Hugo Chavez, 1954-2013；1999-2013年在位）。身

處網絡普及化時代，特朗普創造性地利用這種「新科技」，藉「推特」評論時政並與選民溝通。

　　在網絡未流行的年代，查韋斯只能以「臨場爆肚」的形式及通俗的言詞，通過公開演説向群眾盡訴「心中情」，他當然亦主持「『貼地』政治」的電視電台節目，與選民打成一片，由是塑造了他親民和獲人民廣泛支持的政治假象。特朗普大搞「推特」，亦應有此意吧。據筆者所知，當今幾乎天天通過電子傳媒向國人「説教」的，還有泰國的過渡總理巴育（Prayuth Chan-ocha），這位發動軍事政變上台的「泰上皇」，多番推遲大選時間（小道消息，這是因為大權在手利錢滾滾來有點捨不得，因此一再拖延）；最新消息指泰國將於下月公佈大選日期——在大選前，他非常民主地幾乎天天通過這種形式與選民溝通！

二、

　　這種隨口噏的「臨場爆肚」，不是「捉刀人」代筆亦未經近身「文膽」潤飾、審閲的言文，錯漏百出，在所難免。對於一般社會賢達、政客、官員、影星藝人，他們被「狗仔隊」意外「捕獲」，不得不敷衍回應，有時因溫度太高或信口胡謅，受眾多一笑置之或當笑話而未予深究（鬧上議會未免太認真了）；但政治領袖尤其是自詡「宇宙第一」的特朗普，其「虛擬短柬」一旦出錯，便會被記之史冊、傳諸後世。美國網誌《每日

篤》（*The Daily Dot*：以其專揭社會名流和政治人物
「黑暗面」，因有斯譯）有文章指出特朗普3月21日的
「推特」，短短不足一百四十字便有五處「手民之誤」
（typos），把顧問的Counsel寫為會議Council兩次，
whether（是否）寫為wether（羊公公；特朗普不可能不
識Bellwether吧），還有連續「打」了兩個The……寫此
「推特」的「手民」，應是總統先生本人，他當然不是
「不識字」，只是他未經思索便按鍵盤而鬧笑話。

　　可是，這種揣想也許不符事實，以4月16日《紐
約時報》有特稿題為〈特朗普「推特」背後的「寫
手」〉（The Man Behind the President's Tweets），揭
露特朗普「社交傳媒總監」（Social-Media Director）
史加雲奴（D. Scavino）原是與他「私交甚篤」的
「球僮」（Caddy，為球手背球棍「開路」之人，有
跟班、聽差之意），如今是特朗普「推特」的捉刀
人，那意味上引錯誤未必出自總統大人之手。《紐
時》這篇特稿，指特朗普就任後在「真當奴特朗普」
（@realDonaldTrump）網址發出一共三萬七千條「推
特」（平均每天約一百條），其中約一半出自史加雲奴
之手。特朗普「推特」有代筆人，有錯漏時此人「順理
成章」成為代罪人！如此安排不可說不周全。不過，可
以肯定的是，當特朗普夫人入醫院「治腎」五天後痊癒
出院時，特朗普即在「推特」發文歡迎，也許是太興奮
的緣故，竟把第一夫人的名字Melania打為Melanie，雖

美中
陰晴

然僅有一字母之誤，但連夫人名字亦出岔，後果可大可小——特朗普急忙於數分鐘後作出更正。顯而易見，那「推特」是出自總統之手。

說起「手民之誤」，最誤事——幾乎引起一場國際風波——的，要算4月30日白宮發言人桑德斯女士宣佈特朗普決定退出與伊朗簽署的「核協議」時，指出Iran has a robust, clandestine nuclear weapons programme，那等於說在過去約三年協議有效期內，伊朗秘密地發展成核彈大國。那還得了，卻原來has為had之誤，雖然三數小時後白宮的印刷新聞稿已had非has，但並無指出前錯……非常明顯，即使此為「捉刀人」或「打字員」之錯，但發言人「照本宣科」，有如此間某些所謂「主播」，未經大腦唸出，遂鑄大錯！

三、

「推特」的捉刀人為特朗普擋了不少酸風苦雨，然而，這名用慣「文膽」代書代筆的前大亨，雖是畢業於名大學的「識字分子」，卻肯定並非作文高手（口若懸河誇誇其談則是專長），其口語化的書寫，便經常鬧笑話，比如5月24日寫給「小飛彈人」金正恩那封取消6.12之會的信，由於錯漏百出，已成為美國初中的反面教材；這封多處出錯的公函，顯然是他老哥親筆，因為任何受薪的秘書人員（何況是千挑萬擇的白宮職員）都不可能犯這些低端錯誤（請參考29日《巴士的報》的

〈特朗普寫信給金正恩網民接力捉錯處〉）。

　　以《呆伯特》（Dilbert）享大名的美國漫畫家兼作家阿當斯（Scott Adams），鞭撻嘲笑特朗普不遺餘力，而且「自古以來」便如此。在特朗普未當選時，阿當斯已對他的口沒遮攔亂鑄新字及經常引用似是而非的「事實」，大為反感，為文刺之；他於2017年年底出版的書，書名用上一個特朗普的「口頭禪」Bigly（Win Bigly: Persuasion in a World Where Facts Don't Matter），此字為中古英文（Middle English），惟近三數百年已成廢字，現在連一般字典亦不收，特朗普於競選期間卻左一句I'm going to cut taxes bigly右一句We're going to win bigly，他的對手克林頓夫人初聞愕然，有點不知如何回應，在近身提點後一笑置之；莫「明」的電視觀眾則在網上熱烈討論此字何來。阿當斯這本書對特朗普極具創意的詞彙，搜羅甚富，他對特朗普的政綱雖大不以為然，卻認為他的言文創作，尤其是為「政敵」所起的花名，極其生動、傳神，引起廣泛共鳴，是他獲較多選民認同（當時誰人當選尚無眉目）的一項重要原因！

2018年5月31日

美中
陰晴

公平交易責在政府
價格高低市場決定

一、

　　林鄭市長被中央急召赴京，令她無法主持今天的行政會議例會，要待她在會中拍板推出醞釀已久的「一手樓空置稅」「傳聞」，因無「會」而終。不過，筆者以為相關稅項，事在必行，政府宣佈徵收「空置稅」如箭在弦，問題只是哪一天宣佈成事而已。

　　有關「空置稅」的議論，近日鋪天蓋地。對於此命題的正反論述，多數言之有物，其中尤以曾國平教授六月五日在信報的〈一手（樓）空置稅經濟神邏輯〉深具啟迪性，25日馮培漳的〈徵稅谷出供應……〉，亦大有道理。不過，拜讀有關鴻文之後，筆者仍傾向贊成政府應立此稅，特別是立法會郭榮鏗議員22日在信報的〈司法覆核空置稅？〉，解讀《基本法》第一〇五條內容，為「空置稅」並不「違法」定調，強化了筆者的想法。

　　「空置」只針對「一手樓」，是因為「二手樓」是否空置，不易界定，為免引起費時失事的法律糾纏，

遂把矛頭直指新落成住宅物業。2013年行政長官梁振英提出以「務實為民」為主軸的《施政報告》，當中表明「不排除開徵一手樓空置稅」，以杜發展商囤積居奇、加深樓價上升壓力。此事確符「務實為民」之旨，可惜後來不了了之；如此收場，未知是否與有「梁粉」手持大量待「善」價才沽的一手空置物業有關?!

所有「辣招」出盡樓價仍然創新高，關鍵在比起財富源源湧入、人口穩定大幅增長，土地進而住宅樓宇供應遂屬「大落後」有以致之；如果徵收「一手樓空置稅」迫使對物業市道前景態度保守，即認為未來樓價升幅有限（不及應納的「空置稅」）的發展商，把新建物業以市價悉數推出應市，意味供應一如政府賣地時的規劃和市場預期，在抑制樓價升勢上，應該有點積極作用。不過，政府推出新政（稅）的目的，不應在乎樓價高下，那即是說，在香港這樣的自由市場，政府不應以行政手段刺激或打壓商品（當然包括物業）價格，政府應傾力營造的是一個比較公道公平的市場環境，而徵收「一手樓空置稅」，如果稅率具「懲罰性」（相對發展商對未來樓市的看法），便會打消發展商囤積扭曲供應造成價格上揚的「貪念」。

二、

推出「空置稅」的目的，應該和數年前立法禁止「發水樓」相同，換句話說，此舉旨不在左右樓價去

陰晴美中

從，而在讓消費（置業）者可於公平誠實的市場條件下進行買賣。香港經濟市場主導，市場之力無窮，除非政府出動「制服部隊」粗暴干預（一如四十多年前消防員奉命闖進遠東證券交易所「撲火」），不然價格高下，該買該賣，關心自身財富的消費者（投資者），自有主張。政府不能管亦管不着！

任何欺騙顧客的手法、所有扭曲供求（如囤積樓宇如組織購物人龍營造需求殷切假象）的作偽手法，都應立例禁止，自由市場不能「放任」，等如馬路有交通燈及斑馬線才不致意外頻生；在物業供應上，寓禁於徵，只要稅率具阻嚇力，肯定可令市場正常化（供應是否足夠惟市場才知道）。樓宇價格升沉所涉因素太多，還是讓市場去決定吧！

反對徵收「空置稅」的一項理由，據業商説法，是避免增加置業者的負擔，聽這位地產專業人士的口氣，他真是為消費者着想啊；這種「推理」很簡單，因為發展商必會把「空置稅」的成本加入樓價之中，即把它轉嫁給置業者。如此荒謬的「推理」，竟與過去香港樓市實況吻合。在過往數十年，平均而言，樓價天天上升，「麵包肯定比麵粉貴」，政府新增稅項，還有不轉嫁到買家身上!?

70年代後期，筆者訪問地產大亨郭得勝先生，聽他如此分析地價與樓價的關係，相信市場力量的筆者有點錯愕，錄而不信，因為這有違有贏有虧的市場常規，

「不信」注定無法發地產財！如今仍有人認為發展商不會少賺，因為需求殷切，不必分攤新增稅款而可以把之悉數加進樓價，便是深信樓價只有上升一途，置業者只能逆來順受……。

證諸過往數十年的市道，「麵包」（樓宇）確比「麵粉」（土地）貴，這種與經濟學原理不符的現象，成因當然很複雜，惟關鍵在於港英及承其餘緒的特區政府的土地政策。在保持「低稅」的前提（藉口）下，作為最大地主（同時有創造新土地的權力），政府「微調」土地供應，令地價在高水平徘徊以保障有足夠稅入，是聰明卻不顧後果的權宜之策，而這種策略奠下了「麵包肯定比麵粉貴」的基礎。如今換了新天，這套以地價補歲入不足之策可否持續，似乎存有不少變數。

不必諱言，配合外部經濟發展，「麵包」與「麵粉」價格齊飛成為香港經濟旺盛的標幟，然而，在這種繁榮表面之下，不僅蘊藏着普羅市民無力置業的怨氣，更要命的是侵蝕了港人刻苦耐勞不懈創新謀出路的意志！做地產生意一定發財，在可以合法賣「發水樓」的年代更是發大財，世上絕對沒有比香港物業發展更易合法致富的營生。不過，發展物業一定發財的消極後遺症早已浮現，數十年下來，香港人多元發展不斷尋覓新市場生機的銳氣已鈍化，因為無論甚麼生意都不及起樓賣樓容易致富！

美
陰中
晴

天下沒有免費午餐，香港亦沒有沒有代價的高地價低稅率政策。

2018年6月26日

為人為己卯盡全力
千億國腳展覽「私器」?

一、

國際足協主辦的二十一屆（俄羅斯）世界盃始於
6月14日，至今賽事已過半，按照常理，在汰弱留強之
下，未來賽事的可觀性是漸入佳境；然而，以筆者這個
業餘且不會為觀賽作任何犧牲（比如「捱眼瞓」）的非
球迷來說，這種說法並不正確，因為進入決賽的球隊，
莫不在為國爭光且要顧及職業生涯的前提下，全部踢出
最佳水平。因此，賽事無分先後，場場精彩才是。

對足球（其實是所有運動項目）完全外行，加以這
兩週來冷熱傳媒的評論鋪天蓋地，當中多半是言之有物
的專家言文，此刻要湊興作文，確有不知如何落筆的躊
躇……。便從一些為人忽略的小事及功能（「市儈」）
角度一談吧。

冰島和阿根廷的賽事，「十分精彩」，連似乎從
未寫過體育運動的政論家楊懷康，亦以〈冰島的世界
盃〉為題寫了近二千字的「堆填區獨白」。冰島人口

美中
陰晴

不足三十四萬（2016年），減去童叟女性傷殘人士不能兼職的公務員及監躉，合格當球員人口不足十萬，人丁如此單薄，仍能夠組成這支勁旅，令人驚嘆敬佩。楊文引述經典，指出「冰島的秘密武器是『維京人特色的鬥志』」，意謂冰島人鬥志昂揚，以必勝之心落場，遂在球場屢創佳績。然而，「鬥志」之外，肯定尚有其他因素。數年前筆者在冰島，聽導遊說歷史、講故仔，知今之冰島人是九世紀為逃避暴君金髮哈拉德（Harald Fairhair, 850-933；872-930年在位）的迫害，不惜冒死乘無蓋「殼船」（Open-hulled Boat）橫渡一千五百多浬北大西洋冰海才「抵埠」的挪威維京人，種下了冰島人堅毅不屈的基因。

眾所周知，鬥志與成功之間並無等號，令冰島人在世界體壇表現耀眼（如2016年6月27日在法國尼斯以二比一打敗英格蘭隊）的，也許與他們的拓荒求生本能關係更大，大概是長年生活在此貧瘠凍原，冰島人養成了「人不能勝天」消極意識，不會與天鬥而是逆來順受，任由大自然肆虐摧殘。冰島有句大概可譯為「船到橋頭自然直」「petta reddast」（發音已全無印象）的「祖訓」，任它風吹雪打冰凍，一切隨遇而安，用今之市井俚語，可說是「佛系人生觀」吧。如此生活態度，是該國安度經濟危機以至國人不得不遷就環境求生進而偶有所成的原因。

二、

　　在球場的出色表現，冰島政府會否為這二十三名為國爭光的球員「立碑」——把他們的那話兒鑄成金屬紀念品並存放於世上獨有的「冰島生殖器學博物館」（Icelandic Phallological Museum，即「陽具博物館」；有興趣的讀者請讀2012年10月中旬的「春意盎然説冰島」系列，收《前海後港》）。話説2008年，冰島手球（Handball）隊在北京奧運得亞軍，舉國狂歡，「班主」大喜，為誌此令冰島人自豪的歷史性盛事，以隊員那話兒為原型，用白銀鑄造十五具長、闊以至形態互異作勃起狀的陽具，經過全國巡迴展出後，陳放於此博物館。當年筆者所見，這批銀樣槍頭擺放凌亂，不能憑置於其前的人名表確認，然雄姿勃發、頗有氣勢，令人嘆為觀止。當筆者問那位態度嚴肅卻甚隨和的女館員，這樣參差排列如何辨識時，她淡然地説它們的太太或情婦自能知曉！

　　冰島足球隊已被淘汰，不過，剩餘價值仍存，隊員那話兒的商業價值不小；它們若鑄成模型，管它是金是銀是真是假，肯定可增「陽具博物館」訪客！

　　與阿根廷和波後，冰島足球隊自然成為熱門新聞話題，惟指其隊員多為兼職及為業餘球隊，前誤後正。據國際足協的資料，冰島國家足球隊隊員總身價（據不同球會的合同）為八千七百一十多萬美元，

當然比不上阿根廷的八億二千二百餘萬,卻在日本
(八千二百三十萬)、突尼西亞(六千一百八十萬)、
澳洲(五千八百四十萬)及伊朗(五千萬)等等之上,
顯見他們都非業餘且身價不凡;當然,這些球員大都在
海外踢球,以這個人稀地小的島國根本養不起像樣的職
業球隊!

冰島隊風頭最勁萬眾矚目的,當然是沒收全球身
價最高的阿根廷球星美斯十二碼的門將Hannes Thor
Halldorsson,此公原為廣告導演,其代表作「睇波飲可
樂」現在仍可見於冰島電視;不過,他已於兩年前轉為
職業球員,加盟丹麥的Randers球會。冰島國家隊當然
還有政客(民選議員)及牙醫出身的球員,他們亦於過
去數年間相繼成為職業球員……

隸屬巴塞隆拿球會的美斯,是全球身價最高的球
員,據《福布斯》,去年他的稅前收入(週薪加廣告
贊助)達一億一千萬(美元‧下同),以次為皇馬C
朗一億零八百萬、巴黎聖日耳門尼馬九千萬……。兩
年前加盟愛華頓的前曼聯名將朗尼(Wayne Rooney)
二千七百萬……球員身價動輒數千萬。球會的「市
值」當然更可觀,參與今屆世界盃的三十二隊球員總
值,據專門記錄足球員轉會費、津薪及小道消息的
transfermarkt.com的統計,共值一百二十億,當中以西
班牙、法國、巴西、德國和英格蘭隊最值錢──它們依
次值十二億一千萬、十二億零五百萬、十億零八百六十

萬、十億零三千六百萬及十億零二千六百萬。那些市值少於十億的不錄了。

三、

　　還有兩宗球國小事，頗可一記。

　　其一為「足球是圓的」，以形容世事難料，人所共知；惟知其出處，似不多見。1954年，德國仍滿目瘡痍，但有足球狂熱分子赫爾貝格（Sepp Herberger；二戰期間，他記錄了每一個德國職業球員的去向，戰後遂能迅速組隊出賽）帶領德國足球隊出人意表地以三比二擊敗當年的足球王者匈牙利，奪世界盃。赫爾貝格作「賽後評述」時說他知道的僅是「足球是圓的，賽事九十分鐘」，其餘都是「純理論」（Pure Theory）。今屆德國隊在分組賽中以二比零敗於南韓腳下，無緣晉身十六強賽事，大出球迷意外，可說正是「球是圓的」寫照！

　　其一是留意國際足協新聞的人，都知道白禮達（Joseph Blatter）擔任主席期間（1998年至2015年），醜聞甚多；他於2015年6月被迫辭職，不久後遭瑞士政府刑事控告，雖然無法將他入罪，但國際足協裁定他濫權，被罰禁止參與任何足球活動八年……

　　讀剛出版的《細眉細眼——有非凡成就的會計師如何令資本主義支離破碎》（*R. Brooks: Bean Counters — The Triumph of the Accountants and How They Broke*

美
中
陰
晴

Capitalism），竟有專節談及白禮達如何「收伏」會計師，令他和他的兩三位「死黨」能從心所欲挪用國際足協的資金，以至這些「害群之馬」如何上下其手從批准國際賽事中牟利，而會計師眼開眼閉的醜聞（見第二卷第九節）。在過往多年多宗國際財經醜聞中，「睇數」的會計師都能置身事外，好像這些不法勾當都與此專業無關。然而，實情絕非如此。這是第一本揭露會計專業涉及「非專業罪行」的專著！讀有關國際足協一節，真的有點意外。

2018年6月28日

亂而不衰元匯攀升
移民美國大熱之選

一、

　　在政治特別在貿易上，特朗普的美國不僅和道不同的中國「隻揪」，與「盟友」如加拿大、歐盟及南美洲「諸小」，則陷入苦鬥。表面上看，在海外「左右」受敵，在國內反特朗普移民政策之聲盈耳，美國處境頗有內外交困之象。可是實際情況似乎遠為樂觀，那從「隨印隨有」（當然國會設下上限但有需要時上限可以提升）的「無錨美元」（此詞為張五常教授所鑄）的匯價，近日節節上升可見！迄今為止，説世界愈亂美元匯價愈高，與中長期的現實十分接近。

　　今年第二季，兌一籃子貨幣的美匯指數，升幅已達7%，創一年（五十二週）新高；隨着美元強勢而來的是息價上升，比如兩年期政府債券孳息增至兩厘半，剛好為九個月前的一倍！

　　在世事極度混亂的情形下，美元穩步攀升，理由多端，惟關鍵在美國的政經制度為世人尤其是有錢人信

賴。人人看見美國政壇亂成一團、經濟榮枯無常、股市狂升暴跌，可是，人們同時了解，該國國力最強而人民無形的自由和有形的財富，絕對受法律保障，而且「政黨輪替」對此並無影響。中美近日吵得面紅耳赤，頗有「繼而動武」的勢態，然而，在這種劍拔弩張的緊張氣氛下，昨午信報網站貼出一則消息，指內地「胡潤研究院和匯加移民」的《中國投資移民白皮書》認為：「儘管近期中美貿易摩擦加劇，仍有八成考慮移民的高淨值人士，選擇美國作為其移民目的地⋯⋯」。《白皮書》同時臚列不少美國的醜惡面貌，但美國的「一流教育資源、生活環境以及企業稅率大幅下降」等等，實惠甚多、誘因仍大，因此美國仍是先富起來的同胞以至官N代移居外國的首選之鄉。

主客觀條件如斯「惡劣」而美元及美國仍大受國人歡迎，北京當局應有反思。

二、

美匯強勢，借進美元的「非賺取美元」的債務人最頭痛，因為他們必須賺進更多非美元，才能換成定額美元還債！據「國際金融協會」（IFF，國際金融業同業組織的研究機構）5月17日的〈環球債務追蹤〉透露，包括中國在內的「第三世界國家」，去年底的總負債達八萬二千五百餘億（美元·下同），比十年前（2008年）的四萬四千多億，增幅近倍。這些國家，除了中

國,大都為了大搞基建而舉債(經手官員〔包括總統首相〕因此發財者不計其數),只是,由於不善經營、需求不足,加上貪腐普及,還債已成一重壓,現在加上美元升值,還債壓力更大,不言而喻。

中國的負債,除了籌款進行物業發展,主要是國企和私企(絕大部份有「官股」)為擴張海外投資,不惜「押盡股票借巨款」,令此經常向世人特別是「一帶一路」沿途諸國炫富的大國,負債(主要是美元)纍纍,以致成為強美元的受害者。中國雖然從未正式公佈負外債的具體情況,惟西方專家據「分析者民調」所得數字,估計在國民毛產值(GDP)200%-282%之間(彭博一錘定音,認為是266%)。6月27日美國《外交政策》有一篇題為〈一帶一路麻煩初現〉(*The Belt and Road Bubble is Starting to Burst*)的特稿,指出非政府機構的「個人和企業(Firms)」所佔外債份額,從2011年佔12%,增至去年的40%。非政府部門大增外債,本為市場經濟強化之象,然而,事實證明這些新投資者是「盲頭烏蠅」,常作錯誤決策,他們的平均回報年率只有0.4%,與一般外儲年回報率在4%水平,相去甚遠。這類投資回報如此不濟,與投資者在海外投資目的在「走資」有關——一有機會便舉債並把資金調走,利潤厚薄無關宏旨!

7月1日《金融時報》的〈中國經濟有比貿易戰更危險的地方〉,指出「今年前五個月固定資產投資增長

美中
陰晴

為1995年以來最低；零售額的增長則創2003年以來的低
點」，這種令人焦慮的市情，加上人民幣兌美元匯價創
六個月新低、上海股市指數六月挫一成（今年來已跌掉
22%強）……。中國的經濟前景，在「中美利加」拆檔
且雙方作好大打一場準備的氣氛下（是否打得成，本週
五可見端倪），大吹淡風，是免不了的。昨天《信報》
習廣思「信筆攻略」的〈人仔愈貶愈驚　股災陰影浮
現〉，雖然令讀者心有餘悸，卻是事實的寫照。

內地近年經濟騰飛，經濟學者歸納有此佳績是由
「經濟三頭馬車」──投資、消費及淨出口（減去進口
的貿易盈餘）所帶動。那肯定的事實，只是如今馬疲車
破，投資與消費俱挫而「淨出口」在不再理會「自由貿
易有益世人」的美國橫蠻主導下，看情形中國將要為此
付出沉重代價；今後縱然仍錄得「淨出口」，數額亦會
大幅萎縮。消費疲態畢呈，出口不再那麼「放任自由
（任性而為）」之外，地產行業（港稱物業發展）經過
持續十五六年的升完可以再升的盛況，孕育了「高槓桿
（「借到盡」）」的融資，不少認為「麵包肯定比麵粉
貴」（樓價肯定比地價高）因此不惜「借到盡」高價購
地的發展商，會為應付債權人的追索而煩惱……

人民幣匯價昨天稍為「喘定」，未來兩三天亦可能
會回穩，稍稍恢復強勢，以免又成為美國指責北京操控
匯價進而作出反擊的口實；至於匯價前景如何，還要看
週五中美在關稅上會否「互插」，但更重要的是台灣和

南海局勢的發展而定。非常明顯，上述數事發展若不順遂，股市匯市必再起狂瀾；如果高危地區聞火藥味甚至炮聲，大中華地區以至世界各地「熱錢」必會湧去美國「避難」，導致美元匯價揚升；另一方面，南海或台海有戰事，特朗普下令凍結內地同胞在美資產，可能性不容抹殺。不過，由於此事牽涉太多「皇親國戚」及與官府關係密切的巨賈的財富，有關當局當會竭力令特朗普沒有這樣做的藉口！

2018年7月4日

後發制人免動武
深藏淺露斂稱強

一、

　　美國獨立紀念日假後兩天，美國政府針對中國的關稅是否「加辣」，便有分曉；雖然中國誓言「以牙還牙」、「奉陪到底」，但恐無法阻止有滿口「核子牙」且以打壓中國崛興為「志業」的特朗普總統繼續「出招」。迄今為止，內地的官方喉舌與西方主流輿論同調，都認為打貿易戰是一場無人受益的零和博弈。然而，這種教科書的王道解釋，無法阻遏以蘭德為師的美國當權政客的「戰意」。顯而易見，貿易戰爭令雙方都有傷亡，惟以中美的經濟結構及軍事實力衡量，美國既能以最低損耗（且損耗很快復元）取得上風，若觸動軍事機制，還可能迫使中國在信守自由貿易的幌子下不出手還擊，行任由美國魚肉徐圖復仇相忍為國之計！

　　從現實角度看，現階段和最大貿易對手美國「商戰」，對中國極為不利。簡而言之，經過數十年沒有充份自由市場調節即非由「無形之手」指引而由行政即政

府「強力之手」指導的經濟旺景，期間為迎合中央政策被各級決策官員掃進「地氈底」的不符合經濟效益個案，不知凡幾。筆者數度指出，以北京的專權及經濟實力，中國確能承受這些失敗的經濟項目，但世上沒有免費午餐，更無沒有代價的經濟浪費，經過大旺特旺的數十年，現在已到了「結算」的關口，結果必然再次證實計劃經濟缺乏經濟效益——自由經濟才能誘發人民的工作潛能進而提高人民的福祉。

國內當前的經濟問題，便是昨文所說的「馬疲車破」，那些為投資而投資的官企民企（大家齊齊舉債投資令中央定下的經濟增幅達標），不少如今財務狀況岌岌可危，貿易戰肯定會加深其內傷；加上美元強勢，負有巨額美元債務的企業，不少便無路可走只有破產一途。以國內的政情，失業率上升不僅會令人心躁動，引致社會不和諧，還會打擊最高領導人的威望……。

內企因債台高築、市場疲弱、出口受制，很難再抵受來自「貿易戰」的打擊；另一方面，「一帶一路」的拓展，雖然仍是中國向外擴張展示國力的「主旋律」，但成效未見而負面消息已陸續浮現。眾所周知，北京為壯大「一帶一路」的聲勢，作了不少不符經濟效益的大白象式投資，且其援用的手法如以土地礦產等為抵押品借出低息巨款，已引起多宗政治糾紛；還有，中國在啟動這類投資時，通常會對有關國家政客誘之以利，等於為其國內政治鬥爭埋下定時炸彈，最終會影響中國的

美中陰晴

「收穫」……最近西方傳媒「瘋傳」的例子與在剛果開鈷礦（電動車鋰電池必備原料）的國企華剛礦業公司（Sicomines）有關，毫無疑問，華剛「搶先佈局」，獲得「全球四分之三的鈷都輸往中國煉製，等於掌控了全球電動車命脈」；但中國所以佔盡先機，根本原因是「盛傳」有人向剛果總統卡比拉（J. Kabila）行賄上億美元，「金主」是誰，呼之欲出。此事終會引起西方「干預」……。

中國以國內慣用的「銀彈」打通「一帶一路」國家經絡，其合法與否，姑且勿論，但由於分贓不均或後來者已無利可圖，勢必掀起連場「外交風波」！

上面的陳述，看出內地經濟線上，無論國內或海外，都出現不少棘手難題，網上昨日貼出國家信息中心首席經濟學家祝寶良認為，「貿易戰有可能讓中國多年積累的深層矛盾浮出水面」確是的論。因此，從投資角度看，目前投資內地股市債市要加倍小心；內地資本市場頹態畢呈，也許可說是「貿易戰」的消極效應。不過，這種情況不會在西方、起碼不會在美國出現。當然，目前美國經濟處於經濟循環後期（企業利潤為2008年金融危機以來最低），經營不易；若干競爭力不足的企業無可避免會成為在「貿易戰」的犧牲品，但受惠的似乎更多，因為許多「海外工作」因中國內部消費放緩、經濟困頓及美國稅率下調而回流本土。事實上，精明的企業家早已看出特朗普會不斷

打擊中國帶來的「商機」，因此上市公司回購本公司股票熱潮又起；數據顯示，今年第一季85%的「標普五百」回購額為一千五百八十億（美元‧下同），比去年同季的一千六百四十億略少，但以此「速度」推演，若有100%「標普五百」的數據，此數當達破紀錄的一千八百億。公司回購與股票上升之間不能畫上等號，惟回購額上升，說明公司主事人對公司和市場前景有信心！

撇開經濟因素，由於美國仍是世界第一強國，時局愈亂資金愈向美國流，是無可逆轉的趨向。資金主人審度時勢，當知如何為財富作對自己最有利的安排。

二、

泱泱大度、富強豐足、脫貧冠軍、朋友遍天下的中國，所以成為美國的箭垛，一句話，是坐井觀天、浮誇自大惹的禍。用自己的一套把經濟搞上去，令世人欽羨，北京領導層信心滿滿，其頭自大，遂把鄧小平的「韜光養晦」及江澤民的「悶聲發大財」等的「聖諭」拋諸腦後，於是招來以美國為首的「洋人」（西方世界都對中國不懷好意，這是在劉鶴及王毅四出游説下仍無法組成「反美聯盟」抗衡保護主義的底因）因妒成仇的無理打擊。關税只是「前奏」，中國若真的「以牙還牙」，恐怕台海南海會生意外。打壓中國已是美國不變的國策！

美中
陰晴

令筆者頗感意外的是，昨天《人民日報》網上帖文批評內地媒體文風浮誇（如「美國害怕了」、「日本嚇傻了」、「歐洲後悔了」，以至「我的國，厲害了」等等），扭曲國民心態、有損中國國際形象……*。內媒不是必須聽黨的話作文章嗎？按人報網的說法，內地好像有新聞自由!?希望北京不會為重塑領導謙謙君子不打誑言的形象而在媒體找幾個代罪羔羊！

中國人這類爭認第一因而貶損外人的心態，有歷史根源，學者有關評說已多，不贅。筆者想說的是，北京應好好學習英國人「深藏淺露」（或「厚積薄發」，Understatement）的性格，中國才能於「不知不覺、無聲無息」間成為舉世景仰（其實是害怕）的強國。美國人性格比較膚淺，但亦遠較中國人內斂、謙遜，皮尤（Pew）研究中心前天（7月3日）公佈的民調顯示，認為美國是「世上眾多大國（greatest nations）之一」的民意為56%，但自認「超越所有國家」（above all other countries）的，由2011年的38%降至去年的29%……原來張牙舞爪自詡「宇宙最強」的，不過是少數狂人嚇嚇弱小的瘋話！

2018年7月5日

* **副校長勉學生守底線勿告密**

中國文化界向來不乏「愛國賊」，特別是中共十八大後掀起一股自我壯威、箝制異見的風氣，為「愛國賊」提供廣大的舞台，舉國陶醉到可以飄上太空，直到中興事件被打回地府。近日，一系列「炮打愛國賊」的反思文章得以公開發表、宣揚，引起各界關注。

上月21日，《科技日報》總編輯劉亞東在中國科技會堂演講，強烈抨擊「新四大發明」和「全面超美」等說法，指出浮躁和浮誇是中國科技界流行的瘟疫，還令外國人對華產生戒心，誤國害民。

劉亞東的演說詞很快引起廣泛討論，持有與他一樣看法的知識分子在內地並不少，只是之前一直被「卡脖」無法發聲。

7月2日起，人民網「三評浮誇自大文風」一連三日刊登，狂批一味誇大、以偏概全，任意拔高、貼人口實的所謂愛國文章，矛頭直指網上大批假愛國之名謀利的左派寫手。

隨後，人民大學副校長吳曉求（亦名吳曉球）一篇畢業典禮的演講詞也傳開，他給學生們提出了對「人生底線」的理解：「我不要求你們每一句話都說真話，但是不撒謊是底線。不把黑暗當光明，不為醜惡唱讚歌。面對滾滾紅塵，你若無力扭轉，你可有尊嚴地沉默……要做一個光明正大的人、堂堂正正的人、心中坦蕩的人。告密者，一般都投機鑽營，靈魂和心靈都是扭曲的。」吳曉求的短短幾句話，對中國近幾年官場、社會上形成風氣可謂一針見血，特別是當局過去屢次要求大學生舉報教授在課堂上的政治言論。

然而，內地言路是否正在起變化？昨日落幕的全國組織工作會議或可提供一些參考。

中共中央總書記習近平在會上強調，黨中央是大腦和中樞，黨中央必須有定於一尊、一錘定音的權威。

• 原載2018年7月5日《信報》‧「特稿」

美中
陰晴

熱戰未至大混戰
人匯貶值後患深

一、

　　「炮火」連天的中美貿易戰，看情勢已不能逆轉了。去週末美國國務卿蓬佩奧透露美方本來釋出「善意」，要與北京「又傾又砌」（「打打談談」），卻碰了一鼻子灰，因為中國的反應非常冷淡。消息指，除非美國「休兵」，不然，習近平主席無意和華盛頓磋商「貿易問題」；蓬佩奧接獲此「情報」，死了心，「情報」加上引號，是有關消息已見諸數美國網站：「習近平和他的智囊團得出特朗普的目的在摧毀（to destroy）中國。」有此認知，等於多談無益，北京遂落實習主席「以牙還牙」的最高指示，還美國以重拳，關稅來關稅擋了。

　　「有趣」的是，在蓬佩奧有關談話聲猶在耳的時候，他的上司特朗普總統便高調宣佈「已準備好對全部五千零五十億（美元・下同）的中國進口產品徵收關稅！」這一回，中方的「彈藥」明顯不足，因為中美貿

易「不對稱」（asymmetric），即美方沒有「等值」的貨品可給中國徵關稅！在這種情形下，中方也許會對在華美商落手，限制甚至禁制美商在華活動，果如是，那肯定會大大打擊美商利益進而影響美國經濟，戰意甚濃的特朗普「內閣」、加上11月國會「中期選舉」已近，共和黨政府當然不會就此罷手，南海或台海突見硝煙的可能性不容抹殺……。

　　一旦出現軍事衝突，便甚麼都不用談了。不過，筆者認為事態不應這麼快便惡化至「不可收拾」的境地；在「大打出手」之前，相信會有一場匯價（貨幣）戰。特朗普已公開指責中國「刻意讓人民幣貶值來獲得貿易優勢……。」吹響揭開匯價戰的號角，中國若能作出美國接受的回應，「大打一場」便可避免。

　　迄今為止，北京似乎採取匯價貶值的慣技，為出口受挫行業紓困，雖然人民幣跌幅抵消了部份關稅引致的加價（新增關稅部份以加價形式為消費者分攤、部份為企業降低利潤吸納），其副作用若令其他新興國家貨幣貶值，會對世界貿易帶來深遠影響，如果因此掀起新一輪貶值潮，中國將成眾矢之的。大體而言，人民幣匯價（不去分在岸〔CNY〕和離岸〔CNH〕之別了）從美國於3月底揚言要「懲罰」過去二十多年在貿易上大佔其「便宜」的中國開始，便反覆下挫，究竟這是市場炒家「自把自為」拋跌人民幣還是市場在官方指示下的有效操作？特朗普當然認為是後者；不過，真確答案不可

美中
陰　晴

求亦不必去求，大家知道迄去週末，人民幣兌美元的跌
幅在8%水平（離岸的跌幅略大於在岸）便夠。

二、

　　以政經情勢看，不必人行出手，人匯亦會偏軟，
所以如此，罪不在特朗普而在「內傷」——內地的債務
已陷「水深火熱」地步，去年的負債達同年國民毛產值
（GDP）300%強（參考數據，美國同年的負債比率在
100%左右）；據中行的資料，今年前五個月，內地已
有最少二十宗「債券爛尾」（到期無法贖回），當中
有的債券孳息高達四十一厘（持有約三十個月已收回
等同本金的利息）！令華爾街中人「嘆為觀止」（Eye-
popping）。看來今年的情況肯定比全年有二十二宗同
類事件的去年差。
　　內地「銀根緊絀」，還體現在據說有「財困」的
內地大亨李勇鴻（Li Yonghong）融資出現問題、令他
無法完成收購意大利足球勁旅AC米蘭的「失威」事件
上；至於轟動國際財經界的海航集團、安邦保險及大連
萬達集團近年海外高調的收購（如華爾道夫酒店、希爾
頓酒店及AMC娛樂〔影院〕），以至貪官巨賈避人耳
目的低調投資，資金來源主要為低息信貸，如今出現的
「貿易戰」，牽連甚廣、曠日持久，「外患」（如出口
量萎縮）加「內傷」，看來短期內內企拋售海外投資會
蔚成風潮（「如無意外」，明天說之）。在人民幣貶值

聲中，把海外資產「套現」調回國內「應急」，是不錯的主意（美元可兌成「更多」人民幣），問題是，若這些貸款多為美元，那便大大不妙了。香港投資者要留神的是，那些近來在內地大事擴張「賺人仔」的公司（特別是以消費大眾為對象的連鎖性公司），由於港元與美元「聯繫」，其港元利潤亦因人匯偏軟而萎縮。

三、

　　以自由市場「死忠」如筆者的理解，內地債務所以突陷「高危」，皆為計劃（指導）經濟惹的禍。以物業市道為例，過去為打造嶄新市容、改善「低端」人口的居住環境，當局提出「棚戶區改造」（Slum Redevelopment）政策，不管有沒有市場需求，把舊房子拆建後再說（遠勝以暴力逼遷），房地產及建築市場遂大旺。顯而易見，為保證這類樓宇貨如輪轉，當局安排有關銀行（下令國營銀行）對買家提供種種優惠，鼓勵置業，物業貸款條件特別寬鬆，樓市交投暢旺，此專項（分期付款置業）借出的資金竟達一萬餘億（按世銀的資料，同年內地GDP為十二萬二千多億）。在當局「催谷」下，大部份人有「資格」買樓，「業主」社會地位隨居住環境改善而提高；樓價升完再升，受財富效應的刺激，「業主」（真業主是債權銀行，這一點，經歷過「負資產」煎熬的香港人最清楚）花起錢來更豪爽，帶動了整體經濟向前（領導人定下的GDP目標因

晴
陰中
美

此達標），形成皆大歡喜之局！可是，暢旺市道的「衍生」現象是投機活動猖獗，盲目看好後市的炒家在息率低、錢易借之下積極入市，樓價升得更瘋狂，這令收入固定且有限的準置業者不勝負荷，買不起樓，社會怨聲四起，為了大多數人的利益，政府連環出「辣招」，連習主席都説「物業不是用來炒的」。主席一言，需求放緩，物業市場即呈頹態，那從上海股市物業指數今年已挫二成強甚於股市綜合指數約跌一成四五可見一斑。內地樓價「狂升暴跌」，理由在此。

可是，據昨午信報網站消息，內地著名經濟學家、現任經濟體制改革研究會副會長樊綱，卻認為樓市大旺的根本原因是「大城市的供給土地嚴重短缺」所引致（和香港樓價在「加辣招」下仍節節上升的理由同），他批評「目前中國房地產制度喜歡『限價』」，有違經濟規律（內地已行消費者主導的自由市場），因此應予取消。樊氏力主政府應釋放更多土地以補「（住宅用地）供給不足」之弊。住宅土地源源推出，地價樓價必跌，這是現實，但先決條件是銀根同時必須收緊！事實上，以內地的情況，也許「銀根過度寬鬆」即「流通（動）性」如洪水氾濫，才是樓價升完可以再升的根本原因。

2018年7月24日

拋售歐美投資！
轉攻「帶路」諸國？

一、

　　債務違約、銀行斷貸及擔保融資平台關閉，似為內地金融圈新常態；這連串因「央媽」收緊「流動性」的必然現象＊，皆因當局為理順過去數年政策一鬆市場便亂的後遺症；以內地的體制，各種出問題的債務最終都要由銀行背書。和自由市場不同，內地銀行絕大部份國營，那意味在市場上大炒特炒大賺特賺最後出狀況的公私企業法人私人，其財務損失要由國家「包銷」。以內地的制度，出問題的各色人等和機構，亦得付出一定代價。

　　在資本主義社會，在市場以「非常手段」賺大錢者，可以挾資金遠走高飛，做其「寓公」或「慈善家」，逍遙快活去也；但是內地不來這一套，任何利用政策獲巨利的企業尤其是民營的，都得承擔一定的市場責任，那等於說，人民要有與國家「共患難」的意識。也許，這便是港人有點陌生的「應盡國民的義務」。

美中
陰晴

今年以來，不少西方國家基於國家安全或不讓敏感科技轉移至道不同的中國企業手中的理由，收緊對外國投資其實是針對中國資金的審查，限制中資在其國內的活動，正足以説明「厲害了，我的國」這句驚天動地的「戲碼」有實質內涵。如果中資傻頭傻腦只懂得賺錢，這些國家歡迎都來不及，哪會收緊甚至訂立「外國投資審查法例」。信報網站昨午有「美參眾兩院達成收緊外國投資審查協議」的報道，指出「鑑於國安疑慮，法案將禁止美國政府採用中興通訊或華為科技的技術，並強化美國外資投資委員會（CFIUS）的許可權，擴大審查交易範圍，以化解國安疑慮……」。看來中國在科技開發上只好「自食其力」了——雖然習主席信心滿滿，但在缺乏自由的大環境下，前路多艱。

二、

在西方國家未收緊「外國投資審查」之前約一年，中國的「外國直接投資」（FDI〔境外投資〕）已亮起紅燈。這固然是「財困」的後果，更重要的是去年8月上旬多個中央部門聯合公佈的《關於進一步引導和規範境外投資方向指導意見的通知》（下稱《通知》），目的在阻遏及引導「企業境外投資步伐」（尤其是當中不少被認為是「非理性」〔Irrational〕的投資），這當然是中央為了把「境外投資」導向「一帶一路」沿途國家的新指示，而筆者相信有立竿見影效應。換句話説，中

國在西方國家的FDI突然萎縮,與她們「歧視」中國無關。

今年上半年,中國在美國的FDI比去年同期挫92%,可說近乎停頓,這種趨勢,衡量當前國內外情勢,逆轉的機會微乎其微。

據美國商業顧問集團Rhodium「中國投資監察」(China Investment Monitor)的數據,中資流入美國的資金數額不僅驟降,流出的卻在加速中。那即是說,中資變賣「外國資金」將會蔚然成風。

中資投資美國,2016年是高潮,是年的投資額共達四百六十億(美元·下同),翌年已跌至二百九十億;今年前五個月僅錄得十八億,聊勝於無,為有紀錄的七年來最低。

中國企業的「境外投資」,當然不少投入科技公司,但以美國為例,地產尤其是具炫耀性副作用即所謂「地標式」物業,才是中資興趣所在。在一段不短期間內,收購西方大都會如紐約和倫敦的地標物業,內地官民一體,認為是彰顯「國力強盛」(「軟實力」?)的表徵,內企因而很易獲得國營銀行的低息融資。不必諱言,巨額中資源源注入物業市場,令紐約和倫敦這兩個中資「心頭好」城市的一級物業價格飛升,以紐約物業經紀公司CommercialCafe的統計為據,曼哈頓商廈呎價從2013年第四季平均四百六十五元漲至今年第一季的一千二百六十六元;這種升幅港人提亦不會提,然而,

美中
陰晴

在歐美人士眼中，尤其是通脹處於低潮的這段日子，他們已舌撟不下、視為狂旺了。當然，「高價樓」的買家不一定是中資，但中資獲國營銀行優惠融資高調入市，是刺激樓宇屢破高價紀錄的主因。

三、

隨着《通知》的公佈，中資的「境外投資」是否轉戰「一帶一路」沿途國家，迄今似乎未見統計數字，惟其在英美的投資則明顯萎縮。隨之而來的是，相關的物業價格亦突然趨下游。據紐約物業經紀公司的統計，比去年第一季，今年同期曼哈頓物業成交量減幅達25%、平均呎價則跌18.5%……。特朗普政府四處樹敵，貿易戰、貨幣戰以至可能爆發的核戰，即使美人信心滿滿，認為美國最後必勝（這是特朗普的民望在國際國內一片咒罵聲中不跌反升的根本原因），但經濟前景因此蒙上陰影，勢不可免。這種客觀形勢，令紐約、倫敦高級住宅及商廈熾熱之勢難復舊觀。

在市道放緩（尚不能稱「低迷」）的情形下，投資界密切注意中資會否大規模拋售海外物業，若為配合內地政策而這樣做，便可能重蹈90年代中期日本投資界不得不割價拋售美國物業的覆轍，當年尚幸有退休基金入市吸納，令日本投資者虧損甚巨卻不至於血本無歸；如今市場有濃厚的政治成份，樓價可能要大幅下挫才有人接貨……。由於人民幣匯價已進入下降軌，如今拋售海

外物業，匯價上的進賬（換回較多人民幣）應可抵消部份價格損失。如果內企欠債以美元為主，情況便慘不忍睹！

　　內企若聽中央在「一帶一路」投資，前途未卜，以此新市場能否產生利潤，誰亦不敢肯定；不過，如果也是由國銀低息融資，便與利用OPM投資無異，只要配合政策認真地做，收穫厚薄便不必太「上心」。值得重複一提的是，在「一帶一路」沿途諸國的投資，萬一沒有經濟利益，亦可名留千古──「廢墟價值理論」（Theory of Ruin Value，詳情見2017年7月6日作者專欄，收《高端消費》）是有一定道理的。

2018年7月25日

＊　真是「寫時遲那時快」，內地相關政策已在轉向。7月25日《信報》報道──國務院常務會議週一釋出重大寬鬆訊號，政策轉向，認為投資者應留意更多訊號，特別是即將召開的政治局會議，以確認政策的進一步轉變。總理李克強表明積極財政政策要更加積極，而穩健的貨幣政策要鬆緊適度，與過往中央一直強調貨幣政策「穩健中性」略有不同。

李克強本週一（23日）主持召開國務院常務會議的三大重點：部署更好發揮財政金融政策作用；支持擴內需調結構促進實體經濟發展；確定圍繞補短板、增後勁、惠民生推動有效投資的措施。可以說，這三大重點都指向同一個方向。

該會議首先強調「積極財政政策要更加積極，聚焦減稅降費」，包括在原本全年減稅一點一萬億元基礎上，透過「把研發費用扣稅比例提高到75%的政策由科技型中小企擴大至所有企業」，進一步減稅六百五十億元；同時，「財政、金融政策要協同發力，更有力服務宏觀大局」。聯

陰晴美中

想到人行高官早前罕有地公開批評財政部，直指「積極的財政政策不夠積極」，國務院此番表態似有「唱白臉」的沖淡矛盾味道。

其次，該會議重申「貨幣政策要鬆緊適度」，至於「保持適度的社會融資規模和流動性合理充裕，疏通貨幣信貸傳導機制。」

• 原載2018年7月25及26日《信報》

中共永坐江山好
股市反其道而行

一、

　　中美貿易戰「正式」啟動，至今剛好二十天。這些日子來，看中美來而必往互徵關稅及特朗普的囂張言論，不由不令人感到天下大亂甚至有末日已近的不祥感覺！可是，看看「世界一流腦袋集中地」股市的表現，則肯定會得出天下本無事的結論。美國總統開出貿易戰第一炮的7月6日，道指企於二萬四千五百點水平，昨天以二萬五千二百四十點左右收市；恒生指數期間徘徊在二萬七千六百點至二萬八千九百點之間；至於上海股市綜合指數，則於二千七百四十點和二千九百一十點之間浮沉。這些應該受貿易戰衝擊最大的股市，不僅不跌反有不俗的升幅，真教那些聞貿易戰炮聲便以為「完了」的人，大跌眼鏡。

　　股市如斯表現，是投資者（炒家）不當貿易戰及衍生中美「冷戰」是一回事有以致之，他們所以如此「淡定」甚至樂觀，則是受中美政府「槍口對外」而對內均

美
中
陰
晴

採取種種對經濟特別是工商業有利措施所影響。大體而言，迄今為止，企業利潤有進無退（這是大而化之的說法，具體情況請讀昨天《信報》呂梓毅「沿圖論勢」的〈從盈利預測看貿戰陰霾初步衝擊〉一文），資金不肯離市甚且有新資金湧入，股市遂在國際局勢危危乎之下穩步上升。昨天《信報》A2版頭條新聞的題目〈中央放水亢奮　內銀基建股暴漲〉，正好說明國內政策足以左右股市。另一方面，特朗普突然宣佈撥款一百二十億美元（由農業部據《商品貿易公司憲章法》支付，因此不必經國會批准），以「緊急援助」受中國報復性關稅（Reciprocal tariffs）打擊最重的豆農和奶農。消息一出，美股扭轉連挫三天的頹勢，「勁升」二百點；而支持特朗普的民意企穩於41.4水平，比發動貿易戰當天的42.2稍差，卻遠超今年初的36.5！

為了應付貿易戰，內地金融政策突然轉向，從「收緊」轉為「寬鬆」；美國亦以類似手法因應，特朗普不希望聯儲局在貿易戰正濃的時刻加息，以至撥款補償受損農民，都有同一作用。為了「救急」，中美的權宜做法，均無可厚非，問題是「寬鬆」的財政政策，到頭來必然成為政府的財政負擔。凱恩斯鼓勵政府先使未來錢的學說，雖然是「加護病房」必備的特效藥，十分有用，但長此以往，尤其是政府動用的是「未來沒有的錢」，後果會很嚴重……國際金融學社（Institute of International Finance〔IIF〕）月初的報告透露，「環球

負債（包括IMF成員國的家庭、政府、財務及非財務欠債）共達二百四十七萬二千億美元（$247.2 trillion），為這些國家GDP總和的318%！各國負債總和真的比天文數字大，在窘迫的情形下，各國尤其是各經濟大國不是坐下商量如何設法減債而是動輒以「寬鬆」的財政手段紓困，人類肩上的債務如何得了？有心人不是不知道而是不敢想像！

面對如山的債務，民選政客會聳聳肩回以凱恩斯「長期而言……」的「金句」，事態發展的確如此，以政黨輪替的政制設計，長期的事誰管得；但中國並無政黨輪替這回事，中共法定「永坐江山」而習主席法定任期無限，「長期的事」便非規管不可……。遇困難便「釋出政策寬鬆」的訊號，治標不治本，終非善策。

對中共來説，長期而言，並非「一命嗚呼」而是仍然牢牢掌握政權的獨大統治者，因此，無論甚麼政策，不該是權宜之計而應有長期周密的部署。

二、

人民幣匯價雖然偏軟，今年來跌幅已近10%，不過，看情形北京不會以「匯價貶值」作為刺激出口的手段，因為這會引起全球貶值潮，結果不能逆料。「政策寬鬆」以至當局會採取「各種切實有效措施，努力營造良好投資環境」以「積極有效利用外資」，的確是比較人人可以仿效的匯價貶值有用。

　　上述這種有針對性的做法是正確的，因為看中美的對着幹，愈來愈多商界人士，知道這場貿易戰不會在短期內「收兵」，因為貿易戰已從「貿易」進入「政治」，前者可用金錢擺平，後者便不這樣「單純」。有此想法且事實上亦斑斑可考，商人只好開始作出策略性安排，以減輕甚至避免為貿易戰直接衝擊或為「流彈」所傷。23及24兩天，已有八十多名商界代表在國會「聽證」，他們幾乎異口同聲，指出貿易戰再打下去，美國商界便會受害。為此，著名的玩具公司孩之寶（Hasbro）正在草擬計劃，把生產線搬離中國；「蘋果」管理層則因「供應鏈」在中國而坐立不安（Nervous），看來亦會考慮另覓生產基地；許多「不見經傳」的美國中小企，早已聞風而遷……。商人不願成為中美商戰的犧牲品，設法搬離中國，並無政治目的，旨在「保障股東利益」而已！

　　面對這種政治風險大、經濟誘因不小的環境，投資者如何「自處」，確是一大考驗。北京的保住外資的策略會否隨客觀現實而變，固然無從猜度；華盛頓為打壓中國會再出甚麼「辣招」，沒人知道。在如此撲朔迷離的情況下投資炒賣，除非用的是OPM，為策安全，最好只以「零用錢」入市！

2018年7月26日

空調提高認知力
及早普及太陽能

一、

　　近日熱浪「肆虐」，向來與高溫扯不上邊的北半球多個地區，氣溫熱度飆升創新高，今年肯定已成為「氣象紀錄史上最酷熱的年份之一」，比起未有紀錄惟見諸史籍「烈日當空赤地千里作物焦死稻田龜裂」的描述，目前是否「歷史性最熱」，不敢說；不過，相信溫室氣體過度排放導致全球暖化的氣象家和環保「公知」，則言之鑿鑿，斷定熱浪席捲全球，元兇禍首是經濟高速發展多用濫用能源的「可預見結果」；對此美國主流科學家態度保留，那不僅成為特朗普政府退出《巴黎氣候協定》的藉口，最近美國大眾傳媒報道熱浪成災，提及導因是「溫室效應」的，據一項調查，亦只有似有若無的10%左右！

　　眾所周知，今夏熱浪催生未之前見的高溫，已「熱死」加拿大、日本等國百計以上的百姓；希臘雅典近郊造成重大人命財物損失的山火，據說亦是攝氏

美中
陰晴

四十度高溫的副產品。不過，上述諸國，尤其是加拿大和日本，大概是人們對酷熱的「憂患意識」不足、疏於防範才造成悲劇，像長江若干大火爐之一的山城重慶，面對常見的高溫酷熱，居民便以浮於泳池打麻雀耍樂消暑……。

傳統智慧告訴大家，熱帶和寒帶地區貧富懸殊，自古已然，所以如此，主因是熱帶經濟作物天天豐收，各種果實唾手可得，人們可以少勞甚至不勞而獲而溫飽，養成了不事生產悠閒過日子的習慣，加以燠熱令人懨懨欲睡、提不起勁，結果經濟發展無法更上層樓，久而久之，便成為永遠屬於「發展中」即「後進」或「落後」國家。寒帶地區的自然環境惡劣，人們在掙扎求存與天鬥的過程中，學會了種種謀生及克服自然環境的技能，結果這些國家都多元發展、蓬勃興盛，成為「發達」或「先進」國家！

今年4月26日，上述傳統之說受到經濟學家確認，這一天，已有近百年歷史的「美國國家經濟研究所」，發表了一份由三名經濟學家聯合撰寫、題為〈高溫和學習〉的「工作報告」（*Heat and Learning*; NBER/W24639；下稱「論文」），認同「先賢」於2009年得出「平均溫度增華氏一度該國人均GDP減4.5%」結論之餘，他們尚蒐集和分析了全球六十個國家約一千萬名報讀大學入學試（PAST，預考）學生的成績及當地溫度，進而分析它們的關係，結果可見於「論文」：

「平均華氏升一度，以2012年的數據，據數學考試成績為例，學生的得分（標準值）比平均值低0.02；對第三至第八級學生的同類測驗，亦有負面影響，只是程度較為輕微；爬梳美國的資料，「論文」還得出華氏升溫一度，學生所學（amount learned）比有冷氣的學生少1%⋯⋯。「論文」於是肯定高溫妨礙「認知能力」（Cognitive）的發展，而這種現象不存在於有冷氣設備教室上課的學生之中。

課室有冷氣和無冷氣裝置，涉及「有錢」與「無錢」這類茲事體大的社會（甚至政治）問題，「論文」因而認為學生知識增長對社會的利益遠遠大於學校設置冷氣機的財務成本！在暖化問題日趨嚴重的現在，學校全面冷氣化等於培養出學養更豐富的學生，對國家（地區）的發展更為有利。如此「上綱上線」，學校不裝冷氣機已不行了。

香港在這方面似乎走在時代尖端（起碼「追得上時代的步伐」罷），請看去年10月17日《信報》「專業議政」欄主之一葉建源的〈資助學校　冷氣終成政策〉一文：「⋯⋯筆者及教育界爭取多年的冷氣資助終有新突破，正式納入標準教學設施⋯⋯」葉議員和他的教育界同仁真有先見之明。葉文又指「特首承諾分階段為公營學校安裝空調設備，包括課室、特別室、學生活動中心和禮堂，並由2018/19學年起提供經常『空調設備津貼』，以支付電費等相關開支。」

晴
陰中
美

　　林鄭市長在提升港人認知能力上，邁出了正確的一步！

二、

　　據聯合國「為全人類提供能源」（SE4ALL）計劃的報告，現在全球有約十一億人「缺乏獲得持續性冷氣供應的選項」（即生活在沒有冷氣的環境中），這些人，用內地術語，應屬「低端人口」，這類百姓，是熱浪的受害者，而熱浪足以取人性命。與此同時，「報告」指出有二十億人有財力購置冷氣機，但現有的款式不是會造成過量廢氣便是消耗太多電力，令人不能接受。「報告」指出美國人消耗太多電力（美人太浪費，為造成巨額貿赤成因之一），「三億美人消耗的電力約等同十一億非洲人……」

　　無論如何，在環球暖化令溫度升勢未遏的情形下，冷氣機的銷量，將直線上升。據伯明翰大學「伯明翰能源學社」（Birmingham Energy Institute）本月初公佈的報告，全球冷氣機（Conditioning Units；包括住宅、商業大廈〔辦公室及商場〕、醫院、食肆、公共場所以至學校等），將由去年底的三十六億部增至2050年的一百四十億部（14 billion）。它預期在未來三十年，冷氣機將以每秒鐘十九部的速度安裝。

　　冷氣機快速增加，澤及全人類（和廠商），「如無意外」，大概若干年後每個沙漠遊牧帳篷都有「空

調」，這當然是人類物質文明的一大進步，但用於冷氣機的能源相應上升，引出了不少問題。伯明翰學者的估計是電力消耗將為今日的五倍，在節約電力上如無突破，屆時（2050年前後）每年用於「空調」的電力將達一萬九千六百太瓦（Terawatts，一太瓦為一百萬兆瓦〔Megawatts〕）。筆者不知道太瓦和兆瓦的具體能量，幸好學者指出上述太瓦的數量，等於用去「國際能源局估計屆時全球發電量的八成！」顯而易見，由於需求不斷上升，各國政府（香港則為電力公司）都會在發電上大事投資而成本較輕的太陽能發電將大行其道，不難預期。

這種趨勢，令筆者想起香港的電力供應。經濟學早判斷供電是「自然專利（壟斷）」（Natural Monopoly；1982年諾獎得主史蒂格勒〔G.J. Stigler, 1911-1991〕在60年代便有論文「實證」專利發電公司供應的電力單價遠較低廉），香港九龍兩地的電力供應穩定價格合理，以香港人口之稠密及高聳入雲的大廈處處可見，此兩特點十分重要，換句話說，筆者認為香港的電力公司獲專利權，十分正確。然而，在暖化日益嚴重耗電量日甚一日的情形下，為免電力費用成為市民不易負擔的開支，也許是時候大力發展太陽能供電的時機已屆。

太陽能發電侵害了供電的專利，因此，由大慈善家經營的港燈和中電，在不損害股東利益又可提高港人

美中
陰晴

福祉的前提下，也許應主動在令太陽能合法化和普及化上，作出對香港整體有益有建設性的建議！

2018年8月1日

好淡爭持價看漲
低處徘徊不掘金

一、

　　以當前炒賣可說十分瘋狂的金融市場（在中美貿易戰炮火連天、北韓「去核」波折橫生以至美國會否真的對伊朗動武等不明朗因素下，炒家們不大炒特炒才怪），金價亦蠢蠢欲動；盎斯美元金價雖然升沉無常，但總算頗為穩定且只在有限度（大約一百美元）之間徘徊。處此「亂世」，究竟這種傳統保值甚至保命的蠻荒時代遺物是否值得持有——在現價水平是否不應「獲利回吐」反要吸納——也許是時候作一檢討。

　　筆者最近一次泛泛「談金」，是去年一月中旬；認為可以購入一文（〈利率通脹財赤齊升黃金又成投資新寵〉收《狂人登龍》），則於2016年12月下旬發表，斯時金價企於一千一百五十元水平。現在回看，「命題」可說大錯，未至全錯的，僅「財赤大升」而已。不過，所談諸事雖然大部份落空（如利率與通脹僅「牛皮待變」並未「齊升」），黃金亦未成「投資新寵」（若成

美中
陰晴

「新寵」，價格必然飛升），惟金價仍有約一成升幅為筆者建搭落台階。

今天「說金」，因看了總部設於倫敦的「世界黃金協會」（WGC）於5月中旬公佈的《黃金2048——未來三十年的黃金》（可於gold.org免費下載），當中不少資料，「預示」金價可能「蓄勢上升」，對此，對黃金有興趣的讀者也許有興趣一窺究竟。

資料顯示，由於金價低於生產成本或與之相近，近年即使發現新礦，亦無人開採；而開採新礦，一般需時七年才見金子。統計顯示2014年至去年底，新開採的黃金產量似有若無，舊礦的年產量則維持在一億一千五百萬盎斯（三千二百七十多噸；我國的產量達四百五十五噸）左右。「報告」估計金價回升至一千五百元水平，黃金產量才能維持在現水平。

「報告」提供的具體數據，非常枯燥，但是對未來金價大有影響。統計顯示70、80和90年代，每年至少發現一座蘊藏量在五千萬盎斯以上的金礦（大礦），三千萬盎斯蘊藏量的年平均有十座（中礦），至於五百萬至一千萬盎斯的新礦（小礦）則無數。可是，在過去十五年，大、中金礦均無所見，有一千五百萬盎斯的小礦只有數座。所以不見新的大型中型金礦，一方面是已「發掘殆盡」，一方面當然是投資回報（ROI）太低（毛利僅約15%）失去投資開礦的誘因。如果金價從現水平進入「上升軌」，規模不一的新金礦顯然便會陸續出現。

二、

可是，金價上升的後果自然便是黃金產量增加，假設其他條件不變，金價因供應驟增便會下挫。這是憑簡單供求關係的揣測，正好說明看淡金價前景的人仍然那麼多。7月24日《華爾街日報》報道投資者在6月份一共沽出值二十多億美元的金礦股指數基金；而芝加哥期交所編纂的週報「交易員買賣實錄」（COT）7月20日一期指出「基金經理看淡金價為十二年來之最」，他們的看法落實在買賣上，是「過去五週沽空黃金期貨的數量增121%，為過去十一年來最高」。

若果「淡友」佔上風，金價不僅欲升乏力且可能再試低位，何以市場上又有不少人看好黃金？這又牽涉到「相反理論」（Contrary Theory；四十一年前的1977年3月，筆者為《信報月刊》創刊號寫一短文：〈「相反理論」是可行的投資方法嗎？〉，收台北遠景《投資族譜》），已經指出交投暢旺的金融市場永遠有一批不盲目跟風而人棄我取或你賣我買的「逆勢者」，如今這麼多基金經理看淡金市，持相反看法因而伺機入市者相信數不在少。他們為何看好金價前景？理由很簡單，在通貨膨脹低位徘徊黃金失去抗通脹「保值」的憑藉下，仍能企於一千二百五十元水平的「高位」，證明黃金仍然是不少投資（保守的？）組合中不可或缺的組成部份，那等於說長期有人吸購；從技術性因素看，對上一次金

美中
陰晴

價強力反彈在2015年12月下旬，斯時離公佈「交易員買賣實錄」顯示「一片淡風」之時，不過四五個禮拜；不但如此，過去數週沽空黃金期貨指數大增，與2015年12月的情況近似──淡友以實際行動大拋空之後「不久」，金價便掉頭上揚。這現象現在會否重複上演，不敢說，但看「大局」，金價升多跌少的機會較高！

三、

國人重視黃金有悠長歷史。為甚麼人會視黃金「如珠如寶」，原因固然可以非常複雜，簡單來看的話，這是物以稀為貴。

在〈「對金之時不見人徒見金」〉一文（1988年8月29日，收遠景《從此多事》），筆者對此有概括性描述，今自抄舊文（這是「資深」的好處），把精要部份錄之如下，以供參詳──

物以稀為貴是自從有人類以來就被接受的「定律」，古人喜愛黃金，完全和貨幣扯不上關係，黃金之所以成為「寶藏」，純粹是因為生產不多得之不易而已。早在春秋戰國年間，由於技術的進步，如採用鐵的農具等，使生產力大大提高，地主的私有財富亦相應增加，財富增加了，人們便覺得農作物不是理想的保值商品，因為生產農產品需要太多的空間，而且不能久存，漸漸地，有錢人就將財富的矛頭指向黃金。黃金不易變形，有永恒的光澤，加上十分稀有，它之成為財富的象

徵，理由便充份起來了。

　　以下兩則「故事」，足證國人嗜金愛金視金如命是自古已然的事。

　　《列子‧說符‧第八》有如下一則故事：「昔齊人有欲金者，清旦衣冠而之市，適鬻金者之所，因攫其金而去。吏捕得之，問曰，人皆在焉，子攫人之金何？對曰，對金之時，不見人，徒見金。」這則故事，不單證明戰國時代已有金舖，而「對金之時，不見人，徒見金」，一語道出黃金的經濟地位早已確定。當然，它同時顯示了人類貪婪的本性。

　　《戰國策‧蘇秦約縱》記蘇秦衣錦還鄉，其嫂對之巴結奉承，他問嫂嫂為甚麼前倨後恭（「嫂何前倨而後卑也。」），對曰：「以季子位尊而多金。」戰國時的貨幣並非「黃金本位制」，但黃金之作為財富象徵，於此又得一明證。

2018年8月2日

從利加到互不相讓
貪無厭中美皆小人

一、

　　美國宣戰、中國應戰的貿易戰開火至今已超逾一個月，日來雙方重拳虛招齊發，擺出「經濟互毀與汝皆亡」（Mutually Assured Economic Destruction）的陣勢，再互轟下去，恐怕會出大亂子。

　　「大亂子」不是「經濟零和博弈」即以「雙輸（？）」收場，而是引發「槍桿子打出自由貿易」，美媒大字標題〈*Trump Threatens to go Nuclear on China*〉，雖然Nuclear不一定指核武而是泛指「厲害招數」，但可以肯定特朗普不是鬧着玩……案頭有本美國史學家（中國通？）兩年前出版的「舊書」《槍炮年代》（T. Andrade: *The Gunpowder Age*），對我國發明的火藥，讚賞有嘉（頁1-12），但主宰世界的是「好好利用火藥」國力後來居上的歐美諸國，她們之能到處殖民掠奪資源自肥（殖民地當然亦可分點殘羹剩飯），還不是憑火藥武裝起來的「堅船利炮」到處亂

闖亂搶──「講耶穌」說「大愛」是殖民者牢牢掌控權力後的事!

中國加入世貿之後,本着互通有無互惠互利的至理,中美大做生意,各有所得各取所需,關係密切,前途令人憧憬,以至英國史學家富格遜和經濟學家舒拉里克(M. Schulich;德國柏林大學經濟學教授)聯手鑄一新詞「中美利加」(Chimerica,這是筆者之譯,一般譯為「中美國」或「美中國」)。事實上,通過自由貿易,中美的確各牟其利,由於勞工供應不絕、薪津低微且擅長模仿和被美國捕個正着的「盜竊科技」,中國經濟力一日萬里,對美貿易出現盈餘成為常態,加上貨幣學派已故大宗師佛利民認為貿赤無害(印鈔票購進口貨,何傷之有?),中美貿易遂日趨不平衡;直至力爭「美國優先」特朗普上台不久後重用有「給中國害死」別稱的二流(從未在長春藤大學任教)經濟學家納瓦羅(Peter Navarro: Death by China)為貿易顧問兼「白宮行走」,中美從此多事。

二、

關於中美政經糾纏的導因,論者說之已屢,筆者亦曾多番述說,惟話題說之不盡,此時攤開稿紙(筆者不曉新科技做不了鍵盤戰士),記起歐陽修的《朋黨論》,找出一翻,這篇寫於千餘年前的短論,似乎說中了何以中美突然從「利加」變成「死敵」的底因!去週

美中
陰晴

二筆者指美國當權派視與中國的爭紛為「敵我矛盾」，即不再以君子之道（人民內部矛盾）處理雙方的問題。換句話說，美國過去二三十年，和中國大做生意，即使被中國佔點便宜，亦在所不計，因為她希望中國富起來之後會成為「同道」，可以攜手前行（行的當然是「美國之路」），哪知中國自以為富強後充滿多方面自信，更一再公開宣揚要走自己亦即與西方世界背馳的道路，甚至採取實際行動要把美國趕出亞洲，因為國內有人相信自古以來，亞洲是中國的「世界」，結果把美國「驚醒」了⋯⋯

特朗普這個「老粗」，與其三位前任不同，不再與中國虛與委蛇，站起來對着幹。《朋黨論》有言：「大凡君子與君子以同道為朋，小人與小人以同利為朋⋯⋯小人所好者，利祿也；所貪者，財貨也。當其同利之時，暫相黨引以為朋者，偽也；及其見利而爭先，或利盡而交疏，則反相賊害，雖其兄弟親戚，不能相保」。這段話用來形容中美近二三十年的關係，恰當不過。在一段不短期間內，中美因利交好（「看在錢銀份上扮老死」），「偽也」，如今美國認為「利盡」而翻臉，豈不正常。如果中國全方位崛興後「走資」，則中美「同道而相益」，其「所守者道義，所行者忠信，所惜者名節」，雙方肯定不會因貿易不平衡而交惡以致「大打出手」。可是，中國不僅愈走愈遠，且有以其所行的一套主導世界即引領世界走「中國之路」的雄圖，令統領西

方世界近百年、至今國勢未衰且自詡武功仍然是「宇宙最強」的美國「發火」，並下鐵心要把之壓下去！中美交惡令世界的「麻煩」揮之不去。

三、

　　中美貿易戰如何收場，沒人知道。筆者知道的是，為了確立黨內威望以利兩年後角逐連任，特朗普在11月國會中期選舉前，一定會重拳痛擊中國；至於中國則肯定會迎難而上，猛力還擊，以確立習近平主席在國內的威權，如果美國一出手便就範，黨內黨外要求換人之聲必甚囂塵上！因為雙方都押重注，因此即使有不少「私人接觸」，中美貿談相信都不會談出甚麼雙方咸感滿意的結果。

　　在這種膠着甚且可能愈談愈僵的氣氛下，人民幣匯價升降帶動的微妙作用更須注意。人民幣貶值本身固令美國「不開心」，其衍生的問題更會令美國貿赤惡化，有違特朗普發動貿易戰初衷。這怎麼說呢？原來這二三十年間，由於與中國貿易升級，東亞已形成一個無形的「人民幣區」（renminbi zone），區內諸國和中國經貿頻仍、財經聯繫密切進而景氣循環相近，區內諸國貨幣匯價無法不受人民幣匯價升沉牽動；人民幣佔美匯加權指數的21.6%權重，即左右了指數的升降，等於說人民幣匯價貶值刺激美元上升的力度更大。

　　美元強勢是造成美國貿赤的一項重要元素，如今人

美中
陰晴

民幣匯價走弱推跌「人民幣區」的貨幣，美元升值壓力增加，美國削減貿赤的目的愈難達致。這種發展，令中美貿談愈難達成雙方可以接受的共識。

2018年8月7日

單線行車政途險
謬言港獨心叵測

一、

　　「從政」在特區香港曾經是一項名利雙收的工作，能當上無論建制內外的議員、成為不同政治屬性的政黨或社團的成員，只要有點作為，都能討得一點物質及非物質的好處。物質方面，最低限度可得相當「合理」的薪津，從無產晉身中產，是常態。至於非物質的「無形收入」（比如「知名度」）多寡高下，便要看個人的「造化」。比起殖民地時期，特區政壇遠較熱鬧興旺，原因可於此中尋覓。

　　在中國全方位崛起的背景下，特區政壇已變成單線發展，那即是說，站在建制對立面（泛稱「泛民」）的政客和黨團，在必須希旨承風聞京樂起舞的政府多方撲擊下，已注定成為艱苦甚至是看不到前途的夕陽行業，所以如此，原因有二。其一為當局想盡種種方法，要這些人付出重大「機會成本」，令那些使命感不足者知難而退；其一則是在北京一再「釋法」，等於香港政治

美
中
陰
晴

的鳥籠──從政者的活動空間──愈來愈小，現在更以所謂「不涉政治因素」的選區劃界法，把泛民參選人票倉劃走，意味即使成功當上各級議員、成為知名度高的「政黨領袖」或「社會賢達」，亦無法把為服務港人的理想變為現實。己志落空、眾志難伸，等於從政投入多回報少（僅有的是一點可能隨風雨逝去的「知名度」而已）。衡量得失之後，肯從事這種缺乏效益行業的精明（與精英頗有點差別）之士，愈來愈少。

回歸之後，按「真．基本法」所示，在香港從政，本是既能舒展抱負復有名有利的「志業」，在一段不短期間內，大家亦真的看到不少精明之士投身其中，全力爭取貫徹小憲法賦予的「雙普選」；他們了解港人的訴求和願景，全心全意想做一些對香港有益有建設性的事，可惜無法揣摩京意，所做之事與北京難合拍、不同調，結果不問可知。大多數人落得慘淡收場，有的甚且要付出沉重如繫獄如被罰款被褫奪政治身份的代價。

二、

自從當局以雷霆之勢霹靂之力於2014年9月28日黃昏連珠發射催淚彈噴碎「雨傘運動」以來，人人知道特區政府「厲害了」，政治冷感漸趨明顯、普及，那從民調和政客的言行獲得明證。「公民實踐培育基金」5月委託港大民意研究計劃所作的民調，顯示被訪者認為「治安較民主重要」（在治安良好之下作此選擇，真是

可圈可點），而「雙普選」的重要性，「再次排名最低」，該計劃總監鍾庭耀認為這種情況，「可能因為香港民主多年來無太大進展」有以致之（鍾氏沒有說出的是，何以民主無太大進展）。

知道北京不高興不允許，市民不再熱中於爭取「雙普選」，政客亦意興闌珊，比如在爭取民主上表現一度非常勇猛的「香港眾志」，基於「政治現實」，常委羅冠聰（若虛心多讀點書，假以時日，羅君肯定可以成為一位正氣凜然言之有物的出色時事評論員）宣佈該黨「不再定性為政黨，轉型為民間政治團體」；一句話，由於當局多方阻撓、百般打壓，該黨決定「不如多做民間工作、關心更多不同議題」，連「黨」的名義亦放棄，等於「退下政治火線」。另一個歷史更悠久且勇於挑戰建制為港人發聲的政黨「社民連」，由於多名中堅分子如梁國雄、吳文遠及周諾恆，不是議員資格被DQ，便是官非纏身，從政之路荊棘滿途，因而考慮由政黨「轉型」為民間政治團體。「香港民族黨」因為言文主張香港獨立，連社團註冊亦被註銷，該黨召集人陳浩天昨午應邀在香港外國記者會（FCC）午餐會上發表演說（在臉書直播，據說「收視率」之高破FCC的紀錄），據《信報》網站報道，內容主要是指出「回歸二十一年，香港不斷倒退（按倒退的應指民主進程）……香港正面對未曾遭遇過的嚴重殖民主義」。該黨因此認為「香港要達

致真正民主，獨立是唯一出路」。陳氏之言，看似非常激進，再聽他說該黨「從無鼓吹暴力，亦不支持暴力，並會予以譴責」。等於表明所謂「獨立是唯一出路」不過是一句空言。聽其言之後還得觀其行，但該黨無行可觀，獨立云云，「吹水」而已，但當局已如臨大敵，「喊打喊殺」，看來「民族黨」成員在政壇發展之路已絕；「民族黨」受打壓，同情的言文鋪天蓋地，但迄今似未見有人申請加入該黨以實際行動支持壯其聲勢。可知百餘年的殖民（奴化）教育令港人大都很精乖，知道如今「搞政治」代價不小，大多數人且戰（止於言文）且走，當然更不願與「民族黨」有任何實際牽連……。

經過回歸後的「再教育」，認識法治重要的港人日多（港商知道得最清楚，這是何以他們少去甚至不去法治不彰不行普通法地區投資的底因），但問題是北京已成功地把此間立法機構塑造成政治塑膠花，守護這樣的「法治」，於民主自由何補!?連政壇老兵、民協創黨主席馮檢基亦要「退黨」另組壓力團體，因為「政黨只做騷（表演）難解民生困」（6月8日《信報》），可知在香港「從政」已不吃香甚且可說是末路。

去年6月20日，作者專欄題為〈經濟無法受惠　政治權利被奪　港青激進有理〉（收台北《炮艦貿易》），看這一年來的發展，「有理」已穩穩落在有獨家解釋《基本法》專利權的北京手裏，從政的路如何才能找到合適的渠道？怎樣才能平安無事有建設性地走下

去？這些問題，明天再說。

　　　● 從政之路難行應該另覓出路 · 二之一

2018年8月15日

美中
陰晴

別往絕處求利　寧捨政途守正

三、

　　非常明顯，和北京「意見相左」的港人或團體，有意從政之路未絕也極度崎嶇，誓死捍衛守護香港核心價值的，空有滿腔熱誠，卻無法用世之後，改而鼓勵那些不滿現實的人，特別是那批真理在懷正氣凜然的青少年，走上街抗爭，但現在這條路恐怕更不易走了。事實上，看北京的言文，這種做法不僅難以達到目的，且有可能令涉事者抱憾終生，因此宜另覓出路而不可硬撼硬碰。

　　眾所周知，當前中國在貿易上被美國打得無力還手，在國際上也四處碰壁（雖然新華網發表「一帶一路」五年成果的圖文並茂長文，但中國在「一帶一路」沿途諸國的麻煩尤其在特朗普公然抨擊後，愈來愈多），國內的債務問題以至種族衝突又漸次浮現，困擾不絕，然而，要「收拾」已成囊中物的香港，仍綽有餘力，其「圍攻」香港民族黨便是眼前的顯例，該黨召集人陳浩天在外國記者會（FCC）發言後，外交部駐港特派員公署發表近千五字的聲明，痛斥陳氏所言「觸動了

包括七百多萬香港同胞在內的十四億中國人民最敏感的
神經，嚴重傷害了中國人民的感情」。《環球時報》則
在社論狠批FCC「文縐縐地耍無賴」、「自恃吃得高檔
就可以隨地便溺一樣荒唐無恥」，而陳浩天的言論明顯
「違憲」，斥責「香港立法會及媒體都為反對派提供了
表達的渠道，搞意識形態對立和反對現實政策都在香港
暢通無阻」＊；又指《憲法》和《基本法》已劃下「不
能宣揚港獨的底線」，意味會嚴厲對付如陳浩天這類衝
線者！至於此間在野在朝的建制派，更紛紛表示「遺
憾」和「譴責」，有的甚且認為政府要立新法以規範
FCC的自由……。

　　顯而易見，北京借「陳浩天事件」收緊對香港的
監控與約束，雖然未見具體做法，但是非建制派各色人
等「從政」之路已被截斷，路人皆見。在這種情勢下，
除了那些願意為香港民主自由甚且為中國前途而不惜犧
牲自我的人（這些人之中，又以出諸言文〔有的還把言
論平台設於中國「長臂」不及的海外地區如台灣和加拿
大〕比採取實際行動的人多），從經濟人（首先考慮私
利）的角度出發，知道政壇已沒有發展餘地的人，應另
覓途徑，重新上路，別在已被北京強力打壓得變質變形
的政壇找尋出路——「出路」不會很多。

　　以筆者狹隘、庸俗和老得昏花的眼光，在當前變形
走樣的特區香港從政，絕非對個人和社會有益有建設的
「行業」，因為立法會不僅能做的事非常有限，且已被

塑膠花化，多數派的代議士，不過是為建制搖旗吶喊的職業啦啦隊政客。一句話，筆者不認為有識有為有正氣的人，進入立法會當議員而能為港人作出實質貢獻！

四、

對香港社會有承擔的人，應如何適應客觀環境的嬗變？筆者以為明朝大批「識字分子」棄儒從賈（捨儒就商）的往事，可為明鏡可作參考。根據史家的研究，在15至17世紀，我國人口從1400年前後的約六千五百萬，增加至1600年左右的一億五千多萬，百餘年間人口翻兩番，對社會各層面帶來重大衝擊，不言而喻。人口膨脹而「公務員」職位增幅在比例上遠遠落後，令考取「功名」的人很難「入仕」（當官），等於打斷了「學而優則仕」的傳統。史籍記載，公元1515年蘇州府（共八州縣）一千五百多名生員（俗稱秀才）中，三年內由「貢」途出身的不到二十名、由鄉試而成舉人的不及三十名，其成功率是三十分之一；一個20歲的生員往往要等到五十歲才能入「貢」為監生，且到了60歲才有機會「選官」。人口結構之變，讓通過正常程序當「公務員」的機會大降，結果形成了明代中期後學生「棄儒從賈」蔚成潮流。這股潮流，一直氾濫至今。當然，社會不斷進步，就業機會多元，棄「儒」的出路愈來愈多……

這種職業大遷徙，是推動商業社會向前的動力，時

人説「以儒術飭賈事，遠近慕悦，不數年，貨大起」。
「識字分子」做生意，何以有利己益人效果，當然是
於不知不覺間受阿當‧史密斯揭示的「無形之手」所推
動，把「知、仁、勇、強」的儒家精神，注入商界，遂
在「企業經營上發生創造性作用」……宋代理學家如朱
熹如陸九淵等，均認為讀書的蛋頭才配稱「豪傑」，然
而，明、清的學者已把此稱號贈給成功的商賈；學者尊
崇本屬末流的生意人，皆因他們將所學融入商業活動，
大有所成，利己益人（當然，商賈發財後禮聘學者興辦
學校亦應記一功），把「人富而仁義附，此世道之常
也」的古訓奉為圭臬，而「行仁義」提升了他們的社會
地位，此中出類拔萃的人物，遂被捧上與以天下為己任
的士的高度，令「士魂」與「商才」合流。簡而言之，
「儒商」汲汲於求利之外，還做了不少對社會有益有建
設性的事，在未有社會福利制度的時代，這種做法尤為
功德無量，難能可貴。事實顯示，商賈實踐儒學的道德
戒律，達致「善商者處財貨之場而修高明之行」效果，
用今之流行話，不當政客公務員進入多元的商業社會，
於不着痕跡不必大張旗鼓間便會推動社會進化。（有關
「棄儒從賈」部份的史料俱轉引自余英時教授的〈近世
中國儒教倫理與商人精神〉，收《中國文化史通釋》，
牛津大學出版社）。

顯而易見，如今形勢比人強，有意於從政之路，既
被收窄且處處陷阱，崎嶇難行，仍願糾眾上路者的勇氣

固然令人敬佩，然而，也許有心人棄政治作多元發展，於己於人較有益。就像「古時候」的儒生，因客觀環境轉趨不利而「識趣」地打破「學而優則仕」傳統，當今的有為青年，為私為公，亦應考慮投身其他行業，只要不棄所學、毋忘初心，在不同工作崗位上默默把香港的核心價值灌輸給所有人，對香港社會貢獻更大，幾可斷言！

● 從政之路難行應該另覓出路・二之二

2018年8月16日

＊《環時》抨故意政治挑釁

內地官媒《環球時報》昨日社評指，港獨牴觸《基本法》，外國記者會在香港民族黨正被港府考慮取締的敏感時刻，邀請其召集人演講，是故意做出政治挑釁。文章稱西方把宣揚分離主義歸入言論自由，但中國不可以，在香港的外國組織應尊重這一國情。

該文批評，外國記者會用西方語言和邏輯「辦無禮、耍賴之事」，是西方價值凌駕香港法律和社會準則的傲慢，形容該會「自恃吃得高檔，就可以隨地便溺一樣荒唐無恥」。社評又提到，香港未實現《基本法》二十三條立法，使極端反對派利用漏洞衝擊國家安全，有外部勢力更會鼓勵極端反對派這樣做，以增加給中國製造麻煩的籌碼。

● 原載2018年8月16日《信報》

老謀深算圖阻加息
美匯仍強債仔頭大

一、

　　特朗普干預聯儲局的利息政策，雖然是「非官式」的隨意議論，但在美國史上還是第一次，自從1913年根據《聯邦儲備法案》（*Federal Reserve Act*）成立以來，其運作從未受政治干擾，因此才能不偏不倚根據客觀經濟數據釐訂金融政策。由於國會中期選舉在前、且與各國貿易戰方殷，特朗普不願見利率提升，為剛剛有點起色的經濟添煩添亂，同時亦為穩住共和黨票源，不難理解。當然，特朗普和他平素口不擇言不同，此次他說的相當婉轉，惟言外之意要聯儲局暫緩、叫停加息，十分顯然。

　　眾所周知，在華爾街海嘯引爆的環球金融危機（GFC）後十年，世界經濟所以沒有被拖垮，可說全靠「零息」支撐；「零息」會令經濟內傷，奧國經濟學派一早指出「超低（比通脹率低）利率」必然造成重大經濟資源浪費的錯誤投資，結果遺禍後代。換句話

美中
陰晴

説，在經濟發展勢頭不錯、增長穩定、失業率下降及通脹溫和升溫的條件下，有遠見的中央銀行家便應考慮提高利率以納經濟發展於正軌。目前美國的經濟情況正是如此——特朗普經常自誇這是「美國優先」政策行之有效的結果——可是，擴軍黷武的政府和「大花筒」的百姓，「先使」了太多「未來沒有的錢」（Spending money they don't have），提升利率，雖然負債數十萬億（美元・下同）的美國政府窮於應付，但她有權印刷鈔票，多付點利息基本不成問題；然而，負債纍纍少有積蓄的百姓——消費者——無異百上加斤，由於入息呆滯不前，加息難關便不易闖過；斷供欠債不還一旦蔚然成風，許多行業包括金融業便可能引發連鎖性倒閉潮……。

　　説來有點不可思議，現在但見美國人物質生活非常豐足，貧窮線下的低端人口雖然不少，但衣食住行無憂是常態；不過，美國百姓溫飽過活，所憑藉的，大部份是負債，即人人先使未來（沒有的）錢，本月上旬聯儲局公佈的數字顯示，今年第二季，美國消費者負債，未經季節調整，達三萬八千七百多億，比去年同期（按年？）增4.8%或一千七百六十餘億；應該強調指出的是，此一比天文數字還大的負債，只包括信用卡（約一萬億）、汽車分期（一萬一千三百億左右）及學生貸款（一萬五千三百多億），物業按揭「另計」——今年第一季住宅按揭額為八萬九千四百億，比2008年

金融危機前的紀錄九萬九千九百億少約一成，但數字仍然十分驚人。不過，按揭公司（銀行）樂於貸出，「如無意外」，基本上沒有問題，問題是，如果此時加息，準業主的負擔相應增加，加上此時開徵關稅，提高了數以百億計中國產品在美國市場的價格，不勝負荷的消費者埋怨特朗普的政策令他們財政左支右絀，不投共和黨候選人一票，便大事不妙。正因此故，特朗普才會繼七月抨擊聯儲局有意從「量寬」（QE）改為量緊（QT、Quantitative Tightening）後，不惜冒被傳媒「集體指控」要鮑威爾「識做」的原因。

二、

　　與特朗普有「宿仇」的部份美媒，雖然對總統間接干預聯儲局運作，冷嘲熱諷以至猛火抨擊，令人目不暇給、耳不勝聞；筆者認同總統不應過問央行的決策（當然更不可像土耳其總統埃爾多安委任老友出掌央行且令女婿當財政部長），但此時試圖阻止利率「進入上升軌」，的確大有必要。放眼世界各大城市的物業，除了香港，可說盛極而衰之勢已成。全國有分行九百餘家的英國最大物業經紀公司Countrywide（CWD）今年來股價挫約六成（2015年8月28日曾見五百二十便士，昨天以十四點二便士收市），股價暴瀉的原因，是物業滯銷，「脫歐」當然是「罪魁」，不過，網上交易日趨普及，更是致命傷（有友人以四百鎊代價上物業買賣

網站賣樓，不數日買賣雙方便成交並交律師辦手續，免去經紀佣金）。美國樓市不景氣亦趨表面化，無論租賃或出售，從所列價格看，都有跌無升（wolfstreet. com:〈Update on the Rental Bubbles and Crashes in US Cities〉）。澳洲更普遍「樓價氣泡爆破」，以名城悉尼為例，7月平均樓價較去年同月跌5.4%（獨立屋跌7%、分層大廈跌1.6%）；墨爾本、珀斯、布里斯班及阿德萊德這些港人熟知的移居地，其樓價亦毫無例外有不同幅度下挫⋯⋯西方城市樓價向下走，各有成因，惟相通的元素是中資的投入大幅萎縮甚至絕跡！在這種情形下，為免令樓價進一步下挫，當然不宜加息。美元利率牽動西方國家利率走勢，特朗普希望聯儲局別急於加息，對樓市因此是「好消息」！

當然，以低利率「救市」已十年了，肯定種下不少「禍根」，但當今之世，有投機者而無投資者、有政客而無政治家，長期的事，人人認為凱恩斯說的是真理！因此，經濟藥方只治標而無治本功效。

特朗普曲線要聯儲局不加息，美元聞訊急跌，兌一籃子主要貨幣的美匯指數跌至95.48，為六七天來低位。不過，筆者認為美元很快會「反彈」，以目前政經亂成一團的格局，「熱錢」仍源源不絕湧進美國（包括非官方的內地大小富翁），8月中旬路透社有〈投資者從歐洲調走以十億計美元——英國受重創〉的報道，這些資金大部份流入美國，它們投入哪一行業，稍後才有

統計，但不論作甚麼投資，均會支持美匯於不墜；支持美元的另一因素是台海南海局勢在惡化而非「優化」，這些區域一旦「有事」，包括香港在內的東南亞資金便會逃去美國⋯⋯。

　　順便一提，美匯強勢依然，會打擊美貨出口，那意味美國外貿赤字只會微降不會大幅收窄；另一方面，過去數年借進太多低息美元的企業，尤其是內地企業借美元赴海外收購投資早已蔚成風尚，如今要用更多貶了值的人民幣換取美元還債，其財困是顯而易見的！

2018年8月22日

美中
陰晴

喬治舶來番名 佐治特色土產

一、

　　George是個常見的「英文名」，據說美國名此名的人約一百四十萬，香港的恐怕亦有近萬吧！從數之不盡的「姓名學」書籍（對象主要是初為父母者）及尚算周詳的維基百科所載，此字源自希臘文ge（土地）及ergon（工作）合成的georgos，意為在土地上工作的人（Farmer）。至於「農夫」何時成為人名，肯定可考，只是筆者完全無知，僅知殺死「周身刀」怪獸（Dragon）立下戰功，以至誓死保衞天主教而成仁的羅馬勇士喬治，於1222年被教廷封聖且定4月23日為Saint George's day的小史，則彰彰可見。

　　聖喬治生地今屬土耳其，喬治因此並非「西〔非英非希臘〕名」，至於英人用上此「外來名」，應遲至18世紀初葉，以生於德國死於德國的漢諾威王移船就礄於1714年赴英登基（以其母為英貴族加以他並非天主教徒），是為喬治（Georg英語化成George）一世；喬治王朝一傳六世（喬治六世死於1952年），是英國「盛世」。不必避諱的西人因景仰皇上，喬治之名遂大顯。

　　以屠「龍」聞名而被視為驍勇善戰有俠士風範的聖喬治，不知何故，竟成為英倫（和葡萄牙、加泰羅尼亞及阿拉亞〔後兩者現為西班牙省份〕）守護神；聖喬治勳章是英廷表彰國人勇敢有功於國家的最高勳章。殖民時期本港有戀英中東商人把大廈題名聖喬治，大概亦不知此公非英國土產。

　　把George譯為喬治，料出自北人說官話者之手，「識字分子」較熟識的喬治，除英國喬治王朝，有美國「國父」華盛頓（1732-1797；其時此名剛傳入英國，美國人亦步亦趨，非常「崇英」且「時髦」）；至於古典音樂迷，無人不知的有著名作曲家，生於德國終於英國的韓德爾（George F. Handel, 1685-1759），稍後則有更出名的大音樂家蕭邦的摯友喬治‧桑（George Sand, 1804-1876），此妹為法國名作家，女身男服，連名字亦改為有陽剛氣的喬治！

　　不少港人對第二故鄉溫哥華之得名，來自英國海軍軍官喬治‧溫哥華（G. Vancouver, 1757-1788），相信知之者不太多；溫哥華十三歲入伍當皇家海軍水兵，十五歲隨大名鼎鼎的庫克（J. Cook）船長遠征，參與多次海戰，後來幾經轉折，奉命率領「發現號」（HMS Discovery）沿太平洋探險，在多處地方以「堅船利炮」為後盾，對土著「宣誓主權」，為大英帝國立下開疆闢土的大功，英廷為嘉獎他成功「攻城掠地」，對形成「日不落國」功不可沒，遂把殖民地多處地方賜名溫哥

華——除了港人摯愛的加西名城，美國華盛頓州、阿拉斯加州以至紐西蘭，都有以溫哥華為名的城鎮及山巒。至於老一輩香港「識字分子」熟知的喬治，應為曾在港稍作勾留（並開記招會）赴內地訪問的愛爾蘭大作家蕭伯納（George Bernard Shaw, 1856-1950；以寫《人與超人》、《巴巴拉少校》、《聖女貞德》及《窈窕淑女》聞名）及民國有「文學天才外交奇才」綽號、曾留學英國劍橋的台灣外交部長喬治葉公超（George Yeh, 1904-1981）。在上世紀二、三十年代，香港本土文化尚未成形，因此稱喬治而不佐治。

二、

　　港人熟知George的中譯為佐治（有半唐番富二代自譯為佐芝，妙），粵音譯出，對港人來說，的確較喬治容易上口和親切（此所以用英皇喬治之名的香港學校名之為「英皇佐治五世學校」），而為廣大「識字分子」所知的佐治，莫過於以寫《萬牲園》和《1984》聞名的奧威爾，當然還有任《信報》總編輯十一年的佐治沈鑒治。筆者不知把George譯為佐治出於何人之手，可以肯定的是此公必為飽讀詩書的一流好手，以此名在我國有悠久歷史且意義深邃。曾任湖南寧遠縣太爺（法官？）的汪輝祖（字龍莊，1730-1807）進士，有《佐治藥言》（及《續佐治藥言》）等書傳世，此絕版書的收藏者為已故博學的台灣文壇怪傑、以打官司致富的李

敖所有（1828年版，圖文見台北遠流社的《中國名著精華全集第二十三冊》）；李氏引前人所記，說汪氏十七歲開始「練習吏事，前後入諸州縣幕，佐人為治，疑難紛淆，一覽得要領，尤善治獄」。

《佐治藥言》不是醫書而是教人處世治事的書，文中多見如「佐官為治」、「佐史為治」的話，這與汪氏主張「讀書貴通大義，凡所謂論述，期實有濟於用」，一脈相承。李敖說作者「一生努自度度人，的確是知識分子以好榜樣」。

佐治是助人治事（治理、治世）之意。「佐」意輔助、協助，據《辭源》、《周禮》及《國語》等古籍已有「以佐王治邦國」及「佐，猶勸也」的說法。依稀記得《三國演義》有名此名的謀士，翻書，果於第三十二回〈奪冀州袁尚爭鋒　決漳河許攸獻計〉見之。話說曹操有心腹辛評，引薦乃弟辛毗為主公效力，「毗字佐治……乃能言之士，可令為使」；佐治獲重任，獻計於曹，「操大喜曰，恨與辛佐治相見之晚也。」佐治在破冀州城立下大功，卻令「舊主」審配大怒，於冀州城將破之時，「將辛毗家屬大小八十餘口，就於城上斬之，將頭擲下……」。數十年後翻《三國》，盡見這類怵目驚心的描述，可知「小時候」囫圇吞棗，不見「精華」。本回開篇記「袁紹既死，審配主持喪事。劉夫人便將袁紹所愛寵妾五人，盡行殺害；又恐其陰魂於九泉之下再與紹相見，乃髡其髮，刺其面，毀其屍……」

美中
陰
晴

較諸審配殺佐治數十家人，劉夫人手段之毒辣，尤有過之，如今讀之，仍覺心驚膽跳。看劉夫人把醋氣酸氣化為戾氣殺氣，真是把「疾裘妒枕」之嫉妒狠毒具體化之極致。

　　走筆至此，發奇想，未知辛佐治會否譯為老廣的George Sin，找出莫士‧羅拔斯英譯《三國演義》（Moss Roberts: *Three Kingdoms: A Historical Novel*；1991年初版，共四冊），於第359頁（第二冊）見此名Zuozhi Xin。

　　把George譯為我國古已有之的佐治，真是譯林第一高手！

　　　　　　　　　　　　　　　● 閒讀偶拾

2018年8月23日

裙襬領帶皆可測市
指數基金王道之選

一、

　　想在股市中出人頭地，有所斬獲，除了要有不可知不易測的「運氣」，掌握充份資訊和精通各種分析工具，是基本條件。在自由市場，股市的漲跌純粹是「人的行為」──大大小小股民的買賣──所造成，而「人的行為」受主觀因素和客觀環境所影響，於瞬間變幻莫測；因此，股市不易準確預測。有這種局限，五花八門千奇百怪甚至可說匪夷所思的測市方法，便源源出現，即使有些看起來非常無稽、荒唐，只要曾於某時某地，發生過一定作用，或巧合地與股市升降扯上關係，便會引起求財若渴股民的興趣。這種情況亦造就了一班數不在少的股市評論員──所謂「財經演員」──那些論市談股具說服力的，還有大批「粉絲」；殷切的市場需求，令傳媒「有償」地闢出版位、騰出空間，讓他們長篇累牘、抒發己見而滔滔不絕！

　　測市方法不少是傳統智慧，也有學術性研發的產

物，而成功投資者及投資經理的「發明」更如汗牛充棟，當中確有一些有時代感有噱頭而有大量「信徒」的，曾經風行一時，舉個資深投資者如今未必記得的藍保指數（Rambo〔R & M Management Buy-Out Index 的縮稱〕），史泰龍的銀幕形象若隱若現，加深此指數的吸引力。藍保指數是一項提出時甚為有效的指標，它把那些曾被管理層提出收購的公司列成統計表，然後成立基金，以購進這些股份，結果顯示跑贏股市指數三個百分點。為甚麼購進這類公司的股票？答案是這些公司的管理當局既願以自己的資金「押」在公司上，必會較僅為股東利益服務時更努力更有創意及更精打細算地工作，換句話說，由於與切身利益有關，他們「不能」行差踏錯，業績較佳為必然結果，有關股票因此可以看好。

R & M的一位投資經理蘭格設計的「蘭格方法」（Lang Approach）亦極具創意，蘭格認為那些分析家向上修訂盈利預測的公司值得留意，因為通常而言，分析家會分階段調整預測，如此才令其原先預測看起來不致錯得太離譜；因此，每當分析家調高盈利預測時，蘭格便會趁此他稱為「驚奇」（Surprises）的時刻，購進該公司股票。「蘭格方法」的平均回報率17.8%，較指數平均升幅9.5%大為優勝。

可惜，這些測市方法不數年便為股民唾棄（當然是因為「業績不佳」），一如其他測市方法，一旦為多數

股民採用，便失效用。

90年代末期又流行的「裙腳短長測市指標」（Hemline Indicator），對此讀者也許記憶猶新。此說初看甚難令人入信，惟普林斯頓財務學教授麥基爾（B.G. Malkiel）在其名作《華爾街隨機漫步》一書指出，這種所謂「牛市與裸膝理論」（Bull markets and bare knees theory），雖非百測百中，大體而言成績尚算不錯（頁150-152）；事實顯示，裙子下襬離地高度，反映了一般人的心境——離地愈高即裙腳愈短，反映人們心情輕鬆舒暢因此有盲目樂觀勇往直前的衝動，股市因此「傾向上漲」；反之則顯示人們情緒消沉保守，不想入市，需求不足，預示股市偏軟。

阿司匹靈的銷量，長期以來與股市有反比例關係，即其銷量愈多，股市愈乏善足陳，這是許多股民的共識；此中的道理，據說是跌市令股民傷心傷神當阿司匹靈為「零食」所致。不過，相信「咳藥水反應」（Robitussin〔樂必治〕Reaction）的亦大有人在，他們相信咳藥水銷量升跌與股市成正比，即銷量上升股市看漲。至於何以如此，則是股市上升人人興奮莫名，說話既多且大聲，弄得咳嗽不止，咳藥水需求自然上升……不過，究竟是咳藥水銷量增加後股市才上升或股市上升咳藥水需求才趨殷切，有待股市史家考證。

長久以來，在科網時代前，金融界男性僱員上班必須「打領呔」，華爾街因而有領帶橫度日寬之際，股

美中
陰
晴

市必跌的迷信──既屬迷信，自然不必解釋；但稍後流行一時的測市指標「領帶骯髒程度與股市」，則有堅實的「理論基礎」。這一「學派」的實證研究顯示，領帶骯髒是熊市的徵象，且骯髒程度與股市升跌有正比例關係，那是說，領帶愈髒股市愈軟，反之當然會升完可以再升。據說，領帶暴露於男士「最前線」，因此最易受「污染」，因為無論湯水肉汁咖啡或茶，由於食客無心情慢慢進食啜飲，會較易弄污領帶。那正是股市疲弱股民心情不佳的佐證!?

當然，香港特區的土特產Ting Hai effect（丁蟹效應）亦隨環球一體化而遠征全世界，外國「財經演員」為示無所不曉，「適當」時刻便會笑笑口述說Adam Cheng（鄭少秋）和跌市的「因果」。

二、

上述種種，都是盛行於一時一地的「流行測市法」，不過，筆者以為把這些股市奇譚作為談話之資或作為一種事後孔明式的參照，無傷大雅、「得啖笑」，但若要以之作為測市準繩，無異和自己的資金開玩笑──當然，如果是OPM，是另一回事。

經驗告訴大家，投資專家雖然絞盡腦汁，從高端科技中尋覓投資必勝法（如筆者初入行時以IBM電腦程式及現在利用「大數據」測市），但以筆者的經驗，除了巧合，一切都歸徒然；而這正是「隨機漫步派」

（Random Walk，《信報》向譯「擲鏢派」）崛興和有大量追隨者的底因。相關理論的基本命題是否定股市走勢可以預測——不管用甚麼高科技、人工智能或求神拜佛的迷信，都不可能「跑贏大市」（Outperform the Market）。這一派理論家認為「股價沒有記性的，而且今天與明天之間根本沒有半點關係」。他們引證說，如果你擲一百次鎳幣，每次都是人頭向上，若再擲一次，並不保證會和過去一百次得到同樣結果；這第一百零一次可能是人頭向上，亦可能是圖案向上，總之一切是未知之數，人頭與圖案向上的機會均等。

「古時候」（20世紀70年代中期），美國國會討論立例管制互惠基金，參議員湯瑪斯‧麥因泰（Thomas McIntyre）帶一塊上面貼滿股票代號的擲鏢靶子走進議事堂、放在講台上，然後在通常的距離擲鏢，再將擲鏢所中的股票名字抄下來，結果如何？一年後，「小麥飛鏢」擲中股票，比互惠基金的投資專家精心選股的平均成績更佳（見Robert Lichello: How to make $1,000,000 in the Stock Market Automatically）；麥因泰此舉強力地推翻股市可以預測的投資理論（指數基金亦因此漸漸流行，而擲鏢派不久後還利用猴子「出手」），證明「隨機漫步派」理論家的「過去的價位走勢與未來股價並無任何關係」的正確性。

對於精研股市走勢的專家或投資者，「隨機漫步派」的理論分析不中聽；不過，不少經濟學財政學學者

都曾為文闡揚這種理論，以反證走勢預測之不可靠。這些學者，包括諾貝爾經濟學獎得主、已故保羅‧森穆遜教授，但信從者恐怕不會太多，不然，數以萬計的股票分析家豈非都要轉行!?學術性的「反預測派」專文都十分艱澀難讀，但「阿當‧史密斯」（哈佛畢業牛津深造的財經作家古德民〔G. Goodman〕的筆名）的《金錢遊戲》（Money Game，中譯刊《明報晚報》）有生動精彩簡潔的記述（頁127-136）；李察‧威斯特等的《股市經濟學觀》（The Economics of the Stock Market）亦有深入淺出的剖析（頁170-176）。不過，書看得愈多，對某種理論或技術，不論看起來如何言之成理及在某段時期內有無懈可擊的準確紀錄，愈來愈不敢輕信。

說到底，在資本主義社會，賺錢機會雖多如牛毛，但實際賺錢比攀梯登天還難；筆者多年前已在這裏推翻古賢所說的「天下無難事」，因為「賺錢最艱難」是資本主義社會人人知道的真理。如果掌握了一套（或多套）理論、技術，便能財源廣進，世上哪裏去找窮人？

2018年8月29日

世無不貪官　時有信錯人

一、

　　筆耕之餘以讀閒書消遣，是從「小」養成的習慣（加上個「好」字，亦不為過），説翻幾頁與正事無關的書足以驅除疲勞，也許有點誇張，惟心情舒暢，是很近現實的描述。筆者不煙不酒（友人請客便破例）！與此不無關係。案頭及廁間常置這類難登「大雅」可説是無聊甚且「無厘頭」的書，如此刻翻閱的How to Run a Stately Home（1971年）及Dull Men of Great Britain（2015年），均令筆者心情愉悦（還成為Dull Men俱樂部會員）……信報出版社林創成的《病態動物園》及高天佑的《中產必須死》，當然不屬此類，即非無聊更非「無厘頭」，惟均有提神益氣之力，相當不錯——不過，這兩位作者也許不以為他們寫的是閒書。

　　有幾本存於書架上多年不變的書，其一是高罕的《笑話的哲思》（T. Cohen芝大哲學系教授: *Jokes: Philosophical Thoughts on Joking Matters*），其一是「要做愛不要戰爭」（Make Love, Not War）這句口號的原創者列民（1963年他在俄亥俄州大學講學時説

美中
陰
晴

的）花半生之力在法國窮鄉Valbonne（24歲寫了一本
「禁書」為避官非「流亡」法國）編纂的《葷（鹹濕、
黃色）笑話的理論基礎》（G. Legman: *No Laughing
Matter: Rationale of the Dirty Joke*，共兩冊，都千餘
頁，可惜第一冊「不見了」），以它們「唔係講笑咁簡
單」，真是百讀不厭，讀之噴飯、「嗒落有味」，誠是
消閒去暑保暖妙品。列民（1917-1999）是傳奇人物，
他以「雄赳赳」（Peregrine Penis〔此為他一位女友給
他起的綽號〕）為總題的遺稿自傳共四冊（二百多萬字
約二千五百頁；筆者只有第三及第四冊），有機會當作
一文。

笑話可笑之處，不僅不是放諸四海而皆笑，而且以
經驗看，不少乍聽之下令人絕倒的笑話，未必經得起時
間考驗，那即是說，想深一層，便覺其笑料純屬人造，
是所謂synthetic fun，勉強牽強，笑意驟失，因而便擱
下「偶拾」的念頭。但這些閒書閒思雋永，回味無窮，
《哲思》中的不少笑話確有一想起便「從心裏笑出來
的」的效益。

《哲思》內文只有八十六頁，附錄及索引十三頁，
全書不足百頁，真正是小冊子；不過，作者是學究型蛋
頭，書小格局大，除每則笑話都註明來源外（當然，
這不能保證笑話屬「原創」，因為來源之外可能另有源
頭），幾乎每頁都有蠅頭小字的註解，且內文解釋多、
笑話少，而解釋內容深刻，不少要一讀再讀才讀出味道

（才知道作者言外之意），因此和普通笑話書籍「得個笑字」不同，讀這本小冊子是相當費神的。尚幸筆者有看笑話看得天旋地轉的經驗，多年前囫圇吞棗、「擇要細讀」列民的巨構，雖然不少葷味甚濃、笑意綿綿，令人解頤，但若追隨作者尋根問柢，墮入其文字迷宮，便笑不出來——也許會連連搖頭苦笑！

二、

　　習近平主席甫上台便「打貪」，成績斐然，各路高幹貪官紛紛中箭落馬（有落馬地方高官不服氣在法庭上公開說「無官不貪」）！可惜，雖然當局雷厲風行，全力肅貪，但在貪污榜上，中國仍高高在上，據「透明國際」（Transparency International）2017年全球一百八十國（地區）的貪污排名（「貪污認知指數」〔Corruption Perceptions Index〕），把政治失勢系統的貪官打得死去活來的中國，仍然排名七十七（參考數據，台灣第二十九名、美國第十六名、香港與澳門同列第十三名），可見並非黨性高舉貪婪人性便能萎縮。高官高幹的「家底」有多厚，黨都不知道遑論蟻民，如此不透明，又焉能抑壓貪婪人性、杜絕貪腐惡行。如今中國仍未把反貪制度化，難怪習主席如此廉潔（據說他月薪僅一萬人民幣，是否有雙薪和花紅，未見公佈），且常展示打貪絕不手軟的威權，但內地仍無處無貪官。聽在中環賣奢侈品的友人說，近來生意又興隆旺盛，也許

美中陰晴

又到孝敬已完成接班工程（不同派系的貪污已被肅整）
的新官的時候⋯⋯

說起無官不貪的普及性，想起《哲思》中這則笑
話。

沙皇時代有猶太青年被徵召入伍，他怕得要死，求
教教中賢者；賢者說，這有甚麼可怕，在規定日子到軍
營報到，你便會心安理得。

青年問，你怎能這樣肯定？

賢者答，請聽我抽絲剝繭的解釋。你從軍後有兩種
可能，要非被編入戰鬥部隊，派往前線，便是被編入沒
有作戰任務的後勤部門；若屬後者，在火線外工作，何
憂懼之有？

如果你被送往前線，亦有兩種可能。第一種當然是
和敵人開戰，但戰線無戰事的可能亦存在，若屬後者，
你可視上前線為遠足或體格鍛煉呢，有益有建設性，何
須愁眉苦臉？

如果你的單位捲入熱戰，和敵人槍來炮往，那又有
兩種可能，即你可能受傷亦可能絲毫無損；若是後者，
你一點損失都沒有。

如果你作戰掛彩，亦有傷勢可能致命和輕傷兩種
可能；若屬後者，你可能會升級加薪得勳章成為人民英
雄，喜歡還來不及呢。

如果你受重創、一命嗚呼，升天堂和下地獄的可
能都存在；若屬於前者，你便得謝天謝地，感謝神恩浩

蕩。

如果你被貶落地獄，可能亦有兩種，即那班牛頭馬面們可能受賄亦可能廉潔自持全力整人。不過，小兄弟，你千萬別怕，因為不論天上、人間或地下，我長了一把年紀，尚未遇過一個不貪財愛名的人！

聽完賢者的分析，青年心情輕鬆，吹着口哨從軍報國去也。

三、

梵蒂岡會否與北京達成委任內地主教協議，基於北京對委任香港市長高幹人選的堅持，筆者認為在內地主教委任上，北京肯定要有「全權」，即內地主教先由北京委任、後由教宗加持。不過，此事令筆者困惑的是，何以彼此都向上主請示（祈禱），但羅馬教宗與此間的樞機，卻看法殊異。前者有意遷就北京開出的條件，後者則據理反對。這種現象，是否反映上帝作出不同指示還是有人聽錯、誤解？想起《哲思》中這則笑話，結論也許是有人不聽話！

大雨成災，水浸教堂，消防員坐橡皮艇逐家逐戶救出被困的災民，當他們抵達教堂時見神父跪在十字架前祈禱，救災人員勸他隨艇離去，神父說上主自有安排，不必勞煩大家。

雨繼續下，大水幾乎淹沒大堂，神父爬上閣樓，仍然跪在地板上唸唸有詞，這一回，警察坐摩托艇嘩啦嘩

啦而至，說山洪暴發，大水淹至，勸神父隨艇離去，但他仍不為所動，堅信耶穌會打救他。

過了不久，連閣樓已無膝跪旱地，神父於是爬上屋頂，跪在屋脊向上蒼祈告，這一趟，軍隊乘直升機飛來，用擴音器陳以利害，並且放下繩索，要把神父救出險境，但他仍無動於衷，說上帝必會保護他……。

這個神父終於被淹死，其靈魂冉冉直上十三重天，見到上帝，歡喜若狂，說，主啊，我終於來到你身旁了；哪知上帝氣得臉色鐵青，一巴掌摑過去，罵道：「你這個老頑固，為何不聽我的吩咐，我連派三隊人馬去救你，你卻不聽命令，自作主張！」

究竟是教宗還是樞機不聽上帝的話，你說呢！

「笑話」至此完結，不過，筆者以為若加如下幾句，「意義更深遠」。

上帝怒氣未消，為罰其不聽話，派神父落地獄傳道，哪知地獄正在選總統，聽候選人對選民的許諾，未來地獄的生活比天堂勝十倍！神父謝主隆恩，欣然在地獄落戶。

這幾句續貂的狗尾是否「可笑」，要看各人的理解而定。

2018年8月30日

山竹兇猛不攞命
人定勝天有跡尋

一、

　　超級颱風山竹襲港，雖已是十天前的事，其對香港造成的破壞雖不算嚴重，但看高官好整以暇赴「災區視察」的進度，恐怕非數月時間不能修復。超級颱風，自古以來，造成嚴重經濟損耗及摧殘生態環境之外，幾乎毫無例外會帶來人命傷亡，以本港來說，1962年的溫黛和1971年的露絲，均有過百市民風中喪生；萬幸的是，山竹竟然「零死亡」，且無塌樓斷橋之厄，所以如此，筆者以為原因有二，惟這些「原因」正在變質。其一是本港的樓宇建造少有偷工減料，但看近來不斷被傳媒揭露的基建工程的錯漏，新建物業抵受重大天災的堅固性將面臨考驗。其一是，「零死亡」的成因是當局前期防風工作做得不錯，但那些「死亡枕藉」災區的政府，又豈是袖手旁觀，它們一樣全力以赴，仍有大量傷亡，可知「防風工作」是否做得周全與傷亡輕重之間不能畫上等號，起決定作用的是經濟發達令防災配套充足周全。

美中
陰
晴

《大規模緊急事故及災難國際學報》
(*International Journal of Mass Emergencies and Disasters*) 2000年3月號發表美國特拉華大學羅素‧戴尼斯（Russell Dynes）教授剖析伏爾泰與盧梭討論1755年葡萄牙里斯本駭世大地震大海嘯的對話（通信），為國情與災情的關係「定調」，這兩位法國思想家的有關看法，事隔兩百餘年，仍具參考價值。當年的地震奪去六萬多人性命，路毀樓倒堤潰，真是滿目瘡痍，時人尤其是天主教神職人員，俱說這是「不可抗力的天意」（Act of God），但盧梭不以為然，他說天災的確「不可抗力」，但人為的錯誤不容忽視。錯在哪裏？盧梭認為里斯本若不是興建了兩萬多幢六、七層高的房屋（人口遠遠不及三十萬的歐洲第四大城有這麼多高樓大廈，真是不可思議），損耗肯定可以大為減輕！不難想像，以當年的建築技術，六、七層高的大樓，不易抵受十級怒吼的颱風和排山倒海滔天巨浪的衝擊。換句話說，天災之外，人謀不臧更不容忽視。

二、

山竹對香港未致造成慘重傷害，與香港經濟底子豐厚及法例嚴密且人民守法官僚貪腐不嚴重（進而樓宇及基建結構穩固）有關。經濟學家指出，2010年1月海地太子港七級大地震死掉近二十三萬人，但翌年3月11日本東北地方太平洋近海九級地震及大海嘯（港稱福

島大地震），威力十倍於七級地震，死亡人數不及兩萬……當然，經濟發達地區受災，無可避免亦會帶來重大經濟損耗，比如2005年8月的卡特里娜吹襲美國路易斯安那州新奧爾良，經濟損耗，據保險公司的統計，高達八百二十億美元，死亡人數一千八百餘；而1970年孟加拉水災罹難者達三十多萬，經濟損失只及卡特里娜的「零頭」！經濟落後，也許再加上官員貪腐無能，大增天災的殺傷力，這是世界貧富不均造成的悲劇。

天災對發達（先進）國家「有利」，還在其經濟損耗可以「無痛復元」。涉獵經濟學的人都知道，法國古典經濟學家巴士蒂亞（C.E. Bastian, 1801-1850）在其名著《可見的和不可見的》（*What is seen and what is not seen*）中揭示的「破窗謬論」（Fallacy of Broken Window）。這本小冊子指出，打破玻璃窗的代價由其他經濟部門支付，即重新裝玻璃窗不等於總體經濟有所增益；這種簡單的解釋，成為戰爭不會帶來經濟增長的理論基礎。不過，自從凱恩斯把「財權」從上帝之手奪回交給政府之後，赤字財政成為常態，各國政府可因「需要」而開動印鈔機，天災過後的重建，因而不會削弱其他經濟項目的開支，即重建災區增加的支出不等於非災區開支收縮，意味救災已成為經濟增長的動力。當然，這只是對有權力有機制編製財赤的政府而言，對於沒能力印刷「通貨」的政府及沒有錢買保險的個人，修補重建天災造成的損耗要「自掏腰包」，如果財力有

美中
陰晴

限，其他政府部門及家庭開支便會被攤薄。

沒想到天災令貧富不均、強弱有別的世界更不公平！

三、

不知是「天理循環」還是「溫室效應」作祟，近年自然災害較前頻密（由於網絡資訊傳播較前快速，那也許只是錯覺），這為自信無所不曉無事不通的經濟學家開了新題課。哥本哈根大學經濟學教授邊仙本月初發表的論文《不可抗力？從地方民情看天災與宗教狂熱》（J. S. Bentzen: *Acts of God? Religiosity and Natural Disasters Across Subnational world Districts*），作者以令人眼花繚亂的數據，揭示天災頻頻地區人民，為「避難」作了兩項選擇。其一是移民，其一是信教；換句話說，由於天災接二連三，令近年不少學者認為宗教很快會消失（Vanish）的推斷落空。

據一項世界性調查，80%的世人信神（不同宗教有不同的神），惟信徒的比例，國與國的差距甚大，比如有宗教信仰的中國人只約20%，但阿爾及利亞和巴基斯坦「全民皆為信徒」；而即使一國之內，不同地區的信徒亦有重大差異，調查顯示只有約2%的上海人信教，福建的信徒則多達人口的六成……。

為甚麼不同地區（國家）宗教信徒的人數有這麼大差異？答案很簡單，在經濟落後、謀生艱難、貧富不

均、罪犯橫行加上天災頻仍及防災設備不足的地區，無助的人只好選擇求上蒼保佑，求神伸出援手助他們渡過「難以忍受」及「不可預測」的天災人禍！「大數據」顯示，以美國為例，那些經常發生天災的州份的居民，通過祈禱向上帝、耶穌「求救」的次數，遠比太平地區的多出數倍⋯⋯人在無助時「求菩薩保佑」是常情，只是如今學者蒐集資訊作出「科學分析」證實確實如此罷了。

以本文的分析架構，經濟愈發達人均GDP愈高地區的宗教信仰愈低。從山竹對本港的災情看，宗教信仰在香港不易狂熱。

2018年9月26日

美中
陰晴

目能見睫不自明
下流日漫荒唐鏡

甲、

　　錢穆《國史大綱》第十六章〈南方王朝之消沉〉，說「梁武帝父子最好文學、玄談」，時人怨他們父子「愛小人而疏士大夫」；時賢顏之推譏之為「眼不能自見其睫」，喻蕭氏一門（梁武帝〔蕭衍，502-549年在位〕、文帝〔綱，550-551〕、元帝〔繹，552-554〕及敬帝〔方智，555-557〕）皆好舞文弄墨、尚空談，無知人之明，荒於朝政；元帝時顏氏任散騎侍郎，「奏舍人事、奉命校書」，用李敖的話，是「管理中央的圖書」。元帝蕭繹「性喜文學」，當其被西魏打敗時，「盡燒圖書，蹈火自焚」，不把藏書留給仇敵，一把火與書偕亡。惜書如此，後無來者。顏之推「被擄後出逃」北齊，後隋太子楊勇召為學士，「甚見禮重，尋以疾終。」

　　顏之推為天才兒童，仕途則飽經憂患，晚年寫下一部望子成龍、「以為汝曹後範」的名著《顏氏家訓》，

周作人的《夜讀書》有〈顏氏家訓讀書筆記〉，對之推崇備至。顏氏力主自幼開始的「家庭教育」，現在仍有參考價值。今人所説的胎教，真是古已有之，《顏氏家訓‧教學第二》便有「懷子三月，出居別宮，目不邪視、耳不妄聽」的説法。顏氏又説生兒滿月，「洗沐裝飾後」，男用弓矢紙筆、女則用刀尺針線，並加食物服玩置於嬰兒前，觀其抓物以試嬰兒之廉貪智愚，是為抓周風俗之始。

除了《顏氏家訓》，顏氏還著有《還冤志》及《證俗音》兩書（文），惟筆者均未之見（書名僅見於上海人民出版社的《中國文化史年表》）；「眼不能自見其睫」之句，見於《顏氏家訓、涉務篇十一》：「此亦眼不能見其睫耳。」

不過，此句似非顏氏原創，以在他之前五六百年，先賢已有類似的説法，比如莊子勸欲伐越的楚莊王，便説：「臣患（擔心）智之如目也，能見百步之外，而不能自見其睫。」（《韓非子‧喻老》）。眼不見睫如右眼不見左眼，「目短於不自見」，是生理現象，喻人無自知之明。不過，這種「生理現象」，已因假睫毛（False Eyelashes）的普及化而改觀。

假睫毛的意念，最先由法國人提出，把之具體化的（以黏上短髮的「布條」貼在瞼〔眼蓋〕上），為加拿大美容師安娜‧泰萊（Anna Taylor），時在1911年，惟其為「名媛」普遍採用，遲至1916年後，是年

美中
陰
晴

美國導演格里芬（D.W. Griffith）的黑白電影黨同伐異（Intolerance）上演，女主角仙娜·奧雲（Seena Owen）黏上假睫毛，「雙眼大且發亮」、「令異性傾倒」，「驚艷」的「社交花蝴蝶」遂爭相仿效；可惜此物價高且令雙眼很易發炎，有不良後遺症，無法引起熱潮；50年代塑料假睫面世，轟動一時，卻因「太假」、「不自然」、「有恐怖感」而很快銷聲匿跡……直至2006年日本人「發明」植睫毛（Lash-by Lash）技術，令睫毛材料、種類、顏色、形態以至尺寸，都能從心所欲，意味假睫毛可度眼訂製，加上「毛料」日新月異，與真睫不分軒輊，而在誇張假睫襯托下，嫵媚異常的雙眼彰顯女性魅力，令異性傾倒，等於產生重大「界外利益」，此物遂大行其道，如今本港有「美睫協會」（HKLA），開班授課，是否其門如市，不得而知；筆者知道的僅是「黏」上假睫毛的人，都「眼能自見其睫」，只是所見為「假睫」，是否有「自見之明」，因人而異！

有一相關小事，可以一談（也許有點「讀趣」）。長期擔任德國《明鏡周刊》（Der Spiegel）亞洲特派員的意大利記者坦真尼（T. Terzani, 1938-2004）的《算命先生對我說》（A Fortune-teller Told Me；寫於1995年，英譯1997年出版）第十八章〈佛陀的睫毛〉（Buddha's Eyelash），多年前翻過，寫本文時想起，「千辛萬苦」找出，哪知所說是眉毛而非睫毛，真是豈

有此理！當年閱讀，眉睫不辨，如今才知有誤。事實上，眉睫雖近，「眉睫之間」便是形容它們「近在咫尺」，但「眉睫之禍」，說的是大禍臨頭近在眼前，因此眉睫不應亦不能相提並論。作者何以題睫而說眉，不解（也許是譯誤）。順便一提，坦真尼對「玄學」有興趣，是香港灣仔一位「算命先生」批中他曾被赤柬錮禁虐待的秘密而起。80年代初坦真尼訪港，一位女性友人帶他去灣仔一湫隘小樓求教算命先生（未提姓名），後者循例問他的生辰八字，捏捏他的手骨，然後打打算盤，便看穿他一些不為人知的事，令他大感驚奇，自此對「算命」着迷。本書寫的便是他在東南亞各國與各地玄學家交往的奇譚。〈佛陀的睫毛〉透露柬埔寨國王施漢諾早年訪問印度，時任總理的尼赫魯送他「一條釋迦牟尼的眉毛」（Buddha's eyebrow），他把之供奉在為它而在金邊火車站對開修建的廟宇（Stupa，佛骨〔舍利〕塔），由於沒有通風設備（遑論冷氣），悶熱難耐，以至眉毛「變質」，令國運轉劣、赤柬崛起……真是信不信由你。可以肯定的是，當年柬埔寨的皇親國戚都有專用的算命（占卜）先生，國事無論急緩、家事不問大小，都照這些術士的話辦事！

乙、

溫哥華英屬哥倫比亞大學亞洲研究系副教授雷勤風（Christopher Rea）論我國「笑史」的《大不敬的

美中
陰晴

年代》（*The Age of Irreverence — A New History of Laughter in China*），中譯本今年6月面世（台北麥田出版社），譯者為台大中文系副教授許暉林。對我國「笑話」——從《史記‧滑稽列傳》到解放前的上海文壇——的演變有興趣者，固宜置之案首床頭，僅喜讀「笑話」者亦不應錯過。是書書評，筆者只讀過毛升的《不笑不成世界》（《上海書評》），文長五六千字，介紹詳盡、意見精闢，好此道者不可失之交臂。

我國歷代「笑話」層出不窮，所以大行其道、深入「社會各階層」，皆因尋開心失笑大笑是最佳免費娛樂，遠在西方心理學家把笑與健康（心理及生理）拉上關係之前，先賢已有「一夫不笑是吾憂」（李漁《風箏誤‧尾聲》）的說法，笑能解憂，尋開心也好、窮快活也罷，總之笑話百出，人人開懷。

對筆者來說，讀此書的「最大收穫」是知道19世紀中期，移居中國的英國人，以倫敦的幽默週刊Punch為範本，出版了不少「幽默週刊」如橫濱的Japan Punch（1862-1887）、香港的China Punch（1867-1868及1872-1876），還有上海的The Shanghai Charivari（又名Puck，1871-1872，Charivari意為小丑面具，音譯嘎里瓦里即喧嘩吵鬧搞笑之意）。筆者對Punch算有點認識，寫過數文，此刻記起的便有《笨拙、冷眼和間諜》，刊1992年6月號《信月》，收《閒讀閒筆》等書，卻對其曾東來在中、港、日開枝散葉，毫不知情！

可知「學海無涯」,並非虛語。

本書中譯,順暢可讀,相當不錯,惟有一些也許只有港人不慣的譯法,如「中國第一個現代大報《申報》」,不是一份、一家,是「一個」報紙,奇哉怪也;而把Many with genital punch lines譯為「許多都拿性器官做哏」,查字典,知其意,但似可把之「普及化」。筆者雖信手翻閱,亦看出若干錯漏,如「用『游』字而非『游』字」〈頁30〉,顯而易見,後「游」應為「遊」之誤植……。

《大不敬》列舉不少具中國特色的笑話,有嬉鬧、輕薄、粗話、荒謬,還有對性器露骨的嘲弄,雖然令人倒絕,卻難避下流庸俗不雅之譏(如《笑林廣記·升官》),因此不錄——留此「讀趣」給讀書者去尋覓,更為有趣。

寫到此處,記起美國「日本通」舒德於1983年初版的《漫畫!漫畫!日本的荒唐世界》(F.L. Schodt: *Manga! Manga! The Word of Japanese Comics*),圖(漫畫)文並茂,説盡日本漫畫(當中不少為港人熟知)發展史;令筆者開眼界的是有一章專述「鹹濕漫畫」,最著名的也許是《那話兒共和國》(Pekochin Kyowakoku〔Penis Republic〕),而當中尤以描繪中世紀日本的「那話兒比重大賽」(Phallic Contests;頁131;以千斤秤秤那話兒),最具「震撼性」!想不到日本人竟有此種比我國「先進」的創舉——應該不是

「遣唐使」從我國帶去日本的民俗罷!

日本漫畫展示的「笑話」世界,十分荒謬、荒唐,但現實社會日本人彬彬有禮、眼不邪視,循規蹈矩,據舒德的分析,是因為日人守法而法例規定嚴格,因此一切僅存於想像、出於漫畫(當然還有其他藝術形式……)。

後記:寫畢「甲」段,在思索應如何寫下去時,突然想起多年前看過的一則笑話,令筆者在選材上有新安排。這則笑話刊於何書何文,印象模糊,找了「半天」,無所見,不過,其內容仍繞縈腦際。話說三國桃園三兄弟的兒子聚飲吹水,各述顯赫家勢。劉阿斗說乃父劉備劍術精妙,故能勝群雄,定王業。張苞對乃父張飛的神勇,讚口不絕,他挺長矛一喝,曹軍即逃之夭夭。關興則指乃父關雲長一部長髯,舉世無人不識,他揮舞青龍偃月刀,天下無人能敵;此時剛好路過的關羽,聞言怒斥其子(記不起原文,以香港母語出之):「你呢個衰仔,只說老父上面功架,不談下盤厲害,真是有辱家門……」為了不讓關二哥不快,遂有本文的內容。

● 閒讀偶拾

2018年10月4日

附錄___

林先生：

　　晚讀先生週四文章，語及「眼不能見其睫」一語，此語疑已見於《顏氏家訓‧涉務篇十一》，其上下文意似為：君子自當有益於當世實務，不唯徒尚空談。然世中文學之士，品藻古今，卻鮮涉世務，未若臺閣令史一類小吏，雖有小人之態，卻還辦事可靠。因此，時人譏梁武帝父子「愛小人而疏士大夫」，顏之推不以為然，指時人「此亦眼不能見其睫耳」！

　　竊以為顏氏斥的是時人而非梁武帝蕭氏父子，事關正是士大夫誤國，疏遠士大夫又何錯之有？譏梁武帝父子之「時人」（可能正是士大夫哩！）才不見自家眼睫毛耳！

　　另據《北齊書‧文苑傳》，顏氏著作中有《證俗文字音》五卷及《冤魂志》三卷。

　　古書難讀，謹呈錐見以共商。敬祝
文安

　　　　　　　　晚　劉偉聰上

美中陰晴

瞄準選票賺鈔票
娃娃塑化紅喇叭

　　最近路過溫哥華，逗留三天「發現」有二事可以一寫。

甲、

　　於二十五年前赴加國求學的律師郭紅（Hong Guo；其同名律師事務所以代辦移民及物業交易手續知名），已報名參加10月20日舉行的溫哥華地區列治文市（Richmond）市長競選。郭女士北大畢業，在加拿大攻讀並考取律師資格。溫哥華網誌The Breaker於月初的「獨家新聞」，詳細報道此事；據其附圖所示，郭紅女士宣佈參選的橫匾寫的是中文簡體字：「改變列治文誓師大會」，除了主角左手捧花束右手高舉邱吉爾式的勝利手勢，身後一排女性支持者俱着內地酒家知客制服的鮮艷旗袍。紅色政治根性，呼之欲出。

　　郭紅女士的參選，列治文的本地人、特別是法律界人士，不少有點「意外」，因為「卑詩省律師公會」（Law Society of B.C.）不久前才宣佈對她展開系列「紀

律調查」，她被指「涉嫌違規事項有五」，其中較矚目的一項是在其律師樓信託戶口中有七百五十萬加元「不翼而飛」。對於這些指她「違規的指控」，郭紅斷然否認，強調她的職業操守無瑕疵，而此事或與「兩個前僱員盜竊案有關」。她一再申明從未拖欠客戶資金。

郭紅的職業操守，有待專業人士評鑑，筆者感興趣的是郭紅律師的「政綱」，她說因為看見愈來愈多不為市民接受的社會現象，於是決定挺身而出，要「改變列治文」。移民多年的華人從政，正常平常，觸發筆者一評的是，在被記者問及時，郭女士言之鑿鑿，說她絕不相信中國有侵犯人權的事！

當記者列舉諸如打壓新聞記者、迫害「少數民族」，以至當局侵犯劉曉波、艾未未等人權事件時，郭氏竟稱這類西方傳媒——包括《華爾街日報》及《紐約時報》——的報道，根本不值一哂，「因為它們對中國的國情並不了解」。郭紅律師護短愛國之心，彰彰明甚。

郭紅女士漠視記者提出中國諸種違反人權事實，為中國辯護，當然與她也許真的「愛國」有關，但更有可能是要爭取列治文市選民的一票！據加拿大人口統計局2016年的資料，列治文市民來自一百五十個族群（有二十五人以上者便「入圍」），當中以華裔最多，達十萬零七千八十人，佔總人口十九萬六千六百六十人的54%（此比例1994年為三十四、2001年為四十五）；

美
中
陰
晴

不過，由於列治文有「可辨識的少數族群」（visible minority，是「有色人種」、「非我族類」的委婉詞；此詞的官方釋義為Non-Caucasian in Race or Non-white in Colour）十五萬零一十五人，當中中國人為十萬四千一百八十五名，佔總數近七成（其餘依次為南亞、菲律賓、日本、東南亞、拉美、阿拉伯、韓國、黑人〔來自何方未說明〕及西亞〔伊朗及阿富汗〕等），這樣子的人口結構，等於說討得華裔選民歡心的候選人與當選之間幾乎可以畫上等號。那也許正是郭紅女士盡顯「紅當當」原色的底因！

中國裔選民傾向投「愛國親共」者一票，不難理解，因為這些人大多仍有生意及親朋在內地，他們在海外「表現進步」，最低限度，在內地的親友及財富不會無端受騷擾！眾所周知，溫哥華地區的移民，近年以「高端大陸客」為主，這是何以在「溫哥華大埠」列治文到處可聞「華語」的原因。有這種人口背景，為大陸塗脂抹粉的候選人勝出機會相應提高。

「愛國親共」除了「政治正確」，肯定亦是「財富之源」。

近年先富起來及朝廷有人的國人，因種種理由，喬遷海外，蔚然成風，而溫哥華為熱門落戶地之一，這類移民帶去的生意（主要是物業投資）早已遠遠超逾港人台人，因此，在此圈子建立知名度，便不愁生意。就政治及經濟角度看，郭紅女士的「出發點」絕對正確！

　　加拿大政府的人口統計，未及移民來源，因此不知道內地移民的比例，感覺非常多，只是憑「目測」及「耳聞」，非常不科學，然而，這種現實，該地的「老香港」莫不了然。不過，這種情況正在蛻變中，因為「九七移民」中不少人見回歸期初北京有貫徹「一國兩制港人治港」的誠意而「回流」；然而，到了「雨傘運動」後，了解京官口中的「不走樣不變質」是甚麼一回事，懼共症復發，遂紛紛「告老回加」。這一趨勢仍在持續、加速，相信不久之後，舉紅旗唱紅歌的加國政治人，肯定不若現在的吃香。

　　郭女士為私為公投身政治的取態，有其道理，惟以她出身北京的背景及「誓師大會」的排場，令人，尤其是加拿大土著及恐共華人，有其從政有政治使命或任務的聯想，絕不出奇；這本來不是甚麼大不了的事，但如今中國以外的世界正吹防止老共滲透之風，加上特朗普指向中國的劍出鞘槍上膛，「紅色政客」在海外從政，除非認同普世價值，恐有對中國不利的副作用！

乙、

　　11月中旬，名為貝拉（Bella）的北美第一家「玩偶妓院」（Sex Doll Brothel）將於溫哥華開門接客，本來，多倫多的同類妓院奧拉（Aura）已擇吉於8月開業，但開張前夕為市議會援引市規附則把之否決。「北美第一家」之譽遂為溫市所奪得。

陰晴
美中

　「公仔性工作者」工時有定、價格劃一不二價，加上可在眾多玩偶中千挑百揀且嫖客可為所欲為、放任自由，其市場競爭力勝真‧性工作者一籌，彰彰明甚。這正是「企街業」式微的底因。據卑詩大學社會公義研究所社會學教授碧琪‧羅絲（Becki Ross），接受當地《星報》（The Star）記者訪問時透露，溫市本有三十五家脫衣舞廳，至去年底只餘三家，而「阻街女郎」亦愈來愈不常見。所以如此，皆因人人上網何事不能解決有以致之。羅絲教授認為「人形女娃」（Anthropomorphic Dolls）取代真‧性工作者，便如不少有固定工序的工作可由機械人取代一樣。這是大勢所趨，是科技進步的象徵。

　《星報》指出，以矽膠為原材料加上植入人工智能配件的「人形女娃」，售價在一千至一萬元（加元？美元？）之間，價格差距這樣大，當然和「人形女娃」性能高下有直接關係。不過，上述售價的產品肯定非國產，以生產這類女娃的中山工廠WMdoll，產品的售價遠低於此數。

　若干年前，DVD大賣的時候，愛樂者認為親臨音樂廳欣賞演出與在家聽DVD，分別有如與真人和「公仔」繾綣，似乎很貼切。沒想到羅絲教授的形容更妙，她說，與真人和「人形女娃」做愛的差異，有若由按摩師按摩及以按摩椅代勞。

　在今年「環球可以居指數」（Global Liveability

Index）榜上，「老華僑」口中已愈來愈不可居的溫哥
華，仍高居全球第六；眾所周知，溫市有不少令人留連
的「景點」，現在還快將有此令正常人過門不入卻提供
說不盡話題的地方。適居度高企，實至名歸！

2018年10月11日

美沙糾纏利害攸關
記者被殺小菜一碟

一、

在眾多專業中，新聞工作肯定是最易受傷（心理和生理）的行業。10月10日「外交政策」（foreignpolicy.com）發表一篇署名的特稿，附有圖表，清楚展示總部設於美國的「保護記者委員會」統計1992年迄今年4月的「全球記者遇害紀錄」，期內被謀殺及在戰地殉職的記者，多達一千三百二十二人！

「保護記者委員會」雖然四處請願、籲請有力人士設法保障記者人身安全，而有關當局亦多次發聲，高度讚揚記者的工作並譴責傷害虐殺記者的各色人等；可是，記者的職業安全並未因而提高，新聞工作者因公殉職的事件仍然時有所聞，以最近的數據看，去年全球遇害記者四十六名，今年迄4月已達四十四名（數目與紀錄開始的1992年相同），加上10月2日在土耳其伊斯坦布爾的沙地阿拉伯領事館「離奇失蹤」的沙地記者、《華盛頓郵報》專欄作者卡舒吉（Jamal Khashoggi,

1958-2018），今年遇害記者人數，打破去年的紀錄，不難預期。

記者殉職的「死因」，泰半與政治有關，那意味外人（外國）的「過問」，會惡化國與國之間的關係，而這牽涉糾纏不清的政經利益，因此，這類理直氣壯的聲明和譴責，絕大多數不了了之。

卡舒吉在沙地領事館「失蹤」後，美英法德等國政府都發表聲明，要求有關當局（沙地和土耳其政府）查明真相，特朗普總統還一度厲色疾言，指卡舒吉若如傳言死於沙地特遣劊子手之手，美國會嚴懲下殺令的政府，矛頭直指矢口否認與此事有關的沙地王室；後者循例聲稱「無辜」（沙地國王薩勒曼〔Salman bin Abdulaziz Al Saud, 1935-〕，與特朗普就此事通話時堅稱不知情），揚言美國一旦「嚴懲」，「必會強勢還擊」。以該國的情況，那等於說會削減石油產銷（某種形式的「石油禁運」）。沙地曾是世上第一大產油國，其石油出口多寡對油價高低有決定性影響。沙地國王如此表態，一度令油價揚升。

二、

經過整整兩週的「調查」，據昨天「香港01」引述英國「中東之眼」網站（middleeasteye.net）消息，卡舒吉已在領事館內被「沙地暗殺小組」活生生肢解喪命……有關細節內容或有可補充修正處，但卡舒吉一命

歸西,已無疑議。

　　現在的問題是,美國會否為這名於去年在儲君穆罕默德(Mohammed bin Salman〔MbS〕, 1985-)為登基掃除障礙搜捕「反對派」時知機「自我流亡」美國的名記者「報仇」、或以更冠冕堂皇如「保障新聞工作者人身安全」為由,向沙地大興問罪?答案是肯定的,不過,細看沙美兩國的「深厚友誼」以至MbS的「哈美」根性,料美國只會高調「問罪」而不會深入追究。從沙地阿拉伯歷史看,該國會找隻代罪羊(如已定期行刑的犯人。去年被沙地政府斬首的「犯人」一百五十人,今年前四個月已達四十八人,那等於說沙地要找一個或幾個代死鬼,舉手之勞),斬首了事。有人因此事「伏法」,美國及其他尊重新聞工作、保障新聞自由的國家,便失去為傳媒工作者伸張正義的藉口!

三、

　　沙地阿拉伯於1938年3月3日在美國專家主催、協助下發現石油,自此改變沙地新王朝的國運和確立了美國在中東的霸業。此後八十年,期間雖經歷不少風雨,惟兩國政經關係交融的「友誼長存」,美國挾高科技、強軍事及高端物質文明的優勢,分享該國石油收益並令沙地社會風尚美國化之餘,尚保護沙地王朝於不倒⋯⋯

　　值得一寫的事不少,有需要時再談。現在略說由於「仇美」的阿爾蓋達(Al Qaeda),以及「九一一慘

劇」主事者俱為沙地人，新世紀開始後不久，美沙兩國
關係大不如前……。穆罕默德王子深切了解美國對沙地
王朝「維持現狀」之重要，去年6月下旬成為儲君後，
便全力修補與美國的關係，他提出的「沙地遠景2030」
（Saudi Vision 2030），其中一項「主力」，便是招徠
美國人「重回」沙地居住及投資（目前沙地只有約十萬
美人，比全盛時期減半）！而去年穆罕默德兩週美國公
關之旅，於拜會高官巨賈（及老友「特婿」庫什納）之
外，還「深入民間」（包括哈佛MIT等名校），大打親
善牌。可是，就在「收成期」快將來到的時候，突然爆
發謀殺記者的國際醜聞，令MBS的政治行情「急瀉」。
不過，事態雖然嚴重，美國欲保中東霸權之心甚切，不
能失去沙地的「協助」，「代死鬼方案」因此極可能為
有關各方接納。換句話說，「卡舒吉慘案」很快在不影
響「美沙友誼」的情形下落幕！

四、

　　長久以來，美國把自己塑造成自由和民主的保護
神，可是，實際上，她對其有所求即可被利用的極權國
家，眼開眼閉。眾所周知，美國的主要「盟友」是北約
諸國及日本，然而，那些獨裁者如南韓朴正熙（1963-
1979年在位）、菲律賓馬可斯（1965-1986年在位）、
智利皮諾切特（1974-1990年在位），以至印尼、泰
國、巴基斯坦、希臘、西班牙、海地、伊朗及南美各

美中
陰晴

國，因為「非共、反共」，即使其總統殘暴不仁專制獨裁，亦成為美國「團結對象」。認識美國這種普世價值和外交手腕，便明白何以封建保守不恤人權的沙地王朝會成為美國除了以色列在中東最重要盟友的道理。如今美國在中東「泥足深陷」（與沙地的宿敵伊朗鬧翻、不易從美俄軍事較量的敍利亞抽身……），箍緊與沙地的盟約十分重要。值得特別留意的是，當「卡舒吉事件」曝光後，沙地蒙上「不白之冤」，為展示正義、人道和討好傳媒，數名華爾街大亨隨即宣佈取消出席10月23至25日在沙地首都召開的「沙漠達沃斯」（Davos in the Desert；沙地主辦的中東經濟論壇），令沙地王室臉上無光。但隨着國務卿蓬佩奧突然到訪沙地，與老王談世事（主要是敲定沙王購買美國軍火的千億美元訂單），前天又傳財長努欽已有出席經濟論壇的「計劃」……此時此刻，美國顯然不能沒有沙地這個「盟友」。退一步看，特朗普可以和在吉隆坡機場毒殺同父異母胞兄的金正恩「墮入愛河」，期望他為卡舒吉伸冤報仇，便太「離地」了！

最後應該一提的是，目前經濟陷入重重困境的土耳其，雖然掌握了卡舒吉被殺內情，但會否秘而不宣（只公開大家猜得着的皮毛），以之作為交換「行有餘力」的沙地在土耳其投資……經濟利益交錯，「有理說不清」，是當今世界常態！

2018年10月18日

白宮猶如杜鵑窩
瘋癲度日日如年

一、

　　白宮首席經濟顧問拉利・庫德洛（Larry Kudlow）近日不只一次對媒體強調中國無意就貿易問題與美國談判，據他的說法，中國「冷待」美國的貿易訴求，「在解決兩國貿易糾紛上，中國毫不作為」，又說中國「不採取任何行動」，可能是「中國的決策」；昨天他又「放風」，指已建議趁出席下月阿根廷的二十國集團峰會會議期間舉行「習特會」，但中方並無反應，益證不採取任何行動是中國既定策略！庫德洛並非學院蛋頭（嚴格來說並非經濟學家——連碩士亦考不上），長期在華爾街經紀公司當「經濟師」，入白宮前主持「消費者新聞及商訊頻道」（CNBC，有近千萬訂戶）的同名財經節目，口才便給、能言善辯，「粉絲」甚多。在他口中，中國似乎另有盤算，就是不和美國「商」談。

　　中國的有關決定，以筆者之見，是正確的；除非接受美國開出的苛刻條件，否則坐下談判，也肯定是不

美中
陰晴

歡而散，因此不如不談，以免浪費時間。中國似乎看穿了美國擺出要與她談判的高姿態，目的只是向世界做一場表演，讓美國可以師出有名地「制裁」中國（美國盛意拳拳和中國談判，但中國不談，美國只有貫徹強徵關稅的政策）。中美貿易談判所以出現僵局，皆因特朗普確是個心懷叵測的「白癡」，加上美國把核彈擺在桌子上（有若北京與台北談判時「把手槍對着對手」令台北「不談也罷」）！泰山壓頂，因此不可能談出「互惠互利」的結果。

讀《華盛頓郵報》副總編輯伍華德（Bob Woodward, 1943-）的新書《惶惶不可終日》（*Fear: Trump in The White House*；此書發行之日〔9月12日週二〕筆者在三藩市，見當地《星島日報》這個信雅達的譯名，挪用之；下稱《惶惶》），關於中美貿易部份（《信報》9月6日有關報道未提及的內容〔附錄〕），讀之令人噴飯。不過，「事不關己」者讀得開心，與之有切身關係者，便可能哭笑不得大罵豈有此理，如此笨蛋掌管「宇宙最強」這部機器，世界秩序不大亂才怪！

二、

本書四十二章，章回無題，本文所引內容，散見各章。今且意譯數段，證明北京不與之談，是務實的高明決定。

庫德洛的前任嘉利‧高罕（〔科恩〕Gary Cohn，

2017年1月至2018年4月在任；此前近十年為華爾街大行高盛的「首席營運官」），每月初均上呈經過他精選、整理的官方就業市場情況報告，但特朗普閉目塞聽、愛理不理，高罕於是揭頁至關鍵處，說：「總統先生，你看，最多人自動離職的是製造業工人。」意謂美國工業工人失業，禍首並非來自中國的廉價進口貨，而是受薪者有所選擇的結果；數字俱在，理由清晰，但特朗普說：「這是甚麼意思（I dont's get it）」；高罕於是解釋，「你樂於坐寫字樓嘆冷氣還是收取同等工資但必須站立（有的還要面對高溫二千度的熔爐或吸入污濁空氣）八小時工作？人們選擇後者，令工業工人離職者眾……」但特朗普不以為然，高罕的話他根本聽不進耳（Trump wasn't buying it）。有時特朗普「發噏風」，說些莫名其妙的「意見」，高罕一頭霧水，問：「總統先生，你何以有這種看法？」特朗普答：「我三十年前便有這種看法！」這類意見顯然已大大過時，其不能與時並進，令美國的貿易政策一團糟。

商業部一項研究，顯示中美貿易對美國絕對有利（U.S. absolutety needed to trade with China），當中提到「如果中國要摧毀（destroy）美國，禁止賣抗生素（antibiotics）給美國便行」。高罕對特朗普細說原委：「抗生素藥廠都在外國，美國連盤尼西林藥廠都已關閉，一句話，美國必須進口外國生產的抗生素藥物。」特朗普茫茫然望着高罕，高罕於是說：「總統先

美中
陰晴

生，我們不能因為要削減貿易赤字而不進口（中國的）
抗生素。」特朗普突然精明起來，建議「我們可購買其
他國家（非中國）的出品」。如此這般，對中國的貿赤
便下降！可是，高罕指出，「美國不買中國的抗生素，
中國可賣給德國，然後德國把加了價的同一藥物賣給美
國。」結果是「美國消費者支付遠高於從中國直接進口
的藥物，雖然美國對華貿赤減少了，對德國的貿赤卻增
加。這對我們有利嗎？」特朗普不知所措，但他的親信
（白宮貿易及製造業政策辦公室主任）、以寫《給中
國害死》聞名的納瓦羅（Peter Navarro）替「主子」解
困：「我們可向其他國家進貨！」高罕回話：「這有如
重新擺列（行將沉沒）鐵達尼號上的椅子！」特朗普和
納瓦羅「面左左、有反應」，只是針對中國貿盈的政策
不變。

　　美國狂徵汽車進口稅，理由是進口車打擊了本土
汽車業，但實情並非如此。當特朗普提出有關主張時，
高罕把若干圖表化的數據（他知道特朗普目不看字）上
呈。圖表清楚顯示底特律三大車廠製造的汽車，從1994
年至2017年，一共減少了三百六十多萬輛；這並非美國
汽車滯銷、美汽車業衰落，而是生產基地已移至南、北
卡羅萊納州──同期它們的車廠生產了三百六十多萬架
車。車廠遷址，理由只有一個，這是南、北卡羅萊納的
勞工條例遠較底特律寬鬆！風行全球的寶馬（BMW 3
Series）及Mercedes Suvs全部在此兩州生產；但特朗普

只着眼於底特律的空置車廠,對汽車生產基地卡羅萊納的數據(圖表),「不屑一顧」!

特朗普有意讓美國退出世貿組織(WTO),理由是該組織對美國不公平,他對高罕説:「我們幾乎輸掉所有的貿易官司(We lose more cases than anying)。」高罕不以為然,翌日呈上一份「報表」,顯示美國在有關貿易糾紛的訴訟中贏了85.7%的官司,但特朗普就是不理會⋯⋯。至今他仍「恫嚇」要退出WTO!

三、

類似的趣聞笑話讀之不盡,不難想像,在特朗普治下,世界「舊秩序」大亂,而結果必然要由美國主宰。那當然不是美國「大有道理」,而是她有比他國「優質」的槍炮!

9月中旬筆者路過美國,電視新聞幾乎全天候報道颶風佛羅倫斯及伍華德這部新著。颶風已成過去,《惶惶》的熱潮仍在「發酵」。伍華德是披露「水門事件內情」迫使總統尼克遜下台的名記者,交遊廣闊、嫻熟華盛頓政治內幕,加以入行近五十年,經驗豐富,是寫這類政治醜聞的斲輪老手,他的書早有行家捧場,加上資本市場必有的商業炒作,有關伍華德的新聞「天天見報」,當中以特朗普一度想出「橫手」令伍華德「收斂」的新聞最為聳動。《華盛頓郵報》訪問其副老總(由見習記者做起)伍華德透露特朗普表示願意接受

美中
陰晴

他訪問，以澄清一些「不盡不實」的內容，但為伍華德所拒，以他相信他的「消息來源」絕對可靠而特朗普想打「溫情牌」感化他。《惶惶》爆「料」既豐且文筆流暢（可讀性遠勝大部份蛋頭的手筆），主角是當今世上最受熱議的人物，本書已有暢銷的「先天條件」，加上特朗普在伍華德不上當不就範後，多次公開指斥此書是「小說」、「爛書」，起了促銷作用，令該書「世界紙貴」，出版第一週便賣出一百一十多萬冊！

2018年10月25日

中日政經分途勝昔
藥物壟斷動搖國本

甲、

　　去週六《信報》「兩岸消息」版的頭條〈安倍訪華允踐行「互不構成威脅」共識　習近平定調中日關係重回正軌〉，一題清楚地展示了「中日會談」的表面成果〔附錄〕。日本首相安倍晉三25日至27日趁《中日和平友好條約》簽署四十週年紀念訪問北京，成效甚著，正如《信報》社評所說：「中日關係從互不威脅重新起步」，兩國領導層進行多次會談並達成多項經貿協議。

　　從新聞公佈看，中日雙邊貿易，在中美貿易戰陰影下，應有可觀發展，在未來一年內，日本不會無故挑起令中國不滿的事端，而日相更不會直接參與一些傷害中國人民感情的活動（比如參拜靖國神社）……。不過，所有種種，目的在2020年的東京奧運辦得有色有聲，彰顯日本作為亞洲大國的地位，如今中日關係「已重回正軌」，意味「如無意外」，北京不會杯葛「20京奧」，但習主席會否在其揭幕式上亮相，仍待日本當局致力爭

取。這正是筆者認為未來一年內中日關係「只會最好」
的緣故。

　　看深一層、看闊一點，安倍首相傾力「打造」的，
只是「在商言商」的中日關係，這是大部份「上層建
築」與北京迥異國家的做法，那即是說，互惠的生意多
多益善，但無論文化、法治、宗教特別是政治，各有各
的信仰和做法，不能亦無法融合；這些國家大都投靠美
帝，那當然不是說特朗普操盤的美國會「兼善非共天
下」，而是美國武備「宇宙最強」（也許是自吹自擂）
兼且「上層建築」與中國背道而馳，卻與這些國家同聲
同氣之故。

　　投靠美國，得有所表現才能討主上歡心。日本這
方面便做得甚佳，因此有資格成為美國在亞洲的頭號
「助手」。在安倍首相啟程訪華之日，印度的「南亞分
析集團」（southasiaanalysis.org）發表題為〈日本強化
在印太區的防衛軍力〉（*Japan- Enhancing Security and
Military Profile in Indo-Pacific*）的特稿，以具體事實有
力地闡釋日本配合美國的印太戰略加強在區內的軍事部
署；而這一切，目的不外在增加中國拓展「一帶一路」
的難度及令南中國海航行「自由化」。文章還指出，
由於擁有先進的兵工廠，日本的軍事硬件不可輕侮，
一旦成功「修憲」令擴軍黷武合理化，在印度的充份配
合下，中國即使已在巴基斯坦建立了海軍基地（Port of
Gwadar），仍會面對巨大挑戰……。

安倍北京三日行肯定令中日多做生意，但兩國互相提防、牽制的外交關係絕對不變！

乙、

作者專欄去週四曾提到中國若不賣抗生素美國便會一團糟。於《惶惶不可終日》讀到這段話時，有點奇怪何以美國這個藥業先進大國的「日常用藥」要從中國進口。週末看了一些資料，才知美國歷史悠久的大藥廠「百時美（台灣譯必治妥）施貴寶」（Bristol Myers Squibb，譯名真夠娛樂性）於2004年成為九家藥廠中最後關掉生產抗生素（青霉素，盤尼西林）分廠的藥廠。這一年開始，美國再無本國生產的抗生素！

研發藥物成本昂貴，專利權保障了研發者有利可圖，新藥才會源源面世；專利權（如三十年）屆滿後，被衛生當局認可的一般藥廠可以生產，供求趨於平衡，市場力量遂使藥價「平民化」進而惠及低端階層！「盤尼西林」1928年由英國微生物學家弗萊明發明（獲1945年諾醫獎），早已成為低價即大眾負擔得起的「仿製藥」（Generic Drug，不再受專利權保護的藥物），美國（及其他西方特別是西歐國家）藥廠在專利權期滿後，紛紛放棄這類生產成本較高的藥物生產，低生產成本且有一定製藥技術的國家如印度和中國的藥廠，便漸漸成為這類已沒有專利保護藥物的生產大國……新世紀以來，中國成為抗生素主要生產國，在「中美利加」時

期，大量輸出以至壟斷了美國市場。這是市場導向的合理發展。

非常明顯，非專利藥物生產東移，完全符合經濟學原理，無論從比較優勢法則（Law of Comparative Advantage）以至雙邊獨佔（Bilateral Monopoly，由於獲當局許可才能輸進藥物，因此勉強可用上此「法則」）的論說看，這樣的雙邊貿易，於貿易對手都是「互利互惠」的。但是從2009年開始，有美國論者關注藥物生產外移和貿易趨勢，不利美國「國家安全」（如2009年1月19日《紐約時報》的特稿〈藥物製造去國值得關注〉〔Drug Making's Move Abroad Stirs Concerns〕），指斥資本家只顧賺錢不理國家安全，惟這種「憂思」引不起共鳴。當社會大眾「享受」低價進口貨而中美關係「如膠似漆」的時候，認為抗生素全靠進口對「國家安全」有消極影響，「杞人憂天」而已。政客與消費者都不理會，不足為奇。

然而，「有心人」仍憂心忡忡，以關注藥物安全及醫療保健知名的一位醫家及一位經濟學家合撰的《中國處方，倚賴中國藥物的危險》（China Rx: Exposing the Risks of America's Dependence on China for Medicine；今年4月出版；筆者未曾讀），有系統地分析了「中藥」氾濫美國市場的嚴重後遺症。據亞馬遜的書評，這種趨勢的消極影響有二。其一是萬一「南海有事」，美軍食用「對手」（Adversary）生產的藥物，安全性難免

存在隱憂；其一是，即使太平無事，以中國對產品安全及品質控制的馬虎，其風險防不勝防（據說書中舉了數個美國人食「中藥」不適的例子）……。大約十年前這類說法，美國朝野不屑一顧，現在中美已擺明車馬，發展勢頭顯示，當前這場貿易糾紛可能要以非經貿手段才能結束，在這種情形下，加上有人懷疑中國別有用心在電腦中加進功用令人起疑的晶片，由是聯想到中方會否於必要時在輸美藥物中「加料」!?難怪國防部長馬蒂斯亦公開表示對美軍食用「敵人」生產藥物的高度關注。馬蒂斯對中美在南海軍事較量的狂熱程度，遠遠不及白宮眾「仇中派」，擔心美軍服用中國抗生素，正是令這位身經數場大戰、深知現代化戰爭殘酷的儒將（藏書七千多冊、孫子兵法專家）對戰爭心態保守的底因！

自由貿易的確可令交往雙方「各牟其利各受其惠」，環球經濟亦因而受益、欣欣向榮，可是，到頭來還是馬克思的「哲思」決定一切。馬克思認為資本主義社會由基礎（民生）建構（Substructure）和上層建築（Superstructure）兩個部份組成，後者指的主要是社會、政治和法律制度，以本文的例子，藥物既可能影響國家安全，等於政治制度受侵害，即使這種做法帶來重大經濟利益，自由貿易亦得靠邊站（北京是馬克思學說大行家，可如今論貿易時只談經濟不涉政治〔大部份是鼓吹自由貿易的範文〕，因此注定無法引起自由世界的共鳴）。經濟最終必須為「上層建築」服務，這是馬克

美中
陰晴

思的洞見，亦是千古不移的真理。明白這點「啟蒙」級
的道理，對當前的貿易糾紛，便不會太感意外！

2018年10月30日

為情為愛寧自苦
禽獸與人一例看

一、

閱讀間遇上生物進化理論中Handicap Principle這個術語，解其義而不知怎樣譯，請教不少學有專精的友人以及讀書比筆者多的小輩，俱無滿意的答案；電腦譯之為「不利條件原理」或「累贅原則」，均未及肌理，不達其義。「為私利不惜自傷（殘）以益人原理」，是筆者的意譯，看起來囉哩囉嗦，不成「體統」，但咀嚼再三，似能達意。

都市人周知，經濟學有炫耀性行為說（「數十年前」評介制度學派奠基者韋白龍〔T.B. Veblen, 1857-1929〕的《有閒階級論》時，説之甚詳，不贅）。甚麼是炫耀性行為？最「貼地」的解釋是，「古時候」物質匱乏，布料昂貴，貴婦着拖地長裙，涉水踏泥、神情自若（甚且顧盼自豪），炫耀的是不在乎高價布料被弄污裙主有的是錢，既可棄之亦可着奴僕洗滌。不過，如果此裙子太長太重，妨礙穿着者的步伐步速以

陰晴美中

致誤了大事，以筆者的理解，那便不再是Conspicuous Consumption（behaviour）而是Handicap Principle了，因為除了炫富及令旁觀者「大開眼界」即投射出經濟學家所說的「界外利益」之餘，亦拖累了自己的「進度」，益人而自傷，炫耀性行為不應有這種消極副作用。

生物學家見雄性孔雀遇異性時便「長尾開屏」、「舒張翅尾、盼睞而舞」，那「五彩繽紛、色澤艷麗的尾屏」，還不停揮動，狀若起舞以吸引雌鳥的青睞；當然，其尾羽五色（紫、藍、褐、黃、紅）斑斕，開屏呈現眼狀圖形且沙沙作響，自有虛張聲勢卻敵的作用。可是過長的尾羽有利雄鳥勾引雌鳥卻令雄鳥行動不便，在野生地很易被猛獸捕殺。據生物學家的說法，雄孔雀的尾巴不斷增長，因為雌孔雀選擇與大尾巴的雄鳥交配，後者為了「播種」，在漫長的進化過程中，遂有了既為本身利益（傳宗接代）、滿足雌鳥欲求而不自覺地自我犧牲。這種「進化」，符合「為私利不惜自傷以益人原則」。具有這種生理特徵的動物，數不勝數，從觀賞野生動物紀錄片所見，當中似以鳥類尤多，記不起其名的鳥雀，求偶時不顧掠食者在旁待機而噬，或高吭啁啾或展示鮮艷顏色的羽翼，不惜冒死以吸引異性注意遂交配之願。

令筆者有點意外的是，據生物學家，原始社會女性胸部平坦，因為這樣的生理結構有利於爬樹採摘果實

或遇食肉獸時可以走得較快以避過一劫（古代婦人「束胸」原來有「實用價值」）；可是，為了滿足男性的「需求」，女性的乳房愈來愈大（有人以為大乳房有較多乳汁，但醫家指出單純就哺乳角度看，乳房大小與乳汁多寡無關）。乳房大小也許有「界外利益」高下的效果，但「太大」對女性肯定是在活動上的負累。如此分析下來，胸大即使有腦，卻令這種女性墜入「為私利不惜自傷以益人原則」的「陷阱」。

二、

寫了近千字，是從宣誓的英文Testify而起。據《字源字典》，此字源自印歐語系的第三者（tris-），拉丁文的testis（見證人及睾丸同此）由此衍化；至古羅馬（元前753-476年），兩個男人為某事起誓，儀式是「互握睾丸」；而在未有《聖經》或國旗或《憲法》或《基本法》之前，「男證人」在法庭宣誓，是「自握睾丸」，以示坦率誠篤所言無虛。這也許是文字學家認定Testify從Testicles轉化而成的原因。

男人為「證實」對政治夥伴、商業拍檔以至兄弟情誼的真誠，「互握」或「自握」睾丸，以此物最易受傷且不可或缺，對「物主」意義非凡，握之足以彰顯對宣誓涉及之事的嚴肅與重視；不過，這種動作亦可能受狒狒（Baboons）的影響。動物學家指出，雄性狒狒合作「搵食」是常態，那即是說，通常是兩隻雄性狒狒結成

陰晴美中

「掠奪者聯盟」（Aggressive Alliance），聯手與同類競爭或與其他動物「爭食」；牠們之結盟，當然不可能焚香發誓、斬雞頭飲雞血（歃血為盟）或在法庭宣誓，而是「互摸下陰」（fondle each other's genitalia）。此舉並無性慾意涵，只是靈長目動物學家所說的「打招呼」（greetings）而已。狒狒這種出擊前互示忠誠的行為，是否「進化」至古羅馬人的「互握睪丸」，專家也許早有結論，只是筆者無所見，知道的僅是他們和牠們的行為，都可歸類為「為私利不惜自傷以益人」——因為下陰非常脆弱容易受損受傷，對手稍一不慎或故意使力，便足以弄傷對方。

寫到此處，博弈學家所說的「信守難」（Commitment Problems）繞縈腦際。討論「疑犯兩難（困）之局」（Prisoner's Dilemma；此處的Prisoner是指疑犯、拘留犯，即涉嫌犯法被捉將官裏但未定罪因此不能稱為囚徒的人），博弈學家認為兩名或多名「疑人」接受有司盤問時保持緘默（也許「不說對方壞話」、「不嫁禍對方」較貼切），對一眾涉案者最有利；可是，當他們被隔離審問時，受不起「坦白從寬」的誘惑，受「不知他人會說甚麼」的困擾，疑犯們便可能各自「坦白」，把重責推給他人，以圖收「坦白從寬」即出賣同伴換來自己減刑的回報。面對這樣的困局，作為自由人時「互握睪丸」以示彼此信守承諾真誠相待的誓言，便被拋至九霄雲外。

　　犯罪集團如意大利西西里的黑手黨便不信這一套，以他們深明疑犯被隔離審問，在大多數情形下，自私和貪生怕死的人性，會令人把「沉默是金」（Vow of Silence）不管有否「互握睪丸」的誓言忘個一乾二淨，無論如何，有人出賣「死黨」，結果必然是官方之得幫派之失。為了減輕損失，黑手黨幫規規定任何出賣同黨的「叛徒」，幫會必定以等同酷刑的手法把之處死！由於有此幫會天條，被捕而未被定讞的黑手黨黨徒大都會扮啞巴！

● 閒讀偶拾

2018年11月1日

美中
陰晴

縱浪大化查老闆
識君我幸一遭逢

一、

金庸查良鏞先生去週二以94歲高齡病逝（1924-2018）。兩岸四地（港中台澳）的有關報道及評論鋪天蓋地，《紐約時報》的Li Yuan亦即日在「推特」上發文，說識中文者無人不讀金庸，他的小說把「武術和俠義精神」（Martial arts+Chivalry）傳遍華文世界！這種看似誇張的説法，其實還未包括英譯金著對西方讀者的影響＊。今年2月，《射鵰英雄傳》第一卷《天生英雄》（*A Hero Born : Legends of the Condor Heroes*）由英國麥理浩（MacLehose，與第二十五任香港總督的姓氏同）出版，3月13日，熟識香港事務的自由作家Nick Frisch於《紐約客》撰長文，高度讚揚金庸小說的可讀性及文學價值，並指其讀者之眾、影響之深（Cultural Currency），比《哈利‧波特》及《星球大戰》加起來的總和還大！可見金庸的小說在英譯世界的地位！對於查先生的蓋棺論定，識荊五十餘年的筆者，以為《信

報》31日的有關特輯說查氏「殫精竭慮 一支健筆打出名堂」，客觀全面地總結了查先生的成就。

60年代初葉，偷渡來港三四年的筆者，數度投稿《明報》新設的「自由談」（1963年3月開版，以「有容乃大無欲則剛」為座右銘），蒙當年「一腳踢」兼任編者的查先生採用並代起了個與山木諧音的筆名「桑莫」；用這筆名寫了多少短文在該版發表，筆者已不復憶，但從此和《明報》「結緣」，改變了筆者的一生。

和當時眾多的「識字分子」一樣，筆者來港後天天追看《明報》，讀的不只限於金庸的小說和社評，而是除了「馬經」甚麼欄目都不放過，筆者從中「增廣見識」，洗滌了在內地受教育的心靈毒素！在建立了作者與報社的關係後，加上對金庸的景仰，筆者突發奇想，寫信給查先生，建議小說版加一篇寫潮汕武林俠盜之類的小說，以饗數以萬計逃港的「潮州難民」。此說竟為查先生接納，不數月便請當年已寫出大名的倪匡兄執筆，這篇連載武俠小說究竟是〈韓江遊俠傳〉還是〈潮州遊俠傳〉，已記不起了（事實上，走筆至此，對是否由倪匡兄執筆，亦不敢肯定!?），現在依稀記得的似乎不大叫座，大概是北方「老兄」無法寫出潮州的風土人情而引不起潮州「大兄」的興趣。

二、

這種無意間開通的關係，令時在洋行打雜的筆者，

美中
陰晴

很快在《明報》謀得「資料員」一職;說來有點不可思議,資料室設於灣仔謝斐道報社的閣樓,只有筆者(似乎尚有一名斯文淡定的盧姓青年〔偶忘其名〕,但他應該不是「長工」)和「頂頭上司」胡靈雨先生(胡欣平、司馬長風〔1920-1980〕,名作家,著作甚豐,有《中國新文學史》傳世)。胡先生稍後參與《明報月刊》的工作,又是「友聯出版社」創辦人之一。筆者從他身上學到不少東西,辦公室只有二人,筆者向他請益的機會當然甚多,加以當年我們家在九龍城,筆者住迦南台、胡先生居獅子石道,一週總有數天同於黃昏在九龍城碼頭搭渡輪至灣仔上班。

當上資料員不久,查先生便指派筆者到位於九龍城牛津道的「友聯研究所」查閱其從「秘密渠道」蒐集的內地報章雜誌有關政治經濟特別是軍事的新聞,作為查先生撰文抨擊大陸政府不恤民生疾苦發展核武的資料。1963年,中國副總理兼外長陳毅元帥,為了展示「發展核武的決心」,竟說「不管中國有多窮,我當了褲子亦要造核子彈!」金庸大力反對,發表系列社評,把北京批個體無完膚,其中不少社論,「劍指」北京的「寧要核子不要褲子」論如〈要褲子不要核子〉及〈製造核彈有害人類,何光榮之有?〉等等,令此間的喉舌如《大公報》、《文匯報》及《新晚報》等為了護主,連珠反擊、暴跳如雷,卻因詞窮理屈而灰頭土臉。據31日《蘋果日報》引述其榮休總編輯鄭明仁的話,查先生的「反

核」社評,共二十六篇;當年筆戰之烈,不難想見。筆者當時完全認同查先生的立論,不過,半世紀後想起,毛澤東也許是對的,如果當年不排除萬難、勒緊褲帶,投入重大資源發展成為核武大國,現在的處境便可能如伊朗和北韓,受國際條約的規限無法加入核子俱樂部,即使不致成為永遠被欺凌的對象,國際「話語權」肯定會大打折扣!

三、

在大約一個月內,筆者天天赴「友聯」上班翻閱內地報刊,抄錄、影印。當時只知「埋首工作」,並無甚麼特別感受,現在才知查先生寫那麼多評論,用了不少筆抄、影印回來的資料,反證了筆者的低端工作、無虧責守;不過,筆者向來以為這不過是前線工作,無足稱道,哪知去週四丁望(友光)兄(1966-1984年《明報》系國情版的靈魂人物)在《信報》「思維漫步」的〈悼念金庸大師 且説成功要素〉中有這段話:「1964-1965年有『核褲論戰』(論戰的總司令是金庸,後勤司令是林行止)。」丁兄的觀察,大出筆者意外。

與左報「筆戰」收兵後,查先生在灣仔一酒家宴請編輯部同仁,席間當眾「表揚」筆者,並贈送一枚筆者至今仍好好保存的奧米茄腕錶──錶殼刻上由他具名送贈的字樣,令筆者在英國時成為一眾金庸小説迷的羨慕

陰中
晴美

對象！

筆者在《明報》資料室工作時間甚短，並非工作不愉快，而是赴英求學早在盤算之中。有一點必須澄清的是，向來媒體都說查先生資助筆者留英的費用，並非事實（用的是家母「標會」得來的一筆錢），與筆者素昧平生的鄭明仁在上述《蘋果》訪談中，說查先生鼓勵筆者赴英求學，那倒接近事實……查先生知道筆者的意向後，說可以為《明報》寫英國通訊，「稿酬從優」；不久後《明報月刊》創刊，在牛津的持續教育學院（Further Education，在那裏結識了五六名香港「落第秀才」〔考不上港大〕的香港學生）讀英文的筆者，收到創刊號及查氏伉儷「約稿」的短信（據傅國湧〔內地治中國近代史學者〕的《金庸傳》〔台北印刻出版社〕，是「大紅致意卡片」）。筆者寄回的「通訊」不多，這幾天報上仍有人提起的是訪問鋼琴家傅聰一文，這篇牛刀「大」試的訪問稿，在《明月》發表後，《金庸傳》說這是筆者「第一次以記者身份所做的採訪，也是傅聰『投奔自由』後首次接受中文媒體的採訪，在《明月》三月號刊出，受到廣泛關注……。」數月後，記不起是胡菊人兄還是當時尚未見過面的丁望兄，函告有日本雜誌（忘其名矣）「全文譯出」。

• 金庸大去 · 三之一

2018年11月6日

＊ 閔福德（John Minford）教授的The Deer of the Cauldron（《鹿鼎記》，
　Luding Ji）大約二十年前出版（今年再刷，出三卷套裝本），林在山
　寫過一篇「讀後感」〈Allusion and Elusion〉刊Translation Quarterly
　（《翻譯季刊》）。英譯《鹿鼎記》似引不起西方讀者的「金庸熱」。

毫端萬象易揮灑
投資有道下工夫

四、

　　筆者是怎樣加入已遷至北角「南康大廈」（七十年代中期改名「明報大廈」）的《明報晚報》？具體情況已無法記起，只知當年查先生送了一張途中停站多個城市的倫敦—香港機票，而筆者抵港後不數日便赴報社上班。其時正值《明報》擴張期，《明報月刊》和《明報周刊》之外，尚有新加坡及馬來西亞的《新明日報》；《華人夜報》於1967年9月22日創刊（社長為查太朱玫、總編輯兼督印人王世瑜（筆名阿樂）、總經理沈寶新〔佔兩成《明報》股權的合夥人〕），因為辦報「路線問題」，社長與總編輯時有爭拗，加以業務不前，終於在1969年停刊。在這種「高眉」、「低眉」之爭的氣氛下，以走「高級」路線即遠離「股經貼士」的《明報晚報》，在是年12月1日創刊。筆者手頭有一張「工作相」，背書New Broom Sweeps Clean — A Red-tape at Work，時在1969年9月，背景是《明報》編輯部；這兩

行以「墨水筆」寫下的字，多少反映當時查先生決心停辦「走黃色路線」的《華人夜報》、籌辦一份高檔晚報而交給筆者的一份責任而筆者自知工作艱巨。

《明晚》由查先生的「老拍檔」潘粵生兄任總編輯，國情版的負責人是丁望兄兼任（明報系的大陸新聞均由他總其成），筆者是副總編輯，負責經濟版，以當年的「市場氣氛」，偏重財經（股市）新聞評論。據傅國湧《金庸傳》，《明晚》草創時經濟新聞約佔三成版面，比馬經及娛樂版略多。其時香港經濟在起飛的跑道滑行，股市慢慢走出英資背景濃厚「香港會」（香港證券交易所）的壟斷……《明晚》的社評，最初似由唸歷史出身、曾在邵氏任編劇、時在《明報》編輯部任職（社論作者之一，具體職位記不起了）的名家董千里先生負責，由於追不上銅臭味日濃的社會需求，未幾便改由筆者執筆。林行止便這樣與讀者見面。

五、

香港是典型求「財」若渴之城，當那些商界活躍分子從頻仍的交易及低稅優惠中致富之後，買賣股票金銀是極具吸引力的金錢遊戲，了解一點經濟學原理，把他們見錢開眼的行為昇華至追求私利惠及公益的「哲學」層次，只要別亂拋作者亦可能不盡了解的艱澀術語而出之以淺白文字，縱情聲色犬馬的市儈是有興趣閱讀的。這種「大環境」之變，令《明晚》「北角紙貴」，《金

庸傳》説筆者的評論「大受股民歡迎……《明晚》在中
午一點多鐘出版，許多股民要等到讀了他的文章才做下
午的交易……」。這許是誇張之詞，不過，中午時分報
社樓下廠房門外時有等買剛從印刷機「滾」出的報紙的
人龍，卻是實情。

有一點極少人知道的「秘密」是，查先生早是投
資股票的大行家，長期買賣美股。查先生經常約報社同
事到他的渣甸山大宅「聯絡感情」，而待客之道是「天
香樓」到會及「沙蟹」手談；筆者與賭絕緣（非關「道
德」而是性格使然），因而有較多時間瀏覽藏書甚豐的
書架，旁及附於其間的投資檔案；查先生與長期主持香
港美林證券的陳暢餘先生交往，便是投資美股的副產
品。查先生似乎沒有涉足香港股市，卻曾應筆者之請，
寫過一些睿智精闢的短文（投資金句）；雖然不具名，
若翻閱舊報，筆者應該仍能辨認。無論如何，金庸迷以
為查先生一介書生對金錢之事興趣不大，那完全是誤
會。

六、

《明晚》銷路不錯，為滿足市場要求，《明報》
擴充、加強經濟版，查先生指定由筆者兼任主編，讓筆
者多賺點薪金。股市崛興的60年代末70年代初，市場
無序、群鱷亂噬，僅有的兩三家歷史大報的經濟版（市
情報）編輯，都與財團財主有「深厚友誼」（四方城

是傳遞市場消息的最佳渠道），其報道多有「內幕消息」且快捷正確（「財團」獨家供應）惟評論偏頗，是以其中涉及不少「金錢交易」，是當時報業的常態！初生之犢，不知「行規」，第一次奉查先生之命採訪開始涉足地產業務的南豐主席陳廷驊，其助手華國松（一個你永遠不會忘記的名字）接待筆者時，未啟齒說便笑嘻嘻遞上兩張五百元大鈔，筆者從未見過如此「場面」，拒絕收下（現在也許要求他「加碼」！一笑）。採訪畢回報社，查先生似在等筆者，一見面便說陳先生來電恭賀他請到一名「不收紅包」的記者……查先生自此對筆者信任有加，筆者採訪過數位「上海」大亨如查濟民和丁熊照等，都是查先生親自「電約」的。當年筆者工作甚勤，現在生於優裕的年輕一輩，無法想像五十多年前筆者早上七時赴《明晚》上班、晚上七八時重回舊地編《明報（經濟版）》，直至十一時後才下班的境況。只在上午和晚間工作？不，下午亦開工。當時筆者於下午到中環上班——任一家由廠商出資、設於萬邦行的經濟（其實是投資）研究公司的主管。記得當時告知查先生「中午兼職」事時，其初他不同意，但當知道筆者午間工作對財經新聞及評論有「相輔相成」的作用時，「欣然同意」。

七、

好景不常，於1969年底推出的恒生指數（以1964

美中
陰晴

年的股價為基數），經不起微風細浪，在有心人的操控下掉頭大跌（比最高不過跌去兩三成而已），股民未經過風浪，感覺輸掉身家的投資初哥痛不欲生，斬手指不買股票，當然不讀「股評」，《明晚》「跌紙」、廣告絕跡，主張新闢「狗經版」、增加馬經及娛樂版份量以取代部份財經版的內容，希望能挽頹勢，此議竟為查先生接納！筆者與賭博無緣，當然「不高興」，但絕無另闢爐灶之思，因為對報行的經營是門外漢，若非《明報》同事羅治平兄（其時他是副刊編輯？），陳以利害，新婚且剛悉妻子懷孕的筆者，斷然沒有自設門戶的膽量……洞悉時局且為《明晚》業務不前而憂煩的查先生，對筆者請辭，只有客氣挽留……我們「分手」時並無不愉快，他傳授給筆者的辦報錦囊是困難時可向銀行或私人借錢但千萬不要開股集資！大概他本人在「合夥」上不太遂心而有此感慨，那對筆者是非常有用的忠告。

「告別」《明報》和《明晚》之前，還有幾句話應該一說。查先生這位世界頂級暢銷書（他的十五部小說總銷量三億多冊，若加上盜版書，可達十億冊）作者，同時是個計算精明的商人，明報系在他治下，網羅了不少業界長才，並非僅憑「甘詞」而是用「厚幣」之力。這幾天見不少悼文提及查氏「吝嗇、刻薄」，那不是沒有可能，但以筆者所見，對那些用得着而又得力的，查先生並不「孤寒」。筆者當年背起日晚報財經

版之責，有兩份「人工」，還有日報「英倫采風」的稿
酬，收入不錯；若非對賭狗賭馬深痛惡絕，絕無另闢天
地的「錢」氣。傳聞中有若干小說及散文作者對「待遇
微薄」抱怨不已，那許是事實，但以筆者揣測，查先生
本身是頂尖能手，對有些嫌稿酬低的作者，不會太在意
（我寫得比你好，你不寫便不寫）；加以其時並無福利
概念遑論制度，作者或僱員離職未獲額外酬贈，是當時
僱傭關係的常態！

八、

　　追隨查先生的日子，彼此關係不錯，除了工作不
致讓他失望（也許還頗為欣賞。查先生一度徵得筆者同
意，把《明晚》有關香港經濟的社評大事潤飾後作為
《明日》的社評；此事相信只有當年社長辦公室負責人
莫圓莊女士知道）；還有，筆者從不就工作及薪酬等事
與他「扭計」──熟讀他的小說，和他「鬥智」便是自
討苦吃。筆者數度於聊天時向同事表達此意，相信沒人
聽得進耳。

　　離開時並無不快，離開後保持適度聯繫，關係算是
不錯，那可從《信報》一週年時，查先生爽快應筆者之
請寫了題為〈誠信不欺　祝賀《信報》出版一週年〉的
特稿見之。原文如下：

　　　「《信報》的主持人林山木兄和我是長期

美中
陰
晴

同事。他曾在《明報》工作多年，後來赴英國深造，我們仍經常保持聯繫，山木兄回港後，當時有許多待遇良好的工作職位可供選擇，但他終於決定回《明報》服務，對於《明報晚報》之發展成為一張專業性的經濟報紙，他貢獻良多。三年之間，大家合作得很愉快，除了同事關係之外，還有私人間的友誼。另一位主持人羅治平兄，在《明報》也有多年的同事之誼。

「眼見到《信報》一步步的發展，個人也分享到了一份喜悅。創辦一張新的報紙頗不容易，《信報》以財經為專業，適逢本港股市大跌，艱苦更加倍增。在香港辦報，如果能出版一年，銷路和廣告又能維持增長，通常來說，這張報紙是站定了，今後的問題只是如何繼續發展而已。

「做生意，最要緊的是信用。《信報》以『信』為名，可見主持人將這個『信』字看得極重。一般性的報紙固然要重視信實，財經性的報紙與有金錢有重大的關係，可信與否，更屬根本性的關鍵。『誠信不欺』四字，是一切生意成功的關鍵。《信報》的讀者依賴報紙上的消息與分析文章來做買賣的重要參考，《信報》的主持人今後只要繼續堅持這個『信』

字，讀者對它有信心，覺得能夠信賴，進一步的發展自無問題。」

● 明報社長查良鏞（簽名）1974年7月3日

● 金庸大去‧三之二

2018年11月7日

一念三千十如是
大圓滿頌繞靈前

九、

筆者雖無此存心，但客觀事實，一如《金庸傳》所說，筆者和數名《明晚》同仁辭職創辦《信報》，對《明報》系統「造成一次不小的地震；《信報》成為《明晚》最大對手」。《信報》面世，《明晚》發行量「直線下滑，以後一直徘徊在一萬多份」。此後經歷多番起伏及人事更迭，《明晚》於1988年停刊！

在香港這樣的自由市場，一雞死一雞鳴是平常事，其時《信報》業務漸入佳境而《明晚》日趨委靡的現實，人所共見，認為筆者「出走」令《明晚》一蹶不起的說法，成為行家熱議的話題。人們不大在意的是，《明晚》是編輯路線一改再改，而筆者是志不在狗馬娛樂的人，離開辦另一經濟報刊，與改轅易轍的《明晚》已不是競賽對手；原以為這種看法是得到查先生的充份理解。可是，在《信報》開辦了六、七年後，一份取名《財經日報》的報紙於1980年面世，一直風聞那

是查先生出資、目的在攤薄《信報》的市場佔有率。作為自由市場的「死忠」，面對競爭者大事挖角、文字間的「單單打打」和故意歪曲中傷等等，即使不願見亦只有徒呼荷荷。圈內友人曾當面問查先生與該報的關係，他斷然否認有任何瓜葛。可是，不旋踵即有《明報》老同事於不經意間說出《財日》是明系一分子……筆者把查先生1974年7月3日為《信報》所寫的那篇文章影印本，置諸案頭，看看他那篇鼓勵的言詞，怎會想到他會這樣？對查先生的看法和感情，已不能一如往昔！查先生與《財日》的關係，世紀初在內地初版的《金庸傳》終於揭開真相，《財日》不是查先生出資創辦，但這份「內容、風格，連版面編排都模仿《信報》的日報」，銷量有限、廣告不多，本為《明晚》舊人的東主，只好向查先生求救。查先生施予援手，其初貸以款項，其後轉為股東，1982年，《財經日報》正式歸入「明報系統」……，至1986年3月停辦！查先生雖非《財日》創辦人，但他出資欲以該報壓抑《信報》的動機，盲人可見。

十、

便在《財經日報》倒閉不久，亦是合該有事，時任港大校外課程部高級講師、經常為信報撰稿的黃康顯博士寫了〈向查良鏞教授公開道歉〉一文，在1988年12月15日發表後，作為《信報》出版人的內子，很快收

到查先生要控告《信報》誹謗的律師信。原來黃君文中以嘲諷的筆法，指查氏港大榮譽社會科學博士學位，是「捐」回來的。着意於從通俗武俠小說作者晉身為文學巨匠的查先生極不高興，情理中事。

代表查先生發出的律師信，措詞嚴厲，要求賠「罪」的條件非常苛刻，不能置身事外而又怕纏訟的內子，聽到查先生有足夠證據説明自己是事先得博士學位後捐款，連港大校長黃麗松及校務委員會主席楊鐵樑等都有可能出庭作證，更急得如鍋上蟻，希望查黃二人能大事化小、小事化無，而《信報》亦毋須為官司所困。便在此緊張關頭，康顯博士把支持其説法的資料和黃校長在會議上談及捐款事的文字紀錄交給內子，內子馬上持文件副本親赴查府。

查先生看罷，多謝內子提出「官司不宜繼續」之議，然後東拉西扯、閒話家常⋯⋯查先生翌日派人送信到舍下給內子，內容重提早一天的會面，內子感到字裏行間透露的冷漠和謹慎，與會面的情景頗有落差，笑説查先生不知是否怕黃博士和《信報》反告他一口⋯⋯簡而言之，查博士可能會因榮譽學位把有關人等告將官裏一事，亦就不了了之。

上述二事，雖然當事人均不願提及，但筆者與查先生之間，總覺有點難以坦然的「心病」。

十一、

　　説來有點不可思議，原來黃博士對查先生是主角的「雙查政改方案」大為不滿，早於本地媒體發表了不少批評查氏的文章，當中以刊於《信報》這篇文章「流傳最高」。黃博士是筆者在英國的舊識，他專攻鴉片戰爭史（曾對筆者說過當年若非英商加鹽加醋甚至捏造事實誤導英廷，鴉片戰爭是打不成的），黃氏是劍橋大學歷史學博士，他批評「雙查方案」，大有道理。事實上，這種看法與當時香港非共傳媒的主張無異，《信報》亦持相同立場，筆者在「政經短評」寫了數文，如〈中方得咗　港英順咗　保守派定咗　民主派啞咗〉、〈機關算盡太聰明　百密一疏表錯情〉及〈眾怒難犯明犯　公憤可平怎平〉等（均收《從此多事》），已令查先生怒氣填膺，加上黃博士奇兵突出，指他的學位是捐款的回報，他不跳腳才是奇事。有一點必須嚴正澄清的是，在「雙查方案」的問題上，筆者從未與黃博士交換心得或商談——一次都沒有——彼此所見相同，皆因「雙查」窒礙了香港人全力爭取的民主進程！

　　不過，令查先生動怒並「投書」信報作出反擊的是，1996年8月1日筆者對他在「九七年前後出版前景」研討會上所發言的批評，拙文以〈語重心長理不彰　民主自由莫混賬〉為題，查先生的投書題為〈語重心長理不彰　普選直選莫混賬〉……有關議論，這裏不

縷述了，但數天後時任中文大學政治學教授的鄭赤琰博士在《信報》發表〈分析選舉制度要有全面視野——與查良鏞先生商榷英、美首長選舉問題〉及署名「小生意人」的〈公道自在人心　民主豈容混賬〉（均收《釣台血海》），俱道理法理兼備，即使不會令查先生「息怒」，亦令他無言以對！

金庸是筆者極為佩服欣賞的小說家（小輩赴外國讀書的行囊都有金庸的小說），辦報的查先生更是筆者沒有本事比併的翹楚。可是，查良鏞先生的政治理念和手腕，則非筆者所敢苟同！

查先生是帶筆者入行的人，心中感念，不敢或忘。榮譽學位事件之後的風雨，雖然成為我與查先生間的「疙瘩」，但彼此相見，未見芥蒂、仍如舊時，絕無如《金庸傳》所說：「金庸一見他，會走過去握手，客氣地稱他『林先生』，而不是叫『山木、山木』」。這是不確的描述，查先生以「山木」相稱，從未改變——查先生在他人面前稱筆者為「林先生」的可能性則不容抹殺。

十二、

無論如何，我們碰面時絕不提「舊惡」，非常親和，小例之一是，不記得何年何月，我們在倫敦機場的候機室偶遇，相見甚歡，閒聊間筆者告以近日為痔瘡所苦，他馬上介紹食療偏方——吃燕窩可令此疾不藥

而癒，可惜此土法對筆者的「頑痔」無效……。有一回查先生請筆者一家四口訪其山頂道大宅，查先生與查太太非常客氣友善，食物——生理的和精神的——甚豐，其藏書令小女大開眼界，不過，她有一事不明，何以藏書這樣多仍用了一幅以古典西洋名著的書脊為圖的牆紙；此次家訪，筆者的「手信」是一本經濟雜文集，這本小冊子多年後出現在台北書籍拍賣場，以約合七百港元代價為內地大學者陳子善教授的友人投得；查先生其後接受上海《外匯畫報》訪問被問及此事時，說這是搬家清理雜物時無心之失（今年1月28日《羊城晚報》劉國軍的〈林行止與金庸〉提及此事）……筆者曾請查先生和查太來舍下便飯（查太悄悄通知內子說查先生不宜甜食，當晚的燕窩去糖，查先生特別高興），飯後他要參觀我的「書房」，見那幾個由意大利匠人所製的書架（特點是格子特別小且深），甚為欣賞，好像還問過內子製造商的地址……。

數年前筆者夫婦與女兒和孫女劍橋訪故，在聖約翰書院校園見一高五六呎寬兩三呎的對聯名石，石上刻鏤書院校友查良鏞撰寫及書寫的對聯：「花香書香繾綣學院道　槳聲歌聲宛轉歎息橋——學生金庸書。」由此想起「榮譽學位」事，益證追求學問是查先生的終身志業，有這位86高齡的學生（是年查先生考取博士學位），劍橋大學與有榮焉，遂有豎碑立石的盛舉。2012年8月9日作者專欄有這段話：「筆者因此建議特區政

府應在西九文化區為金庸立像，以表彰這位滋潤了數代港人心靈的文學泰斗。莎士比亞的塑像英國隨處可見、只寫了一部傳世巨構的塞萬提斯的巨雕豎立於馬德里中心……」。即使現在文化博物館已有金庸紀念館，在公共廣場為金庸立像，也許是應趕快進行的事！

• 金庸大去．三之三

2018年11月8日

百年硝煙眼前過
以戰止戰現眼前

一、

　　去週日11月11日是第一次世界大戰終戰百週年紀念日，一場有近七十國家元首出席（包括美國總統特朗普及俄羅斯總統普京等）的紀念活動在法國舉行；法國有此「殊榮」，皆因百年前此日，德國代表前赴法國北部名城康比尼（Compiegne，因1430年「聖女」貞德在此城就擒，因此成為「旅遊景點」）向法國軍方求和（投降）並簽署停戰協議……百餘年前，歐洲時局緊張，當年英國著名的多產作家（小説家兼時評家）威爾斯（H.G. Wells, 1866-1946）以《令戰爭寫上終止符的戰爭》（*The war that will end war*）為題的政論結集在倫敦出版。筆者未讀此書，惟看「推介」，內容是指大打一場，可令紛擾不已的世界進入和平之境。「以戰止戰」（War to end wars）這句「英諺」，從此書名衍生。

　　「以戰止戰」可説是人類的共同願望，可惜知易

行不易。一戰之後僅約二十年,慘烈若「殺戮戰場」的二戰爆發,之後又有冷戰,如今時局高危,人所共見,當今各國已貯存足以摧毀整個文明世界的真正大殺傷力武器,一旦爆發大戰,互擲核彈,生靈塗炭,有眼見證「以戰止戰」的人,恐怕不會太多!

一戰之後,世人知道惟有通過交換(重新分配)政經利益的談判,才有機會化干戈為玉帛;但一來沒有「一哥」掌舵,二來有關機制未臻完善,無法擺平「利益分佈不均」,二戰遂不可免。二戰後,眼見滿目瘡痍、民不聊生,受基督文明感染的西方國家領導人,痛定思痛,催生了諸如聯合國、歐盟(前身為歐洲共同市場)以至多個地區性(如非洲、東南亞、中美洲等)組織,目的都在避免「武鬥」(Conflicts)以達致「世界和平經濟繁榮」的最理想境界。這些國際性地區性機構的確發揮了積極功能,這數十年來世界各國簽署了無數互惠互利以至不計眼前利益只顧未來人類存續的協議、條約,雖然仍然無法阻遏「武鬥」和戰爭(Wars)的發生,但總算沒有爆發你死我亡互相毀滅的世界大戰。

據瑞典烏普沙拉大學(U. of Uppsala)一項研究的統計,從二戰後的1946年至1991年(冷戰結束年),全球共發生過二百五十四次國與國之間的「武鬥」,當中足以定性為戰爭的共一百一十四起(一年內有千人戰死沙場的「武鬥」升格為戰爭);1991年後,國與國之間衝突的次數大幅下降,至2013年,「武鬥」個案三十三

而當中只有七場戰爭。冷戰期對壘的東西陣營，互出奇謀，融資代理人戰爭；冷戰後情勢有變，贏得這場「無硝煙戰爭」的美國，仍圖領袖群倫，稱霸世界，在其支配下，各國不管樂意與否，都得坐下談判，達成多項有利推進和平如減核、裁軍之類的協議，而聯合國的和平部隊及援助落後國的經濟發展計劃，亦起了一定作用，「人人有飯食」，大打出手的戰爭次數遂相應減少。

二、

　　可是，令世界各國處於相對和平狀況的基礎，自從特朗普當選美國總統後，已發生根本性變化，美國相繼退出及威脅要退出多項國際組織及協約，意味美國將不再受這些「國際法律」的約束，以其「宇宙最強」的國力及反對環球化的主張，在冷戰期迄今行之有效的國際秩序因而失序。由於美國極右當權派認為種種國際條約和組織對美國不公平，且這類指控並非沒有事實支持，因此特朗普這種被冠以「單邊主義」的外交政策，雖然在國際間甚至盟友之間引來一片抨擊之聲，但在國內獲得廣泛支持，那正是去週中期選舉並未出現民主黨大勝的底因。

　　在這種政治氣氛下，現今多個地區的「武鬥」，如俄羅斯與西方國家在中東數國的較量、歐盟與俄羅斯因烏克蘭而起的「暗鬥」，南中國海海權之爭（現在還加上美國已公開插手被北京視為禁臠的台灣問題）以至中

美中
陰晴

印就克什米爾邊界的糾纏和朝鮮半島的去核危局等等，沒有滿口核子牙的強權如美國的撐腰、操控，已淪為無牙老虎的國際性組織已失去調停幹旋的動力，從武鬥升級至戰爭的可能性日甚一日！

法國總統馬克龍去週五接受訪問，說法國（和其他歐洲國家）應有自己的軍隊（故經濟學大師佛利民二十多年前公開表示對歐盟和歐羅〔歐羅的前身〕信心不足的主要原因是歐盟沒有本身的軍隊）！以防範俄國、中國和美國的入侵，這雖是對美國一再要求歐盟攤分更多的北約軍費的回應，亦看出當今世界「笑裏藏刀」的現實；在去週日那場紀念儀式上的發言，馬克龍警告只顧本身利益不管他人得失的民族主義冒起，危害世界和平，進而呼籲各國通力合作。這番話顯然「劍指」多次自稱為「民族主義者」及提倡「美國優先」的特朗普。在非共世界，除了意大利、匈牙利、波蘭、印度、沙地阿拉伯和以色列，美國已無「真正朋友」──這些都是特朗普9月25日在聯合國演說中「點名」的國家；印度反對貿易保護主義但美國五月間以印太取代亞太，以示重視印度洋的航行自由，等於必要時會出兵保護印度利益，令怕中國怕得要死的印度進入美國的「朋友圈」。

在第一次世界大戰終戰百週年的現在，「以戰止戰」的預言再一次在寰宇徘徊！

2018年11月13日

譯音譯意尋趣味
自由竟然伏瑞當

■翻閱長期在溫哥華卑詩（英屬哥倫比亞）大學任教的台灣前輩政治學者張佛泉的專著《自由與人權》（1993年‧台灣商務），甚具啟迪性，惟對書中許多譯名，大惑不解之餘，卻趣味橫生，屬閒讀佳品。今舉一例說之。

關心時事的人均知， Chauvinism向譯沙文主義，意為激進而又狹隘（bigotry）的愛國主義；此名之得，源自法國人Nicolas Chauvin（沙文），他為拿破崙時期盲目忠君愛國者，生於1790年、卒年不可考，僅知他18歲入伍，據維基百科，服役期十七次「掛彩」，因此成為殘疾傷兵，但仍身先同袍（本身是「士卒」因此說身先士卒，有點莫名其妙），事聞於大帝拿破崙，授榮譽軍刀之外，尚賜現金二百法郎（一說是特厚退伍金）。沙文的事蹟被寫成於1831年公演的愛國話劇《三色帽徽》。每當有些不自量力的侵略事件發生時，沙文主義便會上報。

　　「有趣」的是，張佛泉教授把之譯為「少完主義」，「少完」是Chauvin音譯，筆者不通法文，不知「少完」「沙文」孰優孰劣；不過，英國中世紀大詩人Chaucer既譯為喬叟，「少完」之譯亦可接受吧，只是見識無多的人如筆者見怪甚怪而已。

　　張佛泉的音譯，老廣很難接受，不過，他論及Nationalism，譯之為「內新（加「路」更佳）主義」，初看不知是何物，「睇真D」原來是今人熟識的「國家（民族）主義」。張教授指出此主義一旦興起，世界必亂，則甚有見地。在〈超國界的自由〉一節，有這幾句可圈可點的話（一字不改）：「……19世紀的民族中心主義卻最易發生極端的流弊。一民族常由於『自卑感』，或對外國之懼怕與憤恨，乃一轉而激成民族誇大狂、文化復古熱，舉國上下如瘋如癲、講求軍國主義；對內則肆意迫害或強行同化原有少數民族，對外更任意撕毀條約，步步施行報仇」。又說「內新主義」轉為「少完主義」，未有不惹起國際大戰，「招來滔天大禍，甚至亡國滅種而後已者。近年之德國，乃最顯著之例」。

　　以今日世局觀之，張佛泉的論斷，令人心驚膽跳。

　　■祖籍河北的張佛泉教授譯Liberty為「列白題」、Freedom為「伏瑞當」，以今人「視覺」，甚具娛樂性，而筆者不期然想起台灣前輩經濟學家周偉德的譯

作。2013年7月23日劉偉聰在《信報》「北狩錄」的
〈自由憲章〉，考出周德偉「遠在1933年便進倫敦政
治經濟學院唸書……越一年，周氏英文大進，獲研究
院取錄，以海（耶克）氏為指導教授……」*。原來，
周譯海耶克巨構《自由的憲章》（*The Constitution of
Liberty*；民國62年12月初版，台灣銀行印刷所），把
Freedom譯為佛里當、Liberty則為黎伯爾特……周氏於
〈寫在《自由的憲章》的前面〉（另有〈導論〉，俱言
之有物惟譯名令初讀者頭昏眼花之作）指出：「蓋佛里
當指及不受別人干擾之客觀境地。近世西人釋佛里當為
『獨立於別人之武斷意旨以外』，即『Independence of
arbirary〔arbitrary〕will of another』的境地，故佛里當
為一獨立的境地。黎伯爾特乃一抽象概念，指及行動者
一切主動的行動的自由。惟在佛里當之下，行動者方
有行動的自由，吾人在西文中常遇見We have liberties
in the freedom之文句，可見兩詞有不同之意義，歷史
上佛里當不適用於奴隸，故奴隸無主動的自由……」
因此可說「在自繇之下，人方有自由」。準此，清末
民初的大翻譯家嚴復以「自繇」譯Liberty，「自由」譯
Freedom，周氏便認為「似有未合！」

　　周氏去國留學之前，顯然飽讀我國聖賢經書，當其
動筆翻譯時，先賢的精言金句便左右譯筆，茲舉一例，
Egalitarian Society，今人均知是平等（平均）社會，但
周氏譯為「比同的社會」，他引孟子（滕文公上）「物

之不齊，物之情也。子比而同之是亂天下也」。「比同」一詞由此而來。順便一提，周氏認為1918年蘇維埃革命成功，迫使英國背棄其優良傳統，行向社會主義看齊的「比同的社會」（福利社會？），英國很快便淪落……顯而易見，周氏早已知道「免費午餐」的成本太昂貴！

■Liberty既是「列白題」或「黎伯爾特」，但清末嚴復把之譯為「群己權界」，光緒29年（1903年）嚴譯《群己權界論》出版，此書原名On Liberty，為英國大儒、改良功利主義健者John Stuart Mill（穆勒，筆者向譯約翰·米爾）出版於1859年的經典。何以把Liberty譯為「群己權界」，嚴氏在〈譯凡例〉有此說明，「群」是社會、大眾，「己」為自己，此書討論的是群眾與個人、社會與個體之間的權力界限，因有斯譯。顯易而見，嚴譯十分切題，只是「論自由」較易理解。

■從「伏瑞當」和「佛里當」，自然而然地想起「久違」的《資本主義與自由》*，這是故經濟學大師佛利民據其博士論文《專業人士的收入》（*Incomes from Independent Professional Practice*）衍化而成於1956年6月舉行系列演講，不久後把之寫成在1962年出版的Capitalism and Freedom。內容已成老生常談，此刻筆者記起亦以為不妨寫幾句的是，此書開宗明義（第一

段）把美國故總統甘迺迪就職演說中的「金句」：「別問你的國家能為你做甚麼，先問你能為你的國家做甚麼？」（Ask not what your country can do for you, ask what you can do for your country），批得體無完膚！佛老認為這種家長式訓話，與「自由人」的信念互相牴觸，而且有政府是（人民的）主人或上帝的強烈意涵，「自由人」當然不應接受這種「教誨」！筆者完全同意佛老的詮釋，然而卻曾好好把之利用。當小輩放洋唸書時，筆者的「臨別贈言」便是這句話（當然，把國家改為家庭），結果子女外甥，於留學時都「硬着頭皮」為《信報》做了不少工作——他們所寫的文章都收在《一脈相承》。

佛利民這本「小冊子」（已再刷十四、五次）之外，又記起奧國學派巨擘米賽斯（Ludwig von Mises）在其剖析「社會科學」、於1957年出版的專著《理論和歷史》（*Theory and History*）中的「金句」：「創新發明之母是經濟自由」（Innovation Requires Economic Freedom），在一甲子前，米賽斯「劍指」的當然是蘇聯，他強調與經濟自由背馳的計劃經濟，是社會主義先天的、無可救藥的缺憾。吸收蘇聯經濟愈搞愈糟的經濟，相信大有改良的中國「經濟規劃」已走出此窠臼!?

● 閒讀偶拾

2018年11月22日

美
陰 中
晴

---

* 撰稿時找不到這本書。記得的是其中一個版本封面那張作者聚精聆聽台下
發言的側面特寫相,出自精於攝影的張五常教授之手;筆者對此書印象
最深的是Occupational Licensure(〈特許職業〉)一章,似為其博士論
文的精華,現在回想,仍具參考價值。

　張佛泉(1908-1994年)學名張葆桓,1908年(民國四年)生於河北寶
坻。中學畢業後保送北平燕京大學哲學系,畢業後任天津《大公報》編
輯,1931年其為《大公報》編《現代思潮》,介紹西方思想。1932年赴
美約翰霍普斯金大學,師從著名的觀念史大師洛夫喬伊;1934年回國,
應北京大學校長胡適邀請任教於北京大學,歷任北京大學政治學系教
授,西南聯大政治學系教授、主任。1949年去台灣,1954至1956年任
台北東吳大學政治學系教授兼系主任;1964至1965年,任台中東海大學
政治學系教授兼主任。1961年至1963年任美國哈佛大學東亞研究所研究
員。1965年起在加拿大英屬哥倫比亞(卑詩)大學任亞洲學教授,直至
1977年退休。1994年1月6日在加拿大去世。

● 原載2018年11月30日《信報網》

傾銷美國土特產
笑臉殺手關稅人

一、

　　特朗普雖然予人以「大癲大廢」的印象，其與中國貿易談判的表現也是如此，不過，迄今為止，除了與會者，沒人知道去週末那次「習特晚餐懇談會」上美國總統的表「演」如何，而他會後在「推特」上如珠發炮，說自己是「關稅人」（Tariff Man），意謂談判若無法達成「真正協議」（符合美國要求的協議），他會向過去長期在貿易上佔美國便宜的國家徵收關稅，「劍指」中國，誰都看見。眾（涉獵過經濟學初階者）所周知，特朗普這番話會被主流經濟學者打回頭，然而，強橫如美國必然會不按學理出招，因為這樣「壯大美國經濟實力」的主意，肯定是特朗普、萊特希澤、納瓦羅與庫德洛這批掌權貿易鷹派（與中國談判的美方主要代表）的共識！

　　加入「世貿」（WTO）後，在經濟層面，中方做了不少被美國認為不符「世貿」規限的事，但中方極力

陰 美
晴 中

否認，作為未曾讀過「世貿」規章的人，筆者不知孰對孰錯。不過，由於美國「世上最強」，不按其旨意辦事者，必會受苦。現實便這麼簡單，北京在這場談判中非作出重大讓步不為功。有一點必須更正的是，筆者幾天來都以為「九十天休戰期」是從明年1月1日起計，但特朗普前天在「推特」上指出「談判期限從與習主席會面當日起計」，那意味「休戰期談判」將在豬年元宵前後終止——時間如此迫切，難免予人有「相煎何太急」之思。「北京經濟大腦」副總理劉鶴已做好準備，隨時可赴美談判，真是事不宜遲啊！

筆者希望中國能夠趁此機會，調整經濟政策，總方面是增強市場力量。對於貫徹「計劃經濟」且因經濟大有所成而認為此為繁榮富強之正道的中國政府，現在應再考慮經濟——不論自由或計劃——運作的鐵律，從而訂定出對經濟增長最有利的政策。

除了計劃經濟，不論甚麼經濟學派，都確認經濟循環的存在；不少人在繁榮期認為好景會無止境持續（用在市場上，是股價升完可以再升），雖然有人以「歷史為證」，舉出歷史上多次高增長後必出現衰退以至蕭條的例子，但樂觀的人莫不以「今時不同往日」（It's different this time）來壯膽。經歷這數十年經濟盛衰和股市升降的人都知道，這類漠視市場規律的人，最終均沒有好結果。

經濟一定有盛衰循環，其根本原因不在經濟政策而

在百姓（消費者及投資者）的情緒波動及心理變化，而於不知不覺間，這類變動左右了經濟去從。舉個大家熟知的例子，當樓價上升時，業主和準業主（供樓者）受「財富效應」影響，消費闊綽，結果「帶起」了整體經濟，不僅樓價上升，眾多消費項目的價格亦上漲；在正常（「有形之手」不干預）情形下，受需求推動，物業以至相關消費品（無形的及有形的）的供應相應增加，但由於「需求面」包含許多信貸（分期置業分期買車以至以「槓桿」買股票等），因此，市況愈熾熱隱藏的下跌危機愈深，當市場稍受不利消息衝擊時（在開放市場，這是防不勝防和不能準確預測的），一切便掉頭而下。經濟學家認為這種「升降有序」的起伏且在一段時間後便會重複再現的現象為「經濟循環」。

內地當前顯然處於「經濟下降循環」的起點，這是長期旺盛的必然後果；不過，以為牢牢掌控了經濟機器的內地官員，自信有辦法扭轉資本主義世界的「經濟循環」，行政手段令經濟只有「上升」不會「下行」，即市場經濟才有的盛衰循環不會在內地出現，而阻遏經濟「下行」的方法之一為在「一帶一路」投下以十萬億計資金，顯而易見，此舉消化了不少「上升」期過度投入（以為經濟會持續向好）因而過剩的產量，當政者以為如此便可化解有盛有衰的宿命，但歷史告訴大家，有形之手肯定是無形之手的手下敗將。換句話說，市場力量

必然是最後獲勝的一方。

　　面對如此嚴峻的經濟現實，適逢「必須」購進以萬億計的美國「土特產」（視中國為仇敵為惡性競爭對手的美國〔共和及民主兩黨〕肯定不會把有助提高工業質量及科技研發的貨物賣給中國），真的不知當局會用甚麼不會衍生消極後遺的辦法消化這些舶來物⁉

二、

　　說起內地經濟，這一期《信報月刊》（12月號，總501期）有系統地訪問了數名在國際間享盛譽的華人經濟學家，談內地經濟、論中美貿易，中肯「貼地」，關心此命題者絕對不應錯過。

　　北大經濟學教授張維迎不是接受訪問，而是刊出一篇在內地被禁、於10月14日發表的演辭：〈理解世界與中國經濟〉，張教授一針見血地指出，中國與西方世界的衝突，「不止是貿易衝突，更可能是背後價值體系之衝突、體制之衝突。」這種深層次衝突，「難以技術手段調和」。張教授認為「國與國之間交往的時候，不僅講利害，也講是非，就像人與人之間的交往一樣，道不同不相為謀」，一語點中中美貿易糾紛的死穴。

　　港大亞洲環球研究所所長、耶魯大學前經濟學教授陳志武接受記者訪問，強調「民企乃經改（成敗）關鍵：創造九成新工作崗位、提供八成城鎮就業、收納逾七成農村勞動力、佔中國GDP達六成、佔稅收逾五

成」。事實上,民企的重要性,於2016年已獲時任中央財經領導小組辦公室主任劉鶴的肯定,他於浙江調研後,發表聲明:「堅定不移支持民企。」可惜,陳教授以具體例子指出,不信任民企的領導人大有人在,「他們意識到民企靠不住,因為民企……追求利潤最大化,怎會聽命中央?」陳教授循此思路,作了非常具體的剖析,最後認為「體制不變,民企撐不起來」。換句話說,雖然中央近來已否定「國進民退」的論述,但除非有制度改革,「民企困境未解除……美國向中國商品加高關稅,最受打擊的是民企!」

八、九十年代長期為《信月》撰稿的黃有光教授(時任澳洲莫納殊大學教授、現為新加坡南洋理工大學經濟學私座教授)接受訪問,以〈習近平太早放棄韜光養晦〉為題,一言點出目前中國困阻重重的關鍵,他認為「中國結束韜光養晦觸動美國神經」。「一帶一路及中國製造2025都是對的政策,只是早了十年提出……」。他又強調企業設黨組,「那是明顯倒退了!」黃教授「跟特朗普算賬——拆解貿戰四大謬誤」,舉了不少具體實例,分析十分到家。

這三篇文章,俱言之有物,少談理論,只說事實,對了解當前內地經濟發展尤其是與美國的貿易談判,大有裨益,關心國是者必讀!

順便一提,《信月》資深讀者熟知的黃有光教授,原來在國際間享大名,據今年7月28日經濟學網站

美中
陰晴

80000hours.org的訪談（Podcast），黃教授在多個經濟學領域均走在學界前頭。《信月》老編實應向他約稿。

2018年12月6日

口沒遮攔前途難卜
自由民主不可取代

一、

　　「華為公主」過境加拿大時被捕，由於美國幕後策動而中國高調介入，掀起一場波濤不算壯闊卻險惡的國際政治風暴；經過三場「保釋聆訊」的法律程序，孟晚舟女士已獲准有條件「保釋出外候審」！就在溫哥華法庭尚未作出此令當事人喜極而泣的決定時，北京突然宣佈拘留「國際危機組織」的東北亞高級顧問、加拿大前駐華駐港外交官康明凱（Michael Kovig），知悉此消息的人莫不順藤摸瓜，認為中國此舉也許有與加拿大「交換人質」的意圖，連《環球時報》總編輯胡錫進亦說：「目前局勢高度敏感，（如）外界產生報復聯想，不足為奇。」由於「加警扣押孟晚舟事件的確太過分，人們（遂）順理成章認為中國會採取報復行動」。以《環時》的官方喉舌地位，胡老總對事件的闡釋，令人在這連串「黑箱作業」中看到一線「半官方」真相！

　　報道此事，昨天《信報》以〈風暴恐升級〉為題，形

美中
陰晴

勢的發展趨向，的確如此，因為加拿大替「大佬」美國出手，結果財（林業代表團被北京禁足）人（康明凱被捕）雙失，美國為保「江湖地位」，應該「出兵」為加拿大「討回公道」吧！風暴升級局勢高危，是完全合邏輯的推測。可是，紙上談兵與現實可以有很大落差。以此事為例，當特朗普總統對記者表示若孟晚舟事件成為中美貿談美方的不利因素，他會介入，令談判對美國有利。筆者相信他會這樣做，看阿拉伯名記者卡舒吉被凌遲處死事件，為了油價（美國利益），特朗普不是不當一回事嗎!?

然而，特朗普會採取甚麼出人意表的行動，沒人知道亦毋須作揣測。事實上，如今已保外的孟女士，明年2月6日才就會否被引渡至美國一事「提堂」，而且極有可能一審再審（審得愈多愈能彰顯加拿大的司法獨立），特朗普能做的事因而不多。不過，他這種取態，既可能是這位「談判高手」向中方拋出的骨頭，後者若以為有所得，會在購買美國產品上作更大讓步；當然，這亦可能說明了他和他的「近臣」如經濟顧問庫德洛和貿易顧問納瓦羅對此事的看法不盡相同（他們均認為不會影響中美貿談），預示3月1日前的貿談會波折重重……。無論如何，特朗普癲癲瘋瘋，直接間接和他交手，不易討得便宜。順便一提，特朗普為何頻頻「搶鏡」，可能是他故意而為，因為華盛頓盛傳他一旦「退出政壇」，便會創辦名為TNN（Trump News

Network）的電視台。特朗普全家都可以是很吸睛的「主播」！

特朗普對此事的反應，雖與其「仇中團隊」不完全相同，但總體而言，在對中國的「認知」上，美國朝野已趨一致。中國駐渥太華使館11日發表聲明，指控孟晚舟事件是美加串通的「政治陰謀」，多倫多《環球郵報》（*The Globe and Mail*）以此詢諸駐加美國大使克拉芙特（Kelly Craft）女士，她說絕無其事，然後「數落」中國的經濟和軍事崛起後崛興的人工智能（如華為）及建設「一帶一路」沿途數十國，已嚴重威脅、危害世界安全。這是西方有識之士的共識。

二、

西方國家對中國全方位崛興真是怕得要死，不過，不是他們膽小如鼠，而是怕得有道理！一句話，他們擔憂一旦中國雄霸世界，即使「西人」在物質上亦有得着，卻肯定會喪失自由（人身及言論〔新聞〕）、法治和「個人權利（人權）」；這兩種自由人絕對不想失去的「質素」，大多數豐衣足食的人，認為比物質享受甚至性命更可貴！

中國雖然在自由法治等方面做了不少「文宣」工作，但「觀其行」，相信的人，除了要在內地討生活，很少人相信。事實上，遠的不去說它，北京實在應以香港為示範單位（對自然獨的台灣人已失效，但向來

美中
陰晴

被國人視為天性天真的「西人」尤其是美國人，相信的仍大有人在），向世人展示「天朝」的泱泱大度和與尊重普世價值的優點。看如今香港已被收拾得服服貼貼，言論自由日窄（馬凱事件姑且勿論，朱凱廸議員維護言論自由的話亦被「有罪」，這是甚麼世界）。立法會已被打造至隨時可立惡法（如此一來，法治成為當權者的工具），終審庭非常任法官包致金在「實踐公民教育論壇」上因此「促重啟政改」（希望增加議會的民主成份，被罵個狗血淋頭），加上隨時「釋法」，香港已被迫在民主政制的路上「循序漸退」，走上《基本法》賦予港人權利相反之路⋯⋯。看在「西人」眼裏，他們也許為了商業合同暫不出惡言，但鄙視北京所為，令他們對世界一旦被「上國」統治，產生莫名的恐懼！「仇中」情緒因此在西方世界開花。

在這種背景下，特別是美國已「退化」當不了（不想當）世界領袖，中國的崛興對世界有甚麼影響？近來出了若干探討此命題的書（相信明年會更熱鬧），《金融時報》和《外交事務》（*Foreign Policy*）12月都有長文評介這類專著。作者們對中國的崛興，尤其是在「一帶一路」沿途各地展示的經建實力，莫不嘆為觀止、非常佩服；這些國家大多在表面上倒進北京的懷抱。然而，它們的結論可以一句話說之：「自由主義民主（主要是行代議制及當權者受法律約制⋯⋯）及公開市場萬歲！」這兩種「東西」北京是拿不出來的（近來雖天天

強調市場開放），但在黨委書記的領導下，一切須按
「章」（黨的總路線）辦事，公開和開放因而受到很大
規範；至於「代議制」，充其量只能行香港立法會模
式，但那與自由主義民主有甚麼關係!?

　　北京應該落實《基本法》賦予香港的「權利」。外
人一看，對中國肯定不會如現在般反感甚至密謀集結力
量抑制之抗拒之！

2018年12月13日